爱情不因婚姻而结束，
爱情需要长久的呵护，
婚后，
请千万不要对你的另一半
吝啬于一句『我爱你』
我爱你，不是俗气的矫情，
我爱你，是一种态度。

婚后 请说 我爱你

刘月轩
LIUYUEXUAN
作品

中国出版集团
现代出版社

图书在版编目（CIP）数据

婚后请说我爱你 / 刘月轩著. -- 北京 : 现代出版社，2016.1

ISBN 978-7-5143-4480-6

Ⅰ. ①婚… Ⅱ. ①刘… Ⅲ. ①长篇小说－中国－当代 Ⅳ. ①I247.5

中国版本图书馆CIP数据核字（2016）第003210号

婚后请说我爱你

作　　者	刘月轩
责任编辑	李　鹏　陈世忠
出版发行	现代出版社
地　　址	北京市安定门外安华里504号
邮政编码	100011
电　　话	010-64267325　010-64245264（兼传真）
网　　址	www.1980xd.com
电子邮箱	xiandai@vip.sina.com
印　　刷	成都新千年印制有限公司
开　　本	880×1230　1/32
印　　张	9
版　　次	2016年1月第1版　2016年1月第1次印刷
书　　号	ISBN 978-7-5143-4480-6
定　　价	39.80元

目　录 / contents

第一章　婚姻是两个女人的战争

从恋爱到婚姻，是一个女孩从心理到生理的一次进化。我把自己交给婚姻，希望婚姻还我一份幸福。于是，我扑向了我的男人，扑向了这个男人生活了二十多年的家庭，我把自己融进这个家庭，发现，彼此的空间突然多了一个外人，这个世界终将不会平静。

1. 结婚那天

田小灿和简易的婚礼从一开始就不顺，先是头车爆胎，车子失控的瞬间，田小灿悲叹自己的婚礼即成葬礼。这婚姻的大门才打开，还没来得及迈脚进去，就到了关门的时候。这嫁人啊，不是想嫁就能嫁的。

危难中，一对新人紧紧地抱在一起，等待生命即将结束的一刻。简易的一句话让小灿感动地忘掉了死亡的恐惧，他说：“今天是咱俩的大喜日子，既然老天这样安排，我愿意跟你死在一块儿，一起投胎，还做夫妻……”

这句话在两人大难不死后的生活中，成了小灿一直挟制简易的法宝。简易告诫他的哥们：千万别对女人瞎承诺，小心作茧自缚……

结果，车子在只差零点零一米就撞上护栏的时候，被稳稳地控制住了，他俩都不用死。

车队终于有惊无险地开到了酒店，简易一个“公主抱”将小灿带入了神圣庄严的婚礼殿堂。

简易轻声低语：“老婆……现在什么感觉，特幸福，特开心，特感动吧……”

小灿闭上眼睛：“特吵……”

“结婚嘛，就一个字，闹，这才有气氛，咱可是头婚，越热闹越好。”

小灿皱眉：“我有点紧张，看别人结婚特浪漫，怎么到了自己头上这么麻烦啊！”

简易嘻嘻一笑：“初学乍练都这样，习惯就好。”

小灿掐了简易一下：“你还想多来几次？”

简易一疼，手一松，小灿的身体往下滑，两人不禁惊叫起来。与此同时，婚礼舞台上的大红色帷幔，毫无征兆地在众宾客眼前飘飘然脱落了下来。宾客一面担心着小两口摔倒，一面惊讶这帷幔怎么会偏偏这个时候掉下来呢？

后来，小灿才知道，这家婚庆公司是简易的姐姐简洁花了五百块钱请来的一个不知是几流的婚庆公司。当然，不是简家花不起钱，而是简洁想立立当大姑姐的威风。这位30岁才把自己嫁出去的大姑姐，有她孤标傲世的资本，但在婚姻面前，却怨天尤人，怨声载道。她不满自己做一个小民警的太太，更不满民警丈夫一天二十四小时，只陪她三四小时的仓促和寂寞。她把婚姻的不满归咎到家人身上，尤其看到小灿和简易如胶似漆那样儿，她就恨得牙痒痒。她觉得只有她才配拥有美满的婚姻，任何人的幸福对她都是极大的侮辱。

幸亏当时的司仪应变能力超强，就在宾客们瞠目结舌的时候，司仪一句“鸿运当头，喜从天降！”瞬间化解了所有的尴尬。

原以为踏上婚礼殿堂就能天长地久，原以为交换戒指就能永结同心，原以为婚礼可以顺顺利利进行下去，原以为……太多的原以为都禁不起一个“巧”字，都禁不起有人故意的破坏。就在简易和田小灿交换结婚戒指的一瞬间，四五个身材魁梧，表情冷酷的人冲了进来。为首的男人不慌不忙，来到司仪身边，从司仪手里拿过麦克风，一板一眼地念起了一份欠账协议。协议规定，简至善必须在5天内还清欠款，逾期不还，后果自负。此人念完协议，整个婚礼会场进入了一种紧张压抑的气氛当中。简易和田小灿的笑容僵在嘴边，在座的宾客们更是一脸诧异。有人开始交头接耳，有人开始指指点点。

这段协议一经念出，事件的中心人物，小灿的公公——简至善的脸瞬间成了调色板，他急忙去拉那个人：“别念了，别念了，有什么事咱婚礼结束谈，你这不是诚心让我难堪吗？”

那人还算客气，向简至善一拱手，随后面向台下众宾客，大声说道：“我不是诚心为难简先生，我既然接手了这笔生意，就要对我的雇主负责，欠账还钱，天经地义，何况，简先生是生意人，这种诚信问题，生意场上可是个忌讳吧！”

简易看明白了，也听明白了，他忍无可忍就要往下冲，田小灿及时拉住简易：“我不许你去，你这脾气不动手才怪。”

简易有些激动，看着小灿问：“今天什么日子？”

小灿回答：“咱俩结婚的日子啊！”

简易一抬手，指着那人：“这种场合，他这样闹，这不是诚心搅我们的婚礼吗，你说，我能容忍吗？”

田小灿点点头，马上又摇摇头：“就是咱俩的大喜日子，你才不能冲动。”

简易抱了田小灿一下，认认真真地告诉小灿：“老婆，这口气我咽不下去，我想给你一个圣洁庄严的婚礼，我不能让这犊子亵渎了我们的婚礼，我必须得去！听话，我不动手，我和他们讲道理。”

小灿想拉住简易，可一伸手，抓了个空，看着简易直奔那人而去。

一切发生得太突然了，一眨眼的工夫，一阵噼里啪啦的响声传来，镜头前出现被掀翻的桌子，桌上的盘盘碟碟稀里哗啦碎了一地，简易和那人已经厮打在了一起。

临近的客人跳着脚躲到一边，尖叫声，呼喊声，乱作一团。

小灿没想到自己的婚礼竟比电影电视剧里演的还要刺激，还要荒谬，说给谁听，谁都不会相信。就连亲眼看见这场闹剧的所有人，在简至善被带上警车后，都还一头雾水，一脸错愕。

婚礼闹成这副田地，真叫人大跌眼镜，小灿的父亲田绍民一直压着心里的火气。小灿的二姨谢兰心直口快，替田家叫屈。这算什么事儿吗！知道的是有人捣乱，不知道的还以为是给娘家上眼药呢！这事儿传出去，还不得让人笑话田家没钱没势，任人欺负啊。

简易的姐姐简洁不是省油的灯，一看田家指桑骂槐，立刻反驳回去。谁欺负谁啊，现在出事的是简家，甭在这说风凉话。

谢兰也不是好惹的，什么意思？合着闹成这样都是田家的不是了？这追债的可是冲着你们简家来的，别自己惹一身骚还要怪空气不新鲜，这事儿没完，不给个交代，这婚礼啊，就不能算数。

简洁看不起小灿的家人，尤其谢兰。一个在街道工作，一辈子没结过婚的女人，有什么资格对别人的婚礼指指点点，这是典型的嫉妒、羡慕、恨。简洁告诉谢兰，不管婚礼办得如何，证也领了，酒席也摆了，小灿就是简家的人了，哪怕明天简家睡在马路上，小灿也是简易名正言顺的妻子，怎么过日子是他们两个人的事情，一个外人，没资格说三道四。

谢兰也看不上简洁，仗着自己的娘家有钱，又嫁了个警察，趾高气扬，嚣张跋扈。在谢兰眼里这就是典型的小人得志。

谢兰翻脸嚷道："我还真就较这个真了，这婚礼不算数，你们简家必须得再办一次，不然我现在就把小灿带回娘家去！"

小灿有些慌了，即使今天的婚礼比她预期的糟糕透顶，她也没想过要离开简易。

她委屈地看着二姨，她尊敬二姨，从她记事那天起，二姨就像自己的妈妈，一直陪在身边。有时二姨对她的宠爱会让小灿情不自禁地以为二姨就是亲生妈妈。可惜，妈妈在她一岁那年的冬天，永远地离她而去。父亲拿着母亲的照片告诉她：这就是你的妈妈，她爱你，她舍不得离开你……

二姨和妈妈长得很像，二姨更漂亮些。如今，二姨也不再年轻，可她把自己的青春年华都留给了小灿，为了小灿不受委屈，二姨至今未嫁！

二姨的态度很坚定，除非简家有所表态，否则，以二姨的个性，这事儿还真就麻烦大了。

小灿转身去看婆婆。

谭乐云当然一脸的过意不去，她那么喜欢小灿，喜欢的可以鼓动儿子去追求她。这段美好的姻缘，若不是谭乐云精心安排，只怕，今天迎娶小灿的不会轮到自己的宝贝儿子。

她歉意地拉过谢兰的手，说："放心，我比你们还心疼小灿呢，不管怎么说，事儿都出了，我们没办好婚礼，的确对不住小灿，我在这儿给你们赔个不是。"

谭乐云果真向田家人深鞠一躬。这躬一鞠，彻底堵住了谢兰的嘴巴，可她还是觉得心里不畅快。于是，扭头去看简易，问他："简易，我把小灿嫁给你，是要让你疼她，爱她，保护她，不是让她跟着你过这种担惊受怕的日子，这件事你说吧，该怎么解决？"

小灿看着简易，轻声问："怎么办？我可是跟你登了记的。"

简易下定决心，一咬牙："我会对你负责。走，跟我来！"

小灿还没缓过神来，就被简易拉着冲出酒店。

田小灿气喘吁吁："你干吗啊？我穿成这样，不知道的还以为我逃婚呢。"

简易拉着小灿："你爱我吗？"

小灿眨了一下眼睛："废话，不爱你我跟你结婚干吗？"

简易借势亲了小灿一口："妥了，老婆，跟我来。"

简家和田家人追出门口，看着简易和小灿上了天桥。亲戚朋友议论纷纷，有人居然说："要跳下去吗……"另一个人补充道："够悲壮的……"

简易和小灿站在天桥上，小灿的婚纱在阳光下更为洁白。婚纱被风吹起飘扬，两个人站在那儿，就像一幅极美的图画。

田绍民阻止大家上去，站在台阶下看着这对小夫妻。

路上的行人驻足观望，骑自行车、摩托车的都停下来，跨在车上看他们。马路上的车辆突然全体停住，司机、坐车的统统伸出脑袋朝天桥上看。这两个人站在天桥上的举动，引起了交通暂时的堵塞。

简易终于靠近栏杆，向所有停下来看着他们的人高声喊道："朋友们，今天是我和我老婆结婚的大喜日子，在这天桥上，蓝天白云下，在你们的目光中，我发誓，我要爱她，疼她，照顾她，保护她一辈子！就算我简易以后什么都不是，什么都没有，我会把仅有的一块钱给她买泡面，我只喝汤。我相信，大家也相信，我不会混得只剩下一块钱，我有手，有脚，我会用我的双手为我老婆创造无尽的财富、快乐、健康和幸福。朋友们！为了我们永远地相爱下去，请你们祝福我们吧！假如有一天，我辜负了我老婆，我就从这儿跳下去，不用你们接，我愿意为老婆奉献我的生命。"

人群里有人叫好，立刻所有人都自发地鼓起掌来。所有的汽车同时鸣笛，向这对新人送上简单而有诚意的祝福。

田小灿激动地直抹眼泪，黑色的睫毛膏，晕黑了她的眼眶。如果没有婚礼上发生的闹剧，小灿认为她的婚礼是最感人的。

简易在天桥上豪情万丈的起誓，让小灿下定决心，不管未来如何风雨飘摇，她都要跟他生死相依。

小灿喜欢简易，不是因为他们家有钱，她更看重的是简易的人品。正直、热情、乐观，虽有点玩世不恭，可心肠是好的。能跟这样的人生活一辈子，绝不会受一丁点儿委屈。可现在，婚礼无疾而终，虽然不是简易的错，可怎么说也跟简家有关系，心里的委屈自然难以消除。

与此同时，简至善在派出所向民警解释这只是家庭内部矛盾，给派出所和民警带来的麻烦，他表示诚心诚意的歉意，他愿意接受任何处罚。

清官难断家务事，既然是家庭内部矛盾，横插一手也不利于社会和谐。但扰乱社会秩序这一课，民警还是要给各位上一上的。在接受一番批评教育后，简至善和那个要账的人走出派出所。在派出所门前，简至善问了一句：“你这样闹腾，你就不怕我告你个敲诈勒索？”

要账人嘿嘿一笑，满不在乎地说：“你是聪明人，这事儿你不压下来，难不成你还想闹得人尽皆知吗？”

简至善心里“咯噔”一下，对方的用意很明白，这只是给他一个小小的警醒，以后的事怎么办，就看他有没有解决事情的诚意了。

从派出所回来的简至善一再强调这件事是一场误会，一个跟他同名同姓的人今天也娶儿媳妇，大概是那家伙记错了酒店地址，闹到他们这儿来了。听起来有可能，但生活中会有这样的巧事发生，难免叫人心生疑虑。

简至善拉过女婿佟凯，理直气壮地说：“佟凯在场，不信问他！”

佟凯并不知情，但看见岳父大人冲他挤了挤眼睛，他只好替岳父打了圆场。

谭乐云似乎并不相信这是场误会，当着一家人的面逼简至善说出实情，如果不如实交代，日后发生任何事，她谭乐云绝不做替人擦屁股的事儿，自己惹的祸，自己扛。

公公婆婆之间的这种不信任，是日常生活中的矛盾沉淀下来的沉积物，小灿警告自己，日后无论跟简易发生什么矛盾，都要及时解决，断不能让矛盾越积越多，最后连最起码的信任都没了。

公公婆婆还在就此事争论不休，小灿懒得理这些，一个人进了她的新房。新房是唯一让小灿觉得今天是自己的大喜之日的地方，看着大红双喜贴在床头，没来由的感慨让小灿的眼眶湿润了。也许每个女孩子都希望自己的婚礼浪漫而温馨，小灿也不例外。

小灿来到电脑前，打开电脑，登陆了“快吧”网的主页论坛。她在论坛开设了自己的专栏“小事小语”。网站的责编非常重视小灿的专栏，希望凭借专栏，提升网站的点击率，多拉一些广告客户。

小灿开了新帖，题目《我的婚姻我的家》，然后敲下第一段话：从恋爱到婚姻，是一个女孩从心理到生理的一次进化。我把自己交给婚姻，希望婚姻还我一份幸福。于是，我扑向了我的男人，扑向了这个男人生活了二十多年的家庭，我把自己融进这个家庭，发现，彼此的空间突然多了一个外人，这个世界终将不会平静。

2. 婆婆是朋友还是敌人

这种不平静很快就被证实了，而且来得很突然，让小灿对这个新家还没来得及适应，就已经被迫要接受各种家规，而这些规矩的制定者就是她的婆婆谭乐云。

小灿很不理解婆婆的这种行为，以她对婆婆的了解，她应该是个开明、新潮、懂得和小辈们沟通交往的新时代好婆婆。可面对一纸密密麻麻的条条款款，小灿这才意识到，中国的婆婆都传承着对儿媳妇决不姑息养奸的优良品格，这除了在电视、小说上司空见惯，现实生活里也一样被演绎得淋漓尽致。

其实，小灿能和简易恋爱结婚，全是谭乐云的功劳。小灿和谭乐云都是市第五中学的老师，谭乐云是高一三班的班主任，小灿刚毕业，分在高中部任教思想品德课。本来毫无联系的两代人，因为一名同学的乌龙事件，让她们成了莫逆之交。在处理这位同学的意见上，两人的观点、想法、初衷竟然惊人的一致。谭乐云欣赏小灿的博爱之心，小灿赞赏谭乐云能够换位思考，平等对待，这是老教师们很少有的一种宽怀和气度。

两人的同事情谊火速升温，小灿没想到自己可以和一个与母亲年龄相仿的女人成为朋友，并能推心置腹，无所不谈；谭乐云更没想到在年过半百的今天，居然还能找回失去的青春。玩找你妹玩得忘记吃饭；追快乐男声的热度绝不亚于十七八岁的小女孩，而这些都是在小灿的煽动下，自然而然地成了谭乐云 50 岁后，人生最重要的一部分。为此，儿子简易曾怀疑她的更年期变异了。

小灿第一次见到简易，就是谭乐云安排的。

和小灿接触下来，谭乐云越发地喜欢她了。她敢说敢做，表面大大咧咧，内心却非常细腻。最让谭乐云满意的是，小灿从小就没了母亲，将来嫁给简易，她就会全心全意地孝敬她这个婆婆了。虽然这种想法很自私，可这种自私却糅合着对小灿的喜爱，不然，她也不会把自己眼中最优秀的儿子介绍给小灿。

那天，本来约好和小灿看下午场的《失恋 33 天》。小灿买好饮料和爆米花，站在那儿等谭乐云。可谭乐云此时正坐在家里电话指挥儿子的行动，她告诉简易："她穿着粉色裙子，扎着马尾……我不是给你看过照片吗？对！对！对……你看到她了？小心你的语气和态度，别吓到人家啊……哎！你不是自称情场高手吗，追女孩子还用得着老妈教你？给点力成不成啊，别叫我看扁你……"

简易收好电话，笑吟吟地朝小灿走去。

小灿东张西望，忽然，一张意图不明的笑脸出现在眼前。她先是瞪了一眼，接着干脆扭头不与他对视。小灿认为，一个男人对女孩露出这样猥琐的笑容，多半是心存不轨。

事实证明，简易并不是老妈口中的情场高手，一见到漂亮女孩，简易就动作迟缓，思维混乱，口干舌燥，体力不支……

小灿忍受不了身边多了一个表情痴呆，目光淫贱的男人，她猛地转身，在离开之际，恨恨地在简易的脚背上跺了一脚。

简易末梢神经的敏感度迟钝淤塞，小灿已经走远后，简易才抱着脚，疼得龇牙咧嘴。

简易这样抱着脚乱跳，难免与旁边的人有所身体摩擦，说来也巧，简易一个没站稳居然趴在了一个穿着性感的女孩身上，女孩惊恐尖叫，那声音如遇淫贼。

简易不知道怎么回事，整个身体已经悬空而起，当他定睛看去，一个魁伟的男人正将自己从女孩的身上揪起。

如闪电一般，简易的脸上就挨了一记响亮的耳光，接着，便是如雨点般飞射而来的拳头和飞脚。

一时间，影院门前人声鼎沸，各种声音夹杂在一起，已经淹没了商场播放的音乐和各种广告的声音。

小灿听到身后传来的嘈杂，转身，发现，那个猥琐的男人已经被打倒在地。小灿狠狠啐了一口："活该，人渣……"

小灿的电话突然响起，是谭乐云打来的，一开口便问："怎么样，有没有感觉啊……他是我儿子，很优秀，很能干的，你们俩好好看场电影，我在家给你们做好吃的……"

小灿一头雾水，这都什么跟什么啊！

小灿一边听电话，一边朝影院门口看，此时，被打的男人已经站了起来，他被人钳制着，推推搡搡地朝她这边走来。

“我儿子在广告公司上班，月薪不低，他喜欢运动，休闲是他的最爱……”

小灿扫了一眼那个被人推搡的男人，运动裤，运动鞋……

小灿赶紧问电话里的谭乐云：“你儿子叫什么？”

“简易！”

小灿想都没想，冲着已经走过去的人群喊：“简易……”

此时，一张挂了彩的脸从人群的缝隙冒出来，小灿闭了一下眼睛，天啊，他是谭老师的儿子……

最后，谭乐云火急火燎地赶了过来，对那对小情侣赔礼道歉，好话说尽，人家才勉强同意不去派出所。可简易在小灿眼里的第一印象彻底跌入谷底，弄得谭乐云尴尬不已，担心小灿从此疏远她。

这件事后，小灿和简易还真成了朋友。要问小灿什么时候和简易好上的，小灿也答不上来，就是不可思议地爱上了他，爱得很认真，很刻骨，很快乐。

现在，小灿嫁给了简易，除了婚礼上的小风波让她觉得莫名其妙，其他的她都觉得无可挑剔。婆婆是她的朋友、同事，了解的程度已经让她们毫无芥蒂；简易看似油滑狡诈，可内质还是一个刚离开母鸡保护的育雏，这一点，小灿完全有能力管控简易，因为她的母性在隐隐作祟。

让我们回到那份密密麻麻的家规上吧。

家规的内容惊呆了小灿，更让简易咋舌不已，连连惊呼：“老妈，这什么情况啊？”

谭乐云露出亲和的笑容：“这是家规啊，小灿从一个外人变成咱们家一份子，很多事情我们得彼此适应对方，我列了几条，都是相互的，这样，日后就不会有什么麻烦了，是吧，小灿？”

小灿抬眼看婆婆，表情很复杂。

谭乐云的笑容依旧挂在脸上：“我知道你是个懂事、讲道理的孩子，可既然嫁进了我们简家，我还是希望你能按照我立的这几项规矩约束自己。你和简易都还年轻，一些事情上的把握是不够的，你别觉得我这个婆婆事儿多，我这也是先小人后君子，把什么事都说在桌面上，咱们日后相处也不会有什么障碍。”

小灿看着谭乐云，忽然间觉得昔日的友好、亲密都是一种假象，她现在是她的儿媳妇，这种天生的敌对关系，她一样也不能免俗。小灿觉得和谭乐云之间的距离被无形地扩大延伸，直至完全陌生。

简易心疼小灿，干咳一声：“不是，妈，一家人有这个东西横在中间，你说能和谐吗？”

“多和谐啊，婆媳关系向来不好相处，我和小灿也是人，今后大家生活在一起，难免有摩擦，有了这些规矩做准绳，我和小灿之间就有了保障，我会尽量习惯小灿，小灿也要尽量习惯我，习惯这个家，能做到这样，婆媳之间的矛盾也就自然不存在了。”

小灿知道这是谭乐云有意刁难，什么家规，不就是想在她面前抖抖做婆婆的威风吗？成啊！给你这面子，大不了以后井水不犯河水，我看你能抓住什么把柄。小灿把纸往桌子上一放，说：“我不明白第五条的意思。”

谭乐云看小灿对家规有了反映，立即解释道：“这第五条非常重要，亲家关系比咱俩的婆媳关系重要百倍，你们家比较简单，可咱这个家却复杂得很，两家的生活习惯不一样，社会背景也不一样，人际圈子更是截然不同，因此，想要两家保持和平共处，我的意思是，大事民主，小事互不干涉，最好经济上不要有任何瓜葛！”

小灿尤其接受不了婆婆最后一句话，什么叫“最好经济上不要有任何瓜葛”？难道她就是冲着简家的钱才嫁给简易的吗？她爸可不是卖女儿，非得要简家给座金山银山。这不是门缝里看人——把人看扁了吗？

小灿当即就挑明了婆婆的意图：“就是说，两家最好不要来往？”

谭乐云笑了：“也不是不相往来，我的意思最好保持一定的距离。”

小灿很不高兴，刚要说话，简易一拉小灿，忙开口：“老妈的精神我们从头学起，从头学起。”

小灿狠狠地在桌子底下踩了简易一脚。

简易忍着疼，嬉皮笑脸：“这太突然，您得容我们有个适应阶段啊。”

谭乐云仍旧一脸笑容：“我没逼你们啊！这就是约束，凡是往好了做，这就是我定规矩的宗旨。”

还用得着什么规矩啊，干脆把她手脚都捆上，不说不做，当个木头人总不会惹到你吧，小灿实在忍不下去，起身就走。

简易去追，这时客厅电话响了起来。

3. 二姨的馊主意

电话是田家打来的，说小灿的爸爸生病了，很严重，下不了床，希望小灿能回家看看。

小灿当即就乱了心思，一想到昨天那场糟糕的婚礼和刚刚那些所谓合情合理的家规，小灿就越发觉得自己委屈，吧嗒吧嗒开始掉眼泪了。

谭乐云一开始并不同意小灿回去，没到回门儿的日子就往娘家跑，外人知道了指不定会扯出多少闲言碎语呢。亲家多半是得了感冒发烧，就算小灿回去了，她又不是医生，亲家的病也不会立时痊愈。

婆婆的话让小灿更加难过，非得得个什么大病，她才能回去？那些老黄历的习俗，难道比爸爸的命还重要？

简老太太得知亲家病了，赶紧张罗着简易带些礼品过去，“哪个做父母的不心疼自己的女儿，婚礼这么一闹，亲家指定受不了。”

小灿唯一感到这个家的温暖是来自奶奶，奶奶的话让婆婆哑口无言，小灿感激奶奶的理解。

小灿和简易出门后，简至善的助理乔宇阳急冲冲地来到简家，和简至善关在书房里不知谈些什么。谭乐云觉得丈夫和助理的行为举动有些诡异，便悄悄地凑到门前偷听。还没听出个子午卯酉，简至善和乔宇阳就推开书房的门走出来，告诉她，深圳那边出了点状况，他要赶过去处理一下。

谭乐云当然不信，公司的事儿为什么要避着她？怎么说她也是老板夫人。当初简至善开这家公司的时候，她也有入股的，她有权知道公司任何事情。谭乐云坚持好事不背人，背人没好事！简至善没有时间跟她解释，说三天后就回来。

简至善一走，谭乐云的心就悬了起来，她对简老太太说：“你儿子一定有事瞒着我们，看他鬼鬼祟祟的样子，指定没好事儿。”

“你啊，太紧张了，他是我儿子，我还不了解他吗？给他个胆子，他都干不出什么出格的事儿，他胆子小着呢！”

谭乐云一撇嘴：“有你护着，他胆子能小？”

简老太太没理谭乐云，转身向自己的卧室走去。走到门口，转过头：“告诉简易，让他们早点回来，新房的灯三天不能灭的……”

田绍民根本就没病，打电话到简家是谢兰的主意。

谢兰一宿没睡，满脑子想的都是简家的事，最坏的可能就是简家倾家荡产，小灿和简易过上动荡不安的生活。

简家的这笔欠账直接危害到小灿未来的幸福，谢兰不能坐视不理。在居委会工作多年的她有着普通妇女的俗气，认为钱是万能的，没钱是万万不能的。更别说简家在婚礼上闹出的欠账风波，这在谢兰的眼里就是天塌下来的大事儿。小灿可是她一手带大的，比亲妈还要疼。

谢兰虽然俗，但绝对讲道理。简家的事，虽说让她心里不痛快，可两个孩子是真心相爱，她不可能因此就要棒打鸳鸯。当初她就担心小灿嫁进比田家有钱的简家，身份地位的悬殊会给小灿带来不必要的麻烦，现在看，这有钱没钱都是对婚姻的一次严峻考验，她的最终目的是想小灿活得安稳，过得幸福。仅此而已。

谢兰思量了一宿，只有两个选择，一是分家，各过各的，就算简家最后闹到倾家荡产，小灿和简易也能养活自己；二是小灿和简易搬过来和他们一起住，就算父债子还，波及简易，她和姐夫也不会袖手旁观，田绍民这些年也有点积蓄，养活闺女女婿是不成问题的。

这分家可是有钱人家的忌讳，简家的生意虽然不大，可厚实的家底仍是田家不敢企及的。这一分家就好像弃家产于不顾，就算简易无所谓，小灿的婆婆和奶奶也绝不会同意。况且谢兰也有她的私心，就怕这一分家，简家的财产就会落到简洁的手里，她是横竖看不惯简洁那副骄傲轻狂，嚣张跋扈的劲儿。白白成全了简洁，她谢兰还真有点儿不服。

看来只能让小灿和简易搬到娘家住了，可总得找个借口吧，平白无故，小灿的婆婆又岂能同意新婚小两口搬到娘家住？这和上门女婿有何分别？于是，谢兰想到了一个法子，让姐夫装病，借口让小灿回家照顾几天。反正婚礼的事，简家欠着田家一个人情，让小灿回来照顾生病的爸爸，简家也没什么可非议的。

当小灿和简易赶到娘家，看到健健康康的爸爸正在阳台上浇花，小灿就知道这当中一定有问题。

谢兰叫简易陪田绍民下棋，她拉着小灿进了里屋。

小灿的屁股刚挨着床边，谢兰就把自己的想法告诉了小灿。小灿听后，表现得很平静，并没有像谢兰想得那样，像炸了毛的火鸡。这似乎是个好的开端，只要小灿同意，一切好说。

小灿果然同意搬回来，还说："我巴不得天天看到你和爸呢，你们可是我最亲的人！"

谢兰一听小灿这么说，满心欢喜，成，总算没白疼。于是，谢兰直截了当，提出择日不如撞日，那就干脆今天搬回来算了！

小灿摇摇头，说："这也太着急了吧，我是答应了，简易呢，简家呢，咱们做事也不能一厢情愿，是吧。"

"傻孩子，不是咱们一厢情愿，是他们简家逼得咱出此下策。"谢兰握紧小灿的手，"你想啊，要不是欠得多，人家干吗非得在婚礼上要债？要债的都是些什么人，把他们惹烦了，下次可不是闹闹婚礼这么简单了，为了你和简易的安全，你俩还是搬过来住最稳妥，省得我和你爸提心吊胆，不安生。"

小灿笑了，说二姨这是杞人忧天，婚礼上的事儿根本就是一场误会，公公都说了，还有错吗？

"误会？闹得这么凶，居然是误会？也就你信吧，反正我不信。"谢兰当即推翻这是误会的说法。

小灿有些不高兴，这搬回娘家住的事儿，她是一百个不愿意跟婆婆张这个口，她可不想让婆婆误会他们家这是落井下石，一副世俗的小市民作为。

“就因为咱是小市民，就更得把事情想得周全细致，不然吃亏的一定是咱自己，真的！”谢兰振振有词。

小灿拿二姨没办法，只要二姨掺和的事儿，小事儿都能给你弄成大事儿。这么多年，二姨的火暴性子她见识多了，唯一的办法就是跟她打持久战，用时间跟她抗衡。

午饭还是在娘家吃的，田绍民特地把藏了好几年的五粮液拎了出来，说要和姑爷好好喝几杯。

简易哪是田绍民的对手，几杯下肚，已经晕晕乎乎了，上厕所还得老丈人扶着。小灿在客厅埋怨爸爸欺负人，能喝过爸爸的根本就不是人，是酒缸！田绍民也不生小灿的气，悄声对简易说：“外面那两个可都是姑奶奶，不好惹，你二姨，整个一泼妇，得理不饶人，无理还要搅三分；小灿嘴巴厉害，凶着呢！做她们的老公得学会忍，不然，没好。”

简易笑了：“没那么恐怖吧。”

田绍民张大嘴巴：“不信你试试，别怪我没提醒你。”

简易到底是喝醉了，躺在小灿当姑娘时睡的卧室里，折腾了好几次，又是吐又是闹，真真把小灿折腾得筋疲力尽。

好不容易把简易安抚睡下，天色也渐渐黑了下来。谢兰让小灿今晚就住这儿，简易喝成这样，她可是一万个不放心让他俩回去。

小灿不忍心再折腾简易了，情况特殊，只能留在娘家住一宿了。就算婆婆怪罪起来，有简易在，她也不会受什么为难。

就在这时，谭乐云的电话打来，一听简易喝醉了，晚上不打算回去，就劈头盖脸地一通数落:“怎么能让他喝这么多,怎么能这么灌一个孩子,简易不懂事,你爸也不知道个轻重吗?这哪是去探望病人,根本就是开家庭PARRTY去了,亲家也真会开玩笑,要知道这样,就不该让你们回去。”

小灿只有张着嘴巴听得份儿,根本就插不上一句话。谢兰在一旁听得清清楚楚,一来气,上前抢过电话回了回去:“喝多了就是喝多了,说再多也没用,我告诉你,小灿和简易不回去了,不光今天,以后也不回去了,他们要长期住在娘家……”

谭乐云被谢兰在电话里噎了回去后,就把田家打算让小两口住在娘家的事告诉了简老太太。老太太一听就急了,这简家娶媳妇是要添口人的,怎么倒成了给别人家添人口了?简老太太说什么也要亲自去田家把人接回来。谭乐云拦着婆婆,说:“太晚了,您去不合适!”老太太哪儿管早晚:“这新房三天不能灭灯没人,多晚也得给我回来!”

婆媳俩正僵持着,简洁大摇大摆地从外面进来,谭乐云只好让简洁陪着奶奶到田家走一趟。

简洁不情愿,说“小灿的架子够大的,要不要派八抬大轿请她回来啊,爱回不回,死外头更好!”

谭乐云见婆婆已经出了门口,指着简洁吼道:“你去也得去,不去也得去,奶奶要是出了什么事儿,我撕了你的皮。”

简洁一边追着奶奶,一边打电话,似乎电话没打通,只听简洁大骂:“每次用你的时候,你就不知道死哪儿去了,王八蛋……”

简洁收了电话,一抬头,看见奶奶正要过马路,简洁吓了一跳,赶紧喊:“奶奶,你慢着点,看着车……”

说来也巧,就在简老太太听见简洁的喊声,一愣神儿的功夫,一辆车擦着老太太的身体开过去。老太太吓了一跳,急忙往后闪,可年纪大了,腿脚不灵便，老太太一屁股坐在了地上。

简洁吓傻了。

4. 多年的媳妇熬成婆

田家赶到医院的时候，奶奶正在处理室接受伤口包扎，索性没什么大碍，只是手肘擦破了点皮儿。简洁心里本来就不痛快，一见田家浩浩荡荡来了一帮人，这是来示威的还是来看热闹的啊。

小灿也不多说什么，直接就要进处理室。简洁不让，上前一步挡在门口，说:“现在知道担心奶奶了，早干嘛去了？幸亏我陪着奶奶，不然，还不知道会伤成什么样呢！”

小灿一心惦记奶奶，被简洁这样拦在门口，内心就更加焦急，一着急，说话的语气也就冲了起来“有你陪着奶奶还能撞车？你又不是三岁小孩，老师没教过你怎么过马路吗？”

简洁被噎得直瞪眼，谢兰则在一旁偷笑，她这个外甥女也不是好惹的。

谭乐云扶着简老太太走出来，田家人都围上去，关切地询问老太太的情况。简老太太很是感动，亲家能亲自来看望她这个老太婆，证明人家大度，不跟简家较真，婚礼没办好，娘家要是闹起来也是没辙的事儿。人家现在没闹，这是简家的福气。

谭乐云心里一直梗着谢兰在电话里说的事儿，即使田家人全体出动来看望奶奶，也无法抵消她内心的郁结，她会认为田家这是表面功夫，背地里阴着呢。最能说明这一点的是他们居然没让简易一起来。奶奶出了车祸，做孙子的居然无动于衷，这显然是田家人的主意。

当小灿告诉谭乐云，简易喝多了还在睡觉，谭乐云就火冒三丈高，嚷起来："这个白眼狼，我养了他二十几年，现在翅膀硬了，别人给点小恩小惠就不要这个家了，真是没出息。"

这句话让谢兰意识到，让小灿和简易住在娘家的决定有些草率，没有哪个当妈的愿意把自己辛辛苦苦养大的儿子拱手让给别人，她还不藏着私心？也舍不得外甥女到别人家受苦受罪吗？将心比心，谢兰真心觉得这件事太欠考虑。

"我不管谁的主意，让你们住在娘家也成，除非我死了，不然，休想。"

竟然以死相逼了，看来二姨的主意真的触怒了婆婆。小灿有点心慌，哪儿见过谭乐云如此大呼小叫，这婆媳之间一丁点儿风吹草动都会演变成狂风暴雨，想要和平相处，着实是异想天开。

小灿赶紧给简易打电话，让他不管是爬还是跑，总之，立刻，马上赶到医院来，她可招架不住这位婆婆了。

简易站到谭乐云的面前时，还有些头脑昏沉，四肢无力。

当谭乐云问起搬到娘家住是怎么回事，简易一头雾水："有这情况？我怎么不知道？"

"别给我装糊涂，你可是简家的儿子，像入赘这种丢人现眼的事儿，你最好别给我做。"

简易笑嘻嘻："那是当然，我是您的儿子，是简家的长子长孙，除非您赶我出去，否则，我不会离开老妈您啊。"

"别油嘴滑舌，我告诉你，赶紧给我打消这些念头，你要是做了令我失望的事情，我可不饶你。"

简易搂住谭乐云："老妈！您就放心吧，你儿子我，是世界上最听您话的人，您叫我往东，我绝不敢往西，您叫我站着，我想趴着也得掂量掂量……"

这件事似乎告一段落，简易的甜言蜜语哄得老妈心花怒放，这是简易惯用的伎俩。可小灿心里还是挺别扭，自己受了委屈，他倒哄起老妈了，还说把自己放在第一位呢？都是骗人的。

医生主张病人最好留院观察一宿，毕竟年纪大了，什么意外都有可能发生。谭乐云同意医生的提议，决定让简洁留下来照顾奶奶。简洁一听这个，立马跳了起来，凭什么让她替小灿背这黑锅，事儿是小灿惹出来的，由小灿照顾奶奶这是天经地义，跟她半毛钱关系都没有。

简老太太说什么都不肯留在医院，更不能因为照顾自己而让新房成空房，这不吉利。简易和小灿坚持要一起留下照顾奶奶，并说服谭乐云回家等爸爸的消息，没准深圳的事儿跟要账有关呢。

争持半天，还是小灿和简易留下，这让原本对田家有所抱怨的谭乐云内心稍微得到了纾解。即使奶奶一再强调新房不能成空房，谭乐云也管不了那么多了。和田家的这场战役，还是她占了上风，毕竟田小灿现在乖乖地待在医院。想搬回娘家住，想将她一军？也不看看她这位对手有多强大。她倒想和亲家斗斗法，看看是她这个婆婆技高一筹，还是她二姨能够呼风唤雨。

小灿不明白，谭乐云为什么会突然改变对自己的态度，难道婆媳之间一定要分出个高低胜负吗？本以为自己拥有了全天下最通情达理的婆婆，本以为会和婆婆相处得亲如母女，然而，两件看似微不足道的小事，却在谭乐云那里掀起了惊涛骇浪。

婚后的各种转变，像一把急速旋转的风车，让小灿眼花缭乱。

小灿试图找出答案，可婆媳之间存在的微妙关系，似乎将她和谭乐云的距离越拉越远，这种自然而然的嫌隙，让小灿对目前的婚姻生活产生了恐惧。

简易懂小灿的心思，老妈的脾气他比任何人都了解，典型的刀子嘴豆腐心，几句软话，就能让老妈多云转晴。这么多年，他的好话让他多次成功逃脱老妈对他的制裁。

简易看出小灿心事重重，低头吻了一下她的额头：“怎么了老婆，不高兴呢？”

小灿仰头看简易：“我害怕。”

简易微笑：“怕什么？怕我对不起你？”

小灿轻捶简易的胸脯：“别开玩笑了，说真的，我有点害怕，怕你妈。”

“我妈又不是老虎，你怕她干吗？更何况，你们的关系又不是一天两天了，别瞎想。”

“我才发现，你妈这人笑里藏刀，出其不意地我就毙命在她的刀下了。”

简易呵呵大笑：“宫斗剧看多了吧！我妈是皇太后，你就是朕的小爱妃？皇太后不喜欢朕独宠一宫，想废掉你，于是，你胆战心惊，如履薄冰，夜不能寐？”

“什么乱七八糟啊！你妈不喜欢我，我能感觉得出来。”

简易搂紧小灿：“怎么会呢，别忘了，咱俩的媒人可是我妈，她真要是不喜欢你，干吗还撮合我们在一起，她这不是没事找事吗？”

这的确是小灿最拿捏不准的问题，当初谭乐云费劲九牛二虎之力，撮合他们在一起。如今，如她所愿，小灿成了她的儿媳妇，这本来应该是皆大欢喜的事情，可小灿一点儿欢喜的味道都品尝不出，尝到的只是战战兢兢，惶惶恐恐。

“你妈好像特别在意搬我们家去住，我该怎么办啊？”

简易拍了拍小灿的肩膀："老婆，我理解二姨的心思，不过，你放心，你还有我呢？我的使命就是保护你，爱护你，在简家，我不会让你受一丁点儿委屈！"

"你是你妈的心肝宝贝，人家都说，婆婆和媳妇是情敌，我霸占了她的最爱，她会恨我的！"

简易安抚小灿："别傻了，那是个别现象，我们家不会出现这种情况。"

小灿还是顾虑重重："我就是弄不明白，你妈怎么突然像换了个人似的，这样下去，我们还怎么生活在一起啊！"

"多年的媳妇熬成婆，我妈也就是想在你面前威风威风，等新鲜劲儿一过，我保证，她不会再为难你了。"

小灿也这么想过，可毕竟日子还长着呢，如果谭乐云一直用这种态度对她，她真怀疑自己还有没有坚持下去的勇气。

小灿躺在陪护床上，一点儿睡意也没有。简易趴在床头，呼噜打得正酣。

奶奶最后一瓶液滴完，小灿叫来护士，护士拔了针，简老太太睁开眼睛，睡醒了。

小灿凑过去："奶奶再睡一会儿吧，离天亮还早呢。"

简老太太动了动身子："上年纪了，没多少觉了，你瞧那小子，睡得跟头死猪一样。"

小灿扭脸看简易，笑了笑："估计还醉着呢。"

简老太太握着小灿的手："你困吗？"

小灿摇摇头："不困，我习惯熬夜。"

简老太太点点头："不困的话，和奶奶说会儿话。"

小灿搬了把椅子坐在床边，简老太太拉住小灿的手，脸上露出慈祥的笑容："婚礼没办好，蜜月也没去成，真是委屈你了，简家对不住你啊！"

小灿笑了笑："婚礼就是一种形式，怎么办都成，我不在乎这些。"

小灿的话，让简老太太感到很欣慰，能娶到这么懂事的媳妇，是简家的福气啊。

"我当初嫁到简家，什么都没有，卷个铺盖卷就进了简家的大门，那个时候，能吃饱饭就已经谢天谢地了，哪儿还有别的指望啊！"简老太太冲小灿笑了笑，接着说："你婆婆公公结婚那会儿，我就想啊，结婚是女人一辈子的大事，我没有的，不能让他们也没有，我咬着牙，狠着心地给他们买了电视和自行车，现在想想，那会儿真寒酸啊。"

"时代的问题，那时候都那样儿。"

简老太太点点头："你和简易的婚礼，我和你婆婆都想着办的体面点儿，把我和你婆婆的遗憾都在你身上补回来，哎……不成想，半道闹了那么一出，我这心啊，过意不去啊。"

小灿的心被撞了一下，提到自己的婚礼，现在都觉得别扭呢。

"婚礼办成这样，你连一句埋怨的话都没有，我和你婆婆都觉得多不住你啊！"

小灿低下了头，要说没怨言那是假的，谁不想把婚礼办得热热闹闹，开开心心的？

简老太太紧紧地握着小灿的手："简易这孩子，驴行着呢，他要敢欺负你，我决不饶他，只要你俩好好的，奶奶就放心了。"

小灿瞅了一眼熟睡中的简易，说："我能治了他，这您就放心吧。"

简老太太笑着点头："你俩我放心，可咱这个家啊！就没那么省心了，简洁30了才结婚，性子急躁，说话不经大脑，脾气又古怪，你别跟她一般见识，少搭理她就行。”

“我不介意，其实她心不坏。”

“你公公婆婆就是俩冤家，吵吵闹闹了半辈子，你婆婆是嘴巴不饶人，心眼不坏，我跟她这么多年，也有意见不和的时候，但她没跟我红过脸，对我也孝顺，我知足了。”

“我爱简易，为了简易我也会孝顺您们的，不然简易夹在中间会难受的。”小灿明白奶奶的意思，长辈始终是长辈，就算有不对的地方，做小辈的也要多体谅一下，这样，这个家才会安宁。

简老太太拍着小灿的手：“你真是个懂事的孩子，第一眼见你，我就喜欢得不得了，你做我的孙媳妇，这是老天爷厚待我啊！”

小灿甜甜地笑着。

第二章　爱情不一定都是浪漫

婚姻对小灿来说，比解一道几何代数题还要难上好几倍。婚姻关乎的东西太多，太复杂，一不留神，可能就会弄得苦不堪言。她把婚姻当成监牢，这是从很多过来人那里道听途说的。现在，当她深入其中，才明白，这个比喻的精准和贴切。

1. 公公的秘密

公公从深圳回来后，婚礼上的那场要账风波似乎真的被证实是虚惊一场。之前还笼罩在小灿心里的那丝阴霾，在公公重新提起蜜月计划时，一下子就烟消云散了。

原计划的蜜月旅行，因婚礼上的闹剧不得不被迫取消，小灿虽嘴上不说，可肚子里是一腔的委屈。简易能理解，欠了小灿一个美满的婚礼，还要搭上两人浪漫的蜜月旅行，他比小灿还揪心，还觉得遗憾。如今，误会解除，失而复得的蜜月旅行即将起航，简易终于可以给小灿一个交代了。他爱她，就是想让她成为最幸福的女人。

重提蜜月旅行一事，得到婆婆谭乐云的反对，她认为婚假马上结束，还是不要耽误工作，现在找份称心的工作实在难得，不要因小失大才好。简洁也站在谭乐云一边，持反对票，她的理由是，重新选择旅行线路，既浪费时间又多花钱，还是等旅游淡季的时候划算些。

小灿的兴奋当即被这些莫须有的理由击得粉碎，一辈子就这么一次蜜月旅行，若不能和相爱的人一同经历，那人生岂不有所缺憾？就连简易都觉得这些理由不可思议。在当下看，没有什么比他和小灿的蜜月旅行更重要的了，就算全世界的人都反对，他也要给小灿一个终生难忘的蜜月之旅。

蜜月旅行的事提上了日程，简至善让小灿和简易自己安排，只要有目的地，一切费用他来承担。

简老太太对儿子的决定大为赞赏，亏什么也不能亏了孩子们的幸福。孩子们的幸福不就是父母辛苦一辈子的所图吗？别人有的，小灿和简易也不能少。这不但是给小灿一个交代，更是给田家一个交代，不能让别人说简家办事不地道。

当然，小灿第一时间就把蜜月旅行的事告诉了爸爸和二姨，并且在电话里转达了公公对他们的歉意，还说公公会找个时机亲自登门赔罪。

田绍民和谢兰半信半疑，可听女儿说话的语气，又好像这笔欠账真的子虚乌有。谢兰曾作过最坏的打算，如果简家那边真的出了什么状况，她也顾不得什么面子不面子，直接去婆家接人去。这只是最坏的打算而已，如今简家那边雨过天晴，她的这步棋，看来是用不上了。

果真，第二天简至善就带着谭乐云亲自敲开了田家的大门。当田绍民看到简家夫妇满脸歉意的微笑，他那一颗悬着的心总算踏实的着了地了。

小灿的公婆肯放下姿态登门赔罪，田绍民倒有些过意不去了，相比之下，倒显得他们有些小家子气。谢兰不这么认为，错在简家，他们不表示个态度，这事儿搁谁身上都觉得拧巴。

田绍民想去饭店定一桌，好好款待一下亲家。谢兰忙拦下，说在饭店不如在家方便，这亲家会面当然是无拘无束的好，在家里显得亲近热乎。田绍民不想在这事儿上跌份儿，毕竟简家不同他们小家小户，让人挑了理儿，得不偿失。

最后，还是定下了饭店的包厢。谢兰拉上干儿子大齐算是陪客，可这陪客也不能白陪，谢兰有她的打算。干儿子大齐是她一姐妹的孩子，姐妹前几年得癌症死了，谢兰见大齐可怜，就收他做了干儿子。自大齐丢了工作后，一直在家闲着，30 刚挂零就这么虚度光阴，谢兰心里一直憋着一口气。大齐别的本事没有，就有一张好嘴，可光有好嘴也不能当饭吃，当钱用，每个月入不敷出，这生活质量每况愈下。谢兰心里急啊，好在外甥女嫁了个好人家，只要简家点个头，大齐进简家公司那就是板上钉钉的事儿。可万万没想到婚礼当天，简家居然闹出欠钱风波，不仅大齐的工作泡了汤，就连外甥女的幸福都要受此威胁。一向疼爱外甥女的谢兰，顾不上日后有求于简家，也要为外甥女出头挣回该有的面子。如今想想，她在婚礼上对简家的态度，那可是断了大齐找工作的后路啊！可谢兰是谁？凭她三寸不烂之舌和在街道工作十来年的丰富经验，想要扭转这种被动的局面，那还不是易如反掌！她就有这种本事，见风使舵。

当简至善提到大齐在哪儿高就，谢兰就知道机会来了，可她又不能直说，这事儿还得简家先开口，她好来个顺水推舟，既不让自己显得趋炎附势又能顺理成章了却一桩心事。于是谢兰一摆手说：“甭提什么高就了，我都不好意思说他们单位那些破事，真的，这力出了，时间也搭进去了，到头来拿不到一分钱，去年的工资现在还没有着落呢。真的，今天高兴，我不愿提这事儿，免得给你们添堵。”

果然，简至善上了钩，接着谢兰的话说：“那可不成，亲家的事就是我们简家的事，实在不行，干脆辞了，到我这儿来，怎么也不至于拖欠工资吧。”

“这怎么好意思啊，不行，不行，大齐出个力啥的还成，进你们那么大的公司，我怕他给你们添乱啊！”谢兰嘴上这么说，心里早就美得冒泡了。

“什么大公司啊！还不是混饭吃？哪儿比得了你们，赚个清闲自在。现在竞争压力太大，稍不留神，就会亏损个千八百万的，我们这是在风险里打滚啊！”谭乐云及时抢过话茬，她能猜不到谢兰的那点心思吗？

谢兰听出这话带着炫耀的成分，可她也不示弱，接着说：“说清闲，这年头哪儿还有人敢清闲啊，咱们都一样，还不都是为了过好日子？可惜我们没亲家这么有胆识，只能走一步算一步了。”

“不能算。”简至善借着酒劲儿，向谢兰打包票“大齐是你干儿子，他的工作我来安排，这个忙，不帮不成。”

简至善一锤定音，包票打得那叫一个响亮。可谭乐云却有些不情愿，当走出饭店，坐进车里，看着田家人在车后一直挥手送别，谭乐云才埋怨起简至善来：“你有病啊！答应的倒痛快，没看出来人家是故意套你话的？也不看看他是不是进公司的料，卡莱不是慈善机构，我可不想白养个废人。”

“这都成亲戚了，你别那么多事儿成吗？不看亲家的面子，也得给小灿个面子吧！”

谭乐云瞪眼：“面子，面子，难不成田家的亲戚我们都要管啊，今天是干儿子，明天有可能就是干妈，后天指不定会跑出个什么亲戚来呢，你简至善想做善人，那干脆给他们田家开个公司算了。”

“你啊！我怎么说你好啊……”简至善不耐烦地摇摇头。

亲家的会面在融洽、平和的气氛中结束，这算给婚礼上的闹剧画上一个句号。可在回家的路上，简至善的一个未接电话，引起了谭乐云的猜疑，她马上联想到几年前发生的一件事。那时，简至善的手机和现在一样，总有些明其妙的电话打进来。每次问是谁打的，他的回答也是一样的，一个客户！可事情并不是这样，直到谭乐云在办公室撞见那个披着简至善外套的女秘书，她才恍然大悟，自己的老公也玩起了这种游戏。谭乐云不分青红皂白，扬手就打。女秘书不堪羞辱，悲愤地逃出办公室。从那以后，公司的人都在背后议论这个刚刚大学毕业的女生，如何用色相迷惑老板，如何一步升天的。为此，简至善多次向谭乐云解释，他和那个女秘书什么也没有，根本就是一场误会！谭乐云不相信任何解释，她只相信自己的眼睛。然而，几天后，那个女秘书突然跳楼身亡，她在遗言里只写了一句话：我是无辜的……

人死了，谭乐云的心结依旧还在。她拒绝见死者家属，不管对方索要多少赔偿，她都愿意支付。可是，死者家属并没有索要一分钱，只想让她知道，死者的如花青春是她一手摧残的……

如今，简至善的电话又让她心生疑虑，难道悲剧又要重新上演？

关于公公的这段往事，小灿也是从简易那儿听来的。小灿坚信那个女孩是无辜的，很有可能是婆婆误会了。

简易告诉小灿，这件事千万不要在母亲面前提起，母亲要强的性格，即使真的是她错了，她也不会在人前承认她的过错。小灿觉得公公很可怜，被莫名地扣上了出轨的帽子，还要为这种莫须有的行为背负着婆婆的谴责。夫妻间到了这种不信任的程度，婚姻对他们而言是何其的不幸啊！

其实给简至善打电话的是秘书乔宇阳，他还真的掌握了一个重要的消息，这个消息很有可能事关简家的生死存亡。简至善找到乔宇阳，两人秘密交谈了一个多小时，直至达成共识，他们才走出咖啡馆，消失在茫茫的夜色之中。

简至善一夜没回。在简易和小灿眼里，这是不足为奇的事情，可在谭乐云看来，这是简至善做坏事前的征兆。一个已婚男人夜不归宿，最有可能的是在外面花天酒地。简至善不是没干过。简易想安慰老妈，却被小灿拦下了。她的理由是，在没确定公公有这种行为之前，最好不要让婆婆觉得自己受尽了天大的委屈，当局者迷，就更不应该让她有这种错误的判断力。

小灿也不知道自己为什么会有这样的理由，难道她要报婆婆给她定家规的仇吗？在学校，她一直觉得谭乐云是个理智大于感性的人。这样的事如果发生在婚前，她一定会站在婆婆这边，可现在，她相信公公是被冤枉的。

简易觉得小灿说的有道理，自己的老妈太主观，一旦对某事深信不疑，十头牛都拉不回来。他担心爸爸招架不住老妈的穷追猛打。

小灿及时拉简易出门，才没让婆婆有机会在儿女面前对公公进行新一轮的批判和指责。

2. 闺蜜失恋了

小灿的闺蜜郁可从外地出差回来，第一时间打电话约小灿和简易出来吃饭。

郁可是小灿最铁的哥们儿，两人除了爱情观不一样，其他的就如同一个模子里刻出来的一样。两人都喜欢逛街，只干逛就是不花钱，还美名其曰：货比三家，择优而定。不过，那是大学时代的乐事，现在两人都工作了，每个月的工资足够让她们挥霍得颇有成就感。可即便如此，两人还是比较喜欢讨价还价。有一次，小灿为了一件塑身内衣，直把老板娘砍得泪眼汪汪。人家做生意也不容易，干吗砍得人家死的心都有？小灿的回答是，不是花钱多少的问题，而是那种捡了便宜还卖乖的兴奋是消费的最高境界。郁可拍手叫好，她还觉得砍得不彻底，她的狠不是让老板娘吐血，而是当场毙命。有一次，郁可看中一件睡衣，本来价钱就已经很优惠了，可郁可一口气说出这件睡衣不下十处毛病，说得卖衣服的小姑娘直咽口水，最后 20 块钱成交。

两人的这些壮举，简易当然早就熟烂于心，他佩服两位美女有如此勇气，但对她们自以为聪明的行为绝不敢苟同。小灿曾问过简易，她和郁可谁更适合做老婆。简易不傻，把小灿适合做老婆的理由说出一箩筐，反倒指出郁可一个致命的缺点。他认为，郁可的拜金程度可以当作反面教材，用来教育那些只认钱不认人的各阶层女性。小灿立刻替郁可平反，那不叫拜金，叫节俭。

是不是节俭咱不说，眼下郁可正在出租车上发扬着她一贯讨价还价的优良品格。仅仅只为 10 块钱，就说人家的计价器有毛病，这条路天天走，平时才20，到了他这儿就变30了，打劫也没这么便捷吧。司机哭笑不得，明码标价，怎么就成打劫了？郁可坚持不懈，非要为自己争取10块钱的利益。

最后司机笑了：“小姐，您要是经济有困难，甭说这区区30块，就算给您捐个百八的，咱也算学习雷锋了！”

偷鸡不成反蚀把米，居然让人家埋汰一顿，郁可气的脸都绿了：“哎！怎么说话呢，用得着你吗？”

司机笑笑，给郁可找钱。多一分不要，少一分也不成。

郁可就像吃了多大亏似的，直到坐在小灿和简易对面，这口气还没咽下去呢。小灿说郁可，这马上要当少奶奶了，咋还斤斤计较呢，如果让她的眼镜男知道了，人家富二代的脸面可往哪儿放啊。

不提那个眼镜男，郁可的这口气没准就顺溜了，这一提不打紧，郁可的眼珠子都快冒出来了。噼里啪啦，一通讨伐。

原来郁可失恋了！

郁可从外地学习回来，本来和眼镜男约好来机场接她，可下了飞机，在机场等了半个小时，也不见眼镜男的踪影，打电话居然还关机？郁可气得直骂。

郁可一个人打车回到住所，心里想着，没准工作忙，临时有会议。不来接机，不一定心里不惦记她，说不定待会儿惊喜就出现了！

郁可期待的惊喜并没出现，等来的却是惊讶。当郁可匆匆赶到和眼镜男约见的咖啡馆，屁股刚挨着椅子，眼镜男的一句“我们分手吧！”差点把郁可惊得摔在地上。

郁可觉得不可思议，冷静下来后，觉得要分手也是自己先提出来啊！现在倒成了她被他甩了。

郁可咽不下这口气，指着眼镜男破口大骂：“你家不就是有钱吗？我跟你说，我还真就没怎么看上你，要长相，你不算英俊，要身材，你不算魁梧，要胆识，你还不如女人有拼劲，要情趣，你简直就是一块木头，呆头呆脑，我没嫌弃你，你倒嫌弃起我来了，凭啥啊？”

眼镜男给郁可的分手理由是：“我妈……我妈说你太优秀，太活泼，太漂亮……太有心计，太有魅力……我们这样的家庭不合适。”

郁可明白，有钱人娶的不是媳妇，是听之任之的保姆。像她这样有思想、有个性、有主张的女人，有钱人家是不敢要的，生怕管不住，给儿子戴了绿帽子，坏了家族的声誉。

郁可最后表态：“好吧！门当户对绝对必要，免得以后因各种差异闹不愉快，当机立断，说分咱就分，反正没有感情的男女关系，走到后来都是分道扬镳，拜拜！”

眼镜男见郁可转身，急忙喊住：“等等，我，我送给你的那枚戒指，你，你能不能，还给我……”

郁可瞪大眼睛：“Sorry，我才发现，这个戒指大了，非常不适合我。”

郁可迅速摘下戒指，放在桌面上：“OK！咱俩两不相欠，拜拜！”

眼镜男低下头：“拜拜……”

郁可刚走两步，又折了回来，拿起桌上的戒指，告诉眼镜男：“这枚戒指虽然大了点儿，不过送朋友倒是一份不错的礼物，所以，我不打算还给你，因为你浪费了我半年谈恋爱的时间，用这个做补偿，便宜你了，呸……”

这就是郁可失恋的过程。当郁可机关枪一般发泄完毕，这才恍然清醒，坐在自己面前的小灿已经为人妇了。她赶紧张开怀抱，给小灿一个大大的拥抱：“亲爱的，你用实际行动证明了，嫁个有钱人不是白日做梦，你就是我的榜样！”

其实，小灿的婚礼，郁可没赶上，她被临时派去外地学习，为此她还骂总经理是个孙子，这不是成心跟她过意不去吗？闺蜜一辈子最重要的时刻，她都没能亲自作见证，这是要让她把肠子悔青啊！好在小灿把蜜月旅行这项艰巨的任务交给她，一下子就激活了她体内所有热情的细胞，让她暂时忘了那个和她谈了半年恋爱的富二代男友。

郁可在旅游公司做的就是接待，她的建议果然非同一般，从亚洲到美洲，从欧洲到非洲，郁可一口菜没吃，一口酒没喝，就给小灿设计出了不下十条旅行线路，让他们逐一筛选。最后，小灿和简易一致选择去欧洲。

郁可一拍手：“够炫！我告诉你说欧洲可玩的太多了，光巴黎就得多玩几天，什么卢浮宫，凯旋门，什么塞纳河畔，凡尔赛宫……米兰的时装、歌剧不能错过，还有罗马、希腊的爱琴海、奥地利的维也纳！可去的地方实在太多，你们挑几个重点，一圈下来没个个把月玩得不尽兴……”

小灿张着嘴巴，听傻了。

“请够二十天的假，按我给你们制订的路线，你和简易这趟蜜月之旅，将不会留下任何遗憾。”

小灿瞪着大眼：“二十天？十天就可以了！”

“十天，那还不如不去，就在日本韩国走一圈，或者新马泰，不过，这样的蜜月一点情调也没有，人生就这么一次，亏什么也不能亏这个。”

小灿看看简易，简易微笑：“没问题，咱就请二十天的假！”

郁可一个人回的家，她没让小灿送她，她说小灿和简易正是新婚宴尔，她不能再霸占小灿了。其实，郁可心里挺难过的，半年的恋情突然来个紧急刹车，阵痛之余还有几分恋恋不舍。

郁可很重视和眼镜男的感情，一直希望能通过自己的婚姻改变自己的命运。她是单亲家庭，母亲在她一岁的时候跟个老外去了英国，父亲娶了后妈，生了一个弟弟，从此，她在那个家庭就是一个多余的人。她很用功，上大学几乎每年都拿奖学金，很少拿家里的钱，不是父亲不给，而是那个后妈实在太胡搅蛮缠了，她不想父亲的第二次婚姻仍是以失败落幕。

和眼镜男的交往，让她似乎看到了自己美好的未来，她知道眼镜男的家世会给她带来很多压力，她也极力在这种压力中寻找平衡点。可是，她终没能成功。未来的美梦猝不及防地在眼前跌碎，一向倔强的她，还有那么点儿尊严，让她没有像个可怜虫一样，哀求他再给她一次机会。郁可当时却把尊严看成比钻石，珠宝还要价值连城，她庆幸自己没有因金钱而失去做人的骨气。她可以洒脱地说声拜拜，是她这一辈子做得最正确的选择。

郁可还是痛哭了一场，为了祭奠付出过的感情。

3. 再次搁浅的蜜月旅行

按照郁可给出的线路，小灿和简易开始忙碌起来，是跟团去还是自己去，这是很科学的一项选择。跟团去，省钱，少操心，人身安全有保障，可自由活动时间太少，时间也会比较赶，喜不喜欢的景点都要走马观花地过一遍，浪费时间和精力；自己去的好处是时间充足，想什么时候玩什么时候玩，累了就休息，饿了可以找个地方大吃一顿，不会把自己累到。

但此选择的花销，可是一个无底洞。多少钱都能花掉。一想到大把大把的钞票，成了别人的囊中之物，小灿就觉得心疼。简易做小灿的思想工作，这辈子恐怕不会再有第二次蜜月旅行了，多少钱他都肯花。更何况不是还有老爸做坚强的后盾吗，钱不是问题。小灿默认了，这钱不能省，免得自己后悔一辈子。

这么定下后，两人着手订机票，查看最近的天气情况，觉得万无一失后，把日期定在了这个周日。

周日，天刚蒙蒙亮，小灿就叫醒了简易。她化妆，他收拾行李，两人分工明确，确保时间充足。一切收拾妥当，一身清爽休闲打扮的小灿站在简易面前，用手撑在简易的肩上，颇为自信地说："有我这么漂亮的太太陪伴左右，你的欧洲之旅将成为你人生最灿烂的一页，而我，就是你铸就辉煌的保障，所以，拿行李，背包的重任就交给你啦！"

"成啊！没问题，别说扛行李了，就是让我全程抱着你，那也是小子的造化啊！"简易装成太监的嘴脸逗小灿。

两人在房间里嘻嘻哈哈，打情骂俏，全然不觉楼下谭乐云坐立不安，心神不宁的样子。简至善又一夜没回，谭乐云这才意识到，她已经三天没看到简至善了。人不会平白无故消失不见，除了遭遇不测，最可能的便是沉浸在温柔乡里乐不思蜀。那个可疑的电话难道又让他旧病复发？

公公失踪了。

当婆婆声情并茂地向他们控诉简至善失踪的原因是因为移情别恋时，小灿不得不佩服婆婆的想象力和表演力。一个妻子能这样揣测诽谤自己老公有外遇，多半是对自己没信心，另一半则是对这个男人已经心如止水。婆婆是哪一种心态？小灿认为两者都有。

谭乐云的控诉惊动了全家，奶奶的出现，则让谭乐云情绪更加失控。

看情形，小灿和简易一时半会儿去不了机场了，可离飞机起飞的时间却越来越近，小灿心里着急，但又不好就这么一走了之。简易更是急得抓耳挠腮，可一看母亲一把鼻涕一把泪的惨象，就硬不下心弃母亲于不顾。小两口你看我，我看你，谁也不好意思提去机场的事。

谭乐云的情绪在大家的劝慰下，慢慢舒缓了下来，小灿一个劲儿地给简易使眼色，再不出发就来不及了，简易一个劲儿地回应着小灿的眼神，再等等！再等等！两人就这样眉来眼去，打着哑谜。直到奶奶催促他们赶紧走吧，别晚了飞机，小两口才如释重负般拉着行李匆匆忙忙地往外赶。

刚一出门，小灿和简易就愣住了，因为在门口，三四个男人挡住了他们的去路。

其中一个小灿认识，她这辈子都不会忘记这个人的长相，就是因为他，她的婚礼才如此狼狈不堪。

没错，挡住两人去路的人，正是婚礼那天要账的人。此刻他正皮笑肉不笑地看着两人，缓缓开口："简先生约了我们今天来这儿拿钱，请问，简先生在吗？"

正像小灿二姨所担心的那样，要账的果真要到了家门口，而且还是气势汹汹，一副不给钱，便要命的架势。

面对三四个身强力壮，凶神恶煞的催命鬼，简家老老少少抱成团都觉得势单力薄。就算简易挺着胸脯站到要账人面前，指着他的鼻子让他立刻，马上滚，都掩饰不了一触即溃的形势。

"你们这样胡乱来根本解决不了问题，把话说明白，简家到底欠了什么人的钱？欠了多少？如果你不能一一回答，我只好报警，告你们私闯民宅，敲诈勒索。"谭乐云不能让儿子有任何的危险，如果这帮人真的想以武力解决此事，简家必会血流成河。她不能让这种事情发生，她宁愿一个人面对。

要账人根本就是死猪不怕开水烫，他们就是干这行的，拿不到钱，他们的日子也甭想好过。

谭乐云继续提出要求：“我要见见你的雇主，当面谈，免得你们这样兴师动众。”

“恕在下不能透露任何信息给你，我也是替人办事，我们也有我们的规矩，对不起了。”

谭乐云只好拿出手机：“那我只能报警了。”

“不能报警……”乔宇阳突然出现，大声阻止。

谭乐云一看到乔宇阳，心里顿时有了底气。他是简至善的助理，两人进进出出，比她这个老婆都亲密无间，简至善的行踪他一定一清二楚。

乔宇阳的出现果然扭转了局面，他告诉要账人，如果想顺顺利利地拿到钱，就请不要用这种逼迫的手段。逼急眼了，来个鱼死网破，对大家都没好处！要账人当然明白与人方便，自己方便的道理，他犯不着为了几千块钱的好处费要和人拼命。当即，要账人借势下台阶，给了他们一个期限，如果再不按期还钱，下次可不会这么心平气和地“登门拜访”了。

要账人一走，谭乐云端着的架子立刻瓦解，双腿发软，直往地下出溜。而此时，小灿看了一下表，离登机只有半个小时的时间了，就算她和简易插上一对翅膀，也没办法赶到飞机场了。

蜜月旅行再次受阻，小灿几乎绝望透顶。

欠账的事并不是子虚乌有，并不像简至善嘴里说的那样误会一场。谭乐云哭天喊地在家中大闹一顿后，责怪乔宇阳为什么阻止她报警。乔宇阳的出发点在公司上，如果报警，势必会引起媒体的关注，公司现在的经营情况出了点问题，这个时候再闹出官司，对公司日后的发展一定会有影响。这种事只能大事化小，小事化了，神不知鬼不觉，把事情解决掉。谭乐云气得浑身直哆嗦，她毅然告诉乔宇阳，这笔钱她是不会替简至善还的，他要还想要这个家、要他儿子和老妈，那他就应该像个顶天立地的男子汉，承担起所有责任。像他这样躲着，猫着，别说她瞧不起他，就连孩子们都觉得他是个窝囊废。

追债的到底是什么人？这是谭乐云眼下最需要了解的。简至善躲着不出面，要账的能来家里要第一次，就能来第二次，她可不想这个家从此不太平。

一家人突然失去了欢笑，对这笔莫名其妙的欠款都表现得忧心忡忡，尤其谭乐云。当初开这家公司，谭乐云就觉得不太靠谱。这年头有多少人在生意的大浪中沉沉浮浮，真正成功的，那也是历经了常人所不能的艰难困苦。钱不用多，贵在一家人快快乐乐，健健康康。

简至善辞了工作，拿着筹措的资金，开了这家小公司。谭乐云对经商无兴趣，决定继续在学校当一名老师，也好为将来留条退路。现在看，她这条退路成了全家唯一的出路。她知道，这些年，简至善的生意并不好做，能坚持下来，多半是凭着他不肯认输的固执和执迷。

简至善的个性不适合经商，这一点，谭乐云不止一次提醒过他。如今，公司弄成这样，他却没了踪影，这种不负责任的男人注定一事无成。

小灿对这件事的不满来自蜜月旅行再次受阻。简家欠别人多少钱，这不是她最关心的，若问这场婚姻唯一带给她的是什么，她会毫不犹豫地回答：拥有了简易这支潜力股，可以为她将来的人生确保必要的衣食住行。

简至善就这么凭空消失，留给谭乐云一个烂摊子。要账的穷追不舍，闹完婚礼又追上家门，而那个一直不肯露面的债主，好像掌控着简家的一切行踪，在简至善消失的空当来个落井下石，赶尽杀绝。

谭乐云主动联系了那个要账人，再次要求见见债主。要账人在电话里依旧满嘴的职业道德，可在谭乐云提出会有好处费的时候，要账人终于答应把债主的信息传真给她。

谭乐云满怀期待地等待着传真过来的资料，可等了一下午，传真机并没有传来任何一份文件。

谭乐云没有耐心继续等了，她再次拨了那个要账人的手机，可电话却关机了。

就在这时，乔宇阳匆匆赶到简家，带来一个还算好的消息：“要账人和债主闹翻了！”

这就意味着，如果债主继续追债，要么是他再请一伙人跟上来，要么是他自己单枪匹马杀过来。

谭乐云似乎看到了阳光，有账不怕算，就怕是一笔糊涂账。

接下来的日子，简家变得安宁了下来。那个债主并没有采取任何行动，这笔债好似也凭空消失了一样。

4. 突然离婚的大姑姐

婚后第一天上班，小灿就觉得和谭乐云的婆媳关系，在同一间办公室里，显得异常尴尬。没嫁给简易之前，一个办公室的同事，有说有笑，甚至还可以肆意地开各种玩笑。可现在，只要谭乐云在她对面的办公桌前一坐，小灿的神经会立时紧绷起来，婆媳之间那种心存芥蒂的微妙，会情不自禁地将两人的距离拉远。

谭乐云的表现明显比小灿要成熟，老练得多，她会在同事面前，洋洋得意地夸赞她的儿媳妇，让同事觉得她们的婆媳关系比原来的同事情谊更加深厚。同事们羡慕赞许的眼神，让小灿觉得浑身不舒服，她会偷瞄谭乐云，看一看她撒谎时，会不会脸红。

和小灿私下里要好的几个年轻女老师，会趁着谭乐云不在的时候，围着小灿问这问那。

女老师问："婚礼后来怎么样了？"

小灿微笑着："还能怎样，各回各家呗……"

另一女老师问："你婆婆家真惹到麻烦了吗？你不害怕吗？"

小灿："可能吧，具体我也不清楚。有什么可怕的，兵来将挡，水来土掩。"

"咱们小灿就是心态好。"

小灿笑笑。

女老师又问："这么早就结束婚假，蜜月取消了？"

小灿没回答，收拾着自己的办公桌。

另一女老师抢着说："怎么会取消？你别瞎猜！"

小灿："我和简易打算去远点儿，欧洲！"

女老师无比羡慕"好浪漫啊！什么时候能和我的白马王子去趟欧洲，死都值了。"

这时一男老师走过来，开玩笑："欧洲你别想了，在通州走一圈就得了。"

女同事一嘟嘴："瞧不起人，是吧，冲你这句话，我将来就找个欧洲老头嫁了。"

同事们都笑了起来。

谭乐云一进办公室，就觉得那笑声刺耳，她不喜欢小灿和那帮老师窃窃私语，准没好事。

同事们一看谭乐云黑着脸进来，四处散去，各忙各的。

谭乐云将小灿拉至无人的地方，警告小灿："我不想把我们的婆媳关系带到学校来，我更不想听到有人背后议论我这个婆婆任何坏话……"

小灿没得反驳，谭乐云是个要面子的人，即使是用装的。

下午最后一节课，谭乐云接到简洁打来的电话，让她马上回家一趟。谭乐云拿这个任性、自私、胡搅蛮缠的女儿没办法，她能在30岁嫁出去，已是烧高香了。

临走前，谭乐云告诉小灿，下班后直接买些菜回去，简洁回来了。小灿在心里嘀咕：什么时候，女儿都比媳妇重要……

小灿的埋怨是有道理的，她和简易结婚半个月，这位大姑姐几乎天天跑来娘家，婆婆非但没有怨言，还表现得很是热情，好像女儿回到娘家，就能为她分担忧愁似的。她不明白简洁为什么可以整天待在娘家，而她必须要和娘家保持一定距离，这儿媳妇和女儿的待遇简直天壤之别。

小灿在菜市场转了半天，也不知道买些什么。以前这种买菜的活，她根本就无需理会，反正一日三餐，爸爸或二姨，总是能变换着花样给她最好的营养供给。现在嫁人了，难道真的要和柴米油盐打一辈子交道吗？小灿胡乱地买些青菜，便急匆匆地往家赶。

刚一进门，就听到婆婆高八度的音量响彻耳畔："我不同意你们离婚！这么大的事你都不和我商量商量，你以为先斩后奏，我就没辙了是吧！没门儿！我现在就去佟家，这婚离得不算数！"

“算不算数，你说的不算，这个说的算……”简洁掏出离婚证，在谭乐云面前晃了晃。

“我不同意，就算有一百个证也不好使……”谭乐云一把夺过离婚证，就要撕。

简洁嚷起来：“我的事，你就别管了。”

简洁的眼泪突然流了下来，这离婚的背后另有隐情：“他外面有别的女人，在我嫁他之前，他俩就好上了……”

这个消息不亚于简家的那笔欠账，对谭乐云同样具有摧毁之势，谭乐云呆愣在那儿，不知道女儿选择离婚是对还是错。

当初，简洁把佟凯领回家，宣布要和他马上结婚时，谭乐云差点把刚喝进嘴的茶水喷了出来。女儿做事一向出人意料，嫁人竟也是如此出其不意。在谭乐云还没来得及从惊讶中清醒过来时，佟凯的家长竟然登门拜访，敲定了两人结婚日期。

一切都如闪电一般迅速，不容谭乐云有半点质疑。

其实，对这桩婚事，谭乐云一点毛病也挑不出来。佟凯复员后，就进了派出所，在派出所做个片警只是个过渡，有朝一日必定会高飞的。相比之下，简洁跟着简至善在公司瞎混，倒显得不务正业了。佟家父母通情达理，谦逊随和，更难得的是，佟家就佟凯这么一根独苗，将来家产继承方面，简洁可是吃不了亏的。

一切都那么的称心如意，女人嫁得好，就是给未来生活上一道幸福保险，谭乐云觉得女儿会比自己更幸福。

可这份幸福只维持了不到半年的时间，简洁就发现了自己的婚姻其实只是自己编织的一个美丽的童话。那个女人比自己年轻，比自己漂亮，自己除了一惯高傲的个性，其他什么都没有。佟凯向她解释，他们只是朋友关系，不掺杂任何不纯洁的感情因素。简洁惶惶，半信半疑，可心里一旦有了芥蒂，对另一半的要求便会得寸进尺。佟凯的片警工作琐碎繁杂，24 小时上岗时有发生。简洁忍耐不住独守空房的冷静和寂寞，把这一切的不如意统统怪罪在佟凯另结新欢上，向他下了最后通牒，要么离婚，要么换工作！婚姻到了这种必须二选一的境地，勉强维持只能令二人痛不欲生。佟凯不愿脱下一身坚挺的警服，简洁更不肯试着妥协，唯有一纸离婚协议，才能让二人各得其所。

简洁用离婚的方式，捍卫自己高傲的人格。离婚不可怕，可怕的是连离婚的勇气都没有，继续在婚姻中生不如死。简洁没哭没闹，第一次冷静客观地直面自己的人生。也许，离了婚的女人就不值钱了；也许，离了婚的女人很难再爱了，也许……

吃饭的时候，简洁就像没事人儿一样，居然还能跟简易有说有笑。小灿端着碗，揣测着简洁为何如此看得开，换作是她，可能没有简洁这样心宽。

谭乐云不得不面对现实，就算她有一万个理由不同意，可是在离婚证面前，她的那些理由，看起来竟是微不足道的。

谭乐云当着一家人的面，宣布了简洁离婚的消息。

简老太太叹息着摇摇头，在她的观念里，离婚可是大逆不道的行为。

简易觉得这似乎更像是一个玩笑，除了佟凯能给得起简洁想要的生活，换做任何一家中等家庭，简洁都没办法活出自己理想的生活质量。简洁能舍得离开佟凯？除非她脑子坏掉了。

小灿用手肘碰了碰简易，压低声音：“是真的，离婚证都办了……”

小灿的低语没能逃过简洁的耳朵，简洁不以为意地笑笑：“小灿，你不介意我搬回来住吧！其实，你介不介意无所谓，怎么说这个家我都住了 30 年了，而你，只不过才来几天。”

小灿当然明白简洁的话外之音，和这个家庭当中的任何一员相比，她的确是个外人。这一点，她非常清楚。

“你当然可以搬回来住啊，就算你要住一辈子，爸爸妈妈都不会撵你的。”

“你是在咒我一辈子嫁不出去吗？”简洁一拍餐桌，嚷道。

“我没有……”小灿瞪着简洁。

“最好别有这种想法，否则，我会对你不客气。”

简易实在受不了简洁对小灿的态度，他马上警告简洁：“你爱住哪儿就住哪儿，和我们没关系，别没事儿找事儿。”

简易的话刺激到了简洁，她的眼泪一下子就涌了出来：“妈，我还是不是你的女儿啊，简易和小灿不容我，你也不要我了吗？你说句话啊。”

谭乐云的心里本来就窝着一股火，借着儿女这么一闹，这股火势必会喷发燃烧：“好了，还嫌这个家不够乱是吧，从今天起，简洁搬回来住，谁有意见冲我提……小灿，你也别有什么可抱怨的，简洁是我的女儿，我有照顾她的责任。”

小灿很委屈，她压根就没有想过要阻止简洁搬回来住，一切都是简洁在那兴风作浪，害得她成了婆婆眼里没事儿找事儿的儿媳妇。

简洁闹的这一出，明摆着是想给小灿一个下马威。现在目的达到了，简洁的洋洋得意让小灿意识到，在这个家里，最大的对手不是谭乐云，而是大姑姐。

婚姻对小灿来说，比解一道几何代数题还要难上好几倍。婚姻关乎的东西太多，太复杂，一不留神，可能就会弄得苦不堪言。她把婚姻当成监牢，这是从很多过来人那里道听途说的。现在，当她深入其中，才明白，这个比喻的精准和贴切。

小灿还是劝慰自己，没准未来会是另一番景象。毕竟和简易的热情还在持续升温，他们的婚姻生活才刚刚开始，她相信简易对她的爱足够抵抗婆婆和大姑姐对她的挑剔。只要简易够爱她，够保护她，她就有信心和她们打一场持久战。一场关乎幸福的战役。

5. 神秘的女人

简洁搬回来住的第二天早上，这位强大的对手就向小灿发起了挑衅，让小灿防不胜防。

事情是这样的，小灿一宿没怎么睡，天蒙蒙亮的时候，睡意才算眷顾了她。可这一睡就睡过了头，醒来的时候，已经快迟到了。

简易已经上班去了，小灿一边抱怨着简易没叫她起床，一边奔向洗手间。到了门前，一推门，门从里面反锁着，小灿敲了敲，里面没人应。小灿急得有些抓狂，继续敲门，敲了半天，简洁的声音从里面传出来：“催命啊！”

小灿一怔，完了，这下可是冤家路窄啊：“你快点！”

里面的声音传来：“嫌慢啊，以后就早点儿起，起晚了就只能委屈你等会儿了。”

“你能不能快点，我要迟到了……”小灿急得直转圈，就差没呼天喊地了。

就在这时，婆婆从房间里出来，一见小灿披头散发，衣衫不整的样子，就有些挂不住脸了，质问道：“这都几点了，你怎么还穿成这样？”

小灿苦不堪言，冲婆婆傻傻一笑。

谭乐云白了小灿一眼："看看你的样子，像什么？"

这时，洗手间的门打开，简洁趾高气扬地走出来，冲着小灿说："家里人多，你得早起，都赶在一个时间起床，一个洗手间可不够用。"

这是大姑姐有意让她难堪啊，小灿顾不上跟她计较，灰溜溜地进了洗手间。

婆婆的声音在门外响起："怎么结了婚，反倒懒散了，在娘家的时候，可没见她迟到过……"

"这就是你这婆婆没教好，惯得……"

这件事让小灿很不舒服，回到学校，她立刻给简易打电话，没别的，只想发泄一下自己委屈的心情。

简易在电话里发挥他能说会道的本领，又是安慰又是劝解，才把小灿心里的委屈冲淡了。临挂电话前，小灿提出晚饭在外面吃，而且，必须他埋单。简易答应得很爽快，说一下班就去接她。

简易挂了电话，同事们都取笑他结了婚就成了妻管严了。

简易不以为意，回应同事："这你们就不懂了，老婆管你，证明她还爱你、在乎你，真要是有一天她对你不管不问了，那你就得做好戴绿帽子的准备了。"

同事们哈哈大笑起来。

"结婚才几天啊，你就瘦了一大圈，是不是老婆每晚都折腾你啊。"

简易来了劲头，眼睛放亮："必需的，革命尚未成功，同志仍需努力，下一代可是大事，我们家三代单传，这传宗接代的大任就指望我了……"

简易正说得起劲，一看其他同事都一本正经地坐好，开始工作了，他立马感觉到背后有一只眼睛在盯着他，让他觉得后背一阵发凉。

果然，主管就站在简易的身后。

简易慢慢转过身，冲着比他大三岁的女主管杜小姐嘿嘿一笑。

杜小姐冷冷地开口："传宗接代那么重要，干脆不要上班好了。"

简易噗嗤一声笑了起来。

杜小姐大怒："严肃点，认真工作，这个月连婚假带请假你只上了三天班，再这样下去，你离辞职不远了。"

简易缩了缩脖子，不吱声了。

杜小姐一走，简易又忍不住笑起来，冲同事们嘀咕："三十岁不结婚，当然不懂传宗接代的乐趣了。"

此言一出，其他员工一阵哄笑。

杜小姐透过半掩的百叶窗，看着笑得肆无忌惮的职员们，她的眼里有火光。

简易被通知临时加班，他看到杜小姐的脸上呈现出报复后的快感。

小灿的晚饭注定要回家吃。

简家是一栋独立的二层小洋楼，在高楼大厦之中，略显得孤立和单薄。好在有花园，有植被，春夏两季的绿意茏茏，给这个看似突兀的建筑增添了几分生气。这栋小别墅，是简至善五年前从朋友那儿花了比较低的价钱买来的，现在的市价可要翻上好几番呢。

小灿初次来简家，就喜欢上了这个建筑，它有别于其他别墅体现出的现代感，更多的是还原了古色古香的韵味。简易告诉小灿，这个建筑可有年头了，大概是清末年间某位洋商人留下来的。小灿喜欢幻想，想象着这里曾住着一位美人，有一个疼爱她的丈夫，两人会在夕阳落日下，在花园里漫步……可现在，小灿不觉得这栋别墅有多吸引她了，不是她对这儿熟悉得不能再熟悉了，而是她觉得住在这栋别墅里的人，让她有种想要逃避的念头。一个婆婆，再加一个大姑姐，小灿担心自己不是她们的对手。

婚后，简易第一个加班的几个小时，成了小灿最为难熬的一段时光。她在离家不远的商场逛了一圈儿，又去街边的奶茶店喝一杯四块钱的柠檬汁，然后坐在广场的石凳上发呆。

时间在发呆的状态中流逝，天色渐渐暗下来。再不回去，婆婆和大姑姐指不定会说出什么难听的话呢。

小灿起身，弹了弹裙子上的灰尘，顺着广场一侧的绿化带，朝简家别墅的方向走去。

离家越来越近了，小灿还在思考着如何向婆婆解释自己回来晚的理由。直到在大门口，差点和别人撞倒一起时，小灿的意识才恢复正常。

那个人似乎也吓了一跳，身子后退的时候险些摔倒。小灿看清那人的模样，一位脸颊消瘦，身材纤弱的中年女人。

女人太瘦了，使得面部皱纹，明显深刻了很多。不过，女人身上散发而出的某种气质，却给人一种舒服宁静的感觉。

小灿及时拉了一把，女人晃晃悠悠地站稳身体。

“您是要找人吗？”小灿从女人瞥向花园里的目光，可以断定，她认识住在里面的人。

女人微抬眼眸，看了一眼小灿，轻声问：“你也住这儿？”

小灿点点头。

“你是这家的女儿？”

“不是，我是这家的儿媳妇……”

女人突然抓住小灿的胳膊，睁大眼睛：“你是简易的媳妇？”

小灿被女人的举动吓到了，她不能理解自己嫁给简易会引来女人如此大的反应。

女人意识到自己的失态，赶紧松开手：“对不起……”

小灿微微一笑：“您一定是婆婆的朋友，进去吧，她在家。”

“不，我不认识她……”女人显得有些局促。

女人言语的矛盾让小灿感到好奇，小灿仔细看了一眼面前的女人，发现她的身体在瑟瑟发抖。

“你不舒服吗？要不要进去坐坐，休息一下。”小灿试探地靠近女人，想帮助她。

女人警觉地后退几步，冷眼瞥视着小灿：“我不认识你们，我只是路过……”

“你很虚弱，需要休息。”

女人的身体抖得厉害，小灿担心她会支撑不住。

女人从喉咙里挤出一声干笑，然后转身蹒跚离去。

小灿想追上去，可女人最后的干笑声，让小灿望尘却步了。那抹干笑，带着深深地伤痛和无奈，更夹杂着对人世不屑地嗤笑。

第三章　婚后，另一种生活的开始

小灿的理解换来了这个家庭的安宁，婆婆对奶奶的悉心照料让小灿很是动容，她有时会想，如果婆婆老了，她能像婆婆照顾奶奶那样照顾婆婆吗？虽然这个问题好像远得不可触摸，可小灿还是真心地希望自己婆婆可以健康平安。这和谭乐云针对她没关系。

1．一条帖子引发的战争

就像大街上随时随地与人擦肩而过一样，那个看似弱不禁风的神秘女人，在小灿心里还没激起浪花之际，就已经风平浪静了。这个世界上，偶遇的事情实在太多，犯不着为一个不相干的人自寻烦恼。

小灿走进客厅，以为婆婆和大姑姐会坐在沙发上，抱着肩，怒视她，质问她为何回来晚了。可客厅空无一人，餐桌上也没有摆好晚餐，就连奶奶也没有像往常在开饭前，坐在沙发上逗弄那只养得肥肥的大白猫。

小灿的心里竟然有些失望，好像没被婆婆和大姑姐质问一番，自己在这个家的地位就不那么重要似的。小灿暗骂自己这种犯贱的心理。

小灿直接上楼去，晚饭也不想吃了，因为那杯柠檬汁让她的胃很不舒服，她怀疑自己中了添加剂的毒。

一开门，小灿吓了一跳，婆婆谭乐云就站电视柜旁，手里正拿着一副相框，不知道该如何摆放，才让自己满意。

小灿愣了一下，喊了一声："妈，您怎么在这儿？"

谭乐云干脆就把相框放在小灿和简易的结婚照旁，略满意地点点头，漫不经心地回应小灿："听你的口气，这个房间我不应该进来，是吧？"

小灿忙解释："不是这个意思，您吓我一跳。"

谭乐云轻笑一下："我又不是鬼，有那么吓人吗？"

小灿哭笑不得，更没法解释了。

谭乐云看了看相框，问小灿："你很喜欢这张照片吗？我觉得挺好，尤其这化妆技术，瞧瞧，连我这鱼尾纹都没了，整整年轻十岁呢。"

小灿定睛去看相框里的照片，原来是婆婆和简易的一张合影。小灿记得，拍婚纱照那天，婆婆一直陪在影楼，最后还要求摄影师给他们母子拍一张。当时小灿还鼓动婆婆换一套汉服，说：只有汉服才能展现女人的婀娜和柔美。谭乐云不怕麻烦，换了汉服，还化了浓妆，拉着儿子拍了一张这辈子仅有的一张古装扮相的照片。

小灿眨着眼睛，没觉得哪里年轻了，倒显得有过分装嫩的嫌疑。但又不好当着婆婆的面实话实说，只好言不由衷地说了一句："照的挺好。"

"那就摆在这儿好了，和你们原来的相框正好对称，不错……"谭乐云很是满意地调整了两只相框的距离。

小灿惊讶婆婆的决定，觉得婆婆的照片摆在自己的房间，就像噩梦里的一把刀，既冷冽又恐惧。

见小灿的表情如此惊讶，婆婆的脸色顿时沉了下来：“都说‘80后’的孩子接受新鲜事物能力强，怎么，连一张婆婆的照片都接受不了啊？”

小灿不知道该不该实话实说，可谭乐云并没给小灿说话的机会，接着说道：“简易和你结了婚，他就是大人了，可在我心里他始终是个孩子，我养了他二十多年，如今我把他交给你，我希望你不是来和我抢儿子的，而是和我一起照顾他。懂吗？”

小灿几乎无言以对，胆怯又心慌。

谭乐云似乎达到了目的，脸上的笑容自然了很多：“儿子是我的，你别觉着是他的老婆就完全得到了他，就像你爸爸和二姨，他们也没有失去你这个女儿啊！我只想告诉你，结了婚，你们还是你们，可千万别想把谁变成谁的唯一，对父母该尽的孝道是一定要尽的。”

婆婆的话让小灿体会到了婆媳关系的那股拧巴劲儿，每一句话，每一个眼神，每一个心理活动，都好像将对方打压在自己的手下，才能彰显自己的强势。

婆婆走后，小灿如释重负地坐在书桌前，刚要开电脑，却发现电脑不见了！早上走的时候电脑还在桌上，难不成，电脑长了腿，自己跑出去了？小灿在卧室里大翻特翻起来，连最不可能的床垫子都掀了起来，可电脑就是不见踪影。

卧室没有，那就到楼下看看，没准谁用了电脑没有来得及送还回去。就在小灿在客厅角角落落找电脑的时候。简洁拎着一部电脑从外面回来，嘴里还嘀嘀咕咕地埋怨着：“简易可真成，自己的电脑玩坏了，现在又搞得我的中病毒，什么人啊！”

小灿一转身，看见简洁身边的电脑正是自己用得那台，便问："我找了半天，居然在你这儿，你怎么不和我说一声啊？"

简洁眼皮不抬一下："这电脑本来就是我的，在我这儿有什么稀奇的？"

小灿并不知道这台电脑是简洁的："你拿走最起码得征求一下我的意见吧！里面有我很重要的文件。"

简洁这才抬眼看小灿："我拿回我的东西，这叫物归原主，用得着和你请示吗？"

小灿很生气："就算是你的，里面有我的文件，我现在想把文件考下来，可以吧！"

简洁微微一笑："对不起，文档被我格式化了，里面什么都没有。"

小灿发怒了："你太过分了！你怎么能随便删除我的文件？"

"这是我的电脑，我不允许我的电脑里有任何垃圾存在，我想删，你管得着吗？"

小灿脸都绿了："你简直不可理喻……"

"能有什么重要的文件，不过，我在一个论坛里看到的一篇文章的原稿好像还留着，你看是不是这篇？"简洁居然打开电脑，调出了小灿发在论坛的那篇《我的婚姻我的家》的文章，然后又在文件夹里找出了小灿整理后的原文。

小灿顿时蒙了。

正巧，谭乐云走了过来，出于好奇，她居然看了起来。

小灿的心揪紧在一起。

谭乐云看完了帖子的内容，又对照了文件夹里原文的内容，她的脸色就暗沉地像锅底灰一般。

简洁的声音响了起来："敢把家里的事儿贴出去赚点击率，你知道吗，我可以告你去。"

小灿完全没有想到事情会这么严重，她恨自己为什么把帖子整理成文件存在电脑里，这不是埋一颗炸弹在身边吗？

谭乐云终于忍不住爆发了出来，她猛地合上电脑，冲着小灿怒吼道："我这个做婆婆的有那么差劲吗？我的命运真的就掌握在你这个儿媳妇手里吗？太目无尊长，太自以为是了……"

谭乐云不容小灿有辩解的机会，继续嚷道："你要是对这个家有什么看法就直说，对我有什么意见你就当面提出来，干吗背地里搞这阴招，你把这事儿贴出去，对你有什么好处，你不一样也被人指指点点吗？你这是在数亿万网民面前揭咱家丑啊，你这个媳妇太狠毒，这要是被海外媒体转了去，咱家的脸就丢到大洋彼岸去了。"

小灿想笑，硬是忍住。

简易回来的时候，谭乐云骂得正凶。小灿一见简易，委屈自然袭上眼眶，冲着简易吧嗒吧嗒掉眼泪。谭乐云一见儿子，立刻像见到了可以诉苦发牢骚的对象，拉着简易，把小灿如何出简家的丑、如何不尊重她这个婆婆等数条罪名一股脑地吐槽给儿子，希望儿子能说句公道话。

简易心疼小灿，可又要顾及老妈的颜面，自己不管向着哪一方，另一方一定会受到伤害。

谭乐云不依不饶，说小灿这是在侵害她的名誉权。女儿没教育好，是做父母的责任，她要去田家说道说道，实在不行，就让田绍民把女儿领回去，教育好了，再送回简家。

小灿忍无可忍了，不就是一条帖子吗，不就是实话实说把自己的婚姻用文字现场直播给网友吗？多大点儿事儿啊！至于不依不饶，揪着不放吗？小灿顾不上简易冲她使的眼色，义正词严地告诉谭乐云：“不用你去我们家，我自己回去，这件事和我爸没关系，你要看我不顺眼，冲我一个人来，别带上我爸，我爸在我心中是最好的爸爸……”

谭乐云被小灿的反应吓到了，她了解小灿的性格，说到做到，绝不拖泥带水。

小灿甩开简易的手，冲了出去。

谭乐云张着嘴巴，自言自语：“这是要翻天啊，要翻天啊……”

简易不能不管小灿，他答应过小灿要照顾她一辈子，这结婚不到一个月，就要闹离婚，他做人，会这么失败吗？

简易一直追到岳父家，来不及向岳父解释什么，就去敲小灿卧室的门。小灿把房门锁得死死地，任凭简易在门外好话说尽也无动于衷。

田绍民叹息着站在一边，自从女儿嫁人后，他一直提心吊胆地过日子，他怕女儿在婆家受委屈，担心简易日后会辜负女儿。现在看，他的担心似乎应验了，结婚没几天，女儿居然哭着跑回娘家。

简易的好话说到口吐白沫，还是未能得到小灿的谅解，他不得不求救于岳父。田绍民摇摇头，年轻人的事，他不好插手，有时候，什么都不说，什么都不问才是最聪明有效的办法。

简易决定在岳父家死靠，他就不信靠不过小灿，他知道小灿有个怪癖，睡觉前一定会去厕所，只要小灿肯出来，他就有信心劝小灿和他回家。

一个小时过去了，卧室的房门纹丝不动，简易的心有些慌乱。

就在这时，二姨谢兰风风火火地赶来，看了一眼坐在沙发上的简易，二话不说，直奔小灿的卧室。

二姨叫开了卧室的门，简易急忙冲过去，却被砰然关闭的房门挡在了外头。

又过去半个小时，房门终于打开，谢兰走出来，冲简易喊："进去吧！能不能把她劝回去，就看你的本事了！"

小灿终于答应跟简易一起回去，简易感动地稀里哗啦，差点热泪盈眶。

临走时，谢兰把小灿叫到一边，压低声音说："听我的，如果她再没事找事，挑你毛病，你就跟她提分家，她就简易这么一个儿子，看在简易的份儿上，她也不会再为难你了。"

小灿点点头，可心里却在盘算这事儿靠不靠谱。

谢兰悄悄地把一本书塞进小灿的手里："没事多看看里面的内容，对你有帮助。"

小灿拿着书，一看封面《婆媳有道》，又气又好笑："二姨，你真成，街道工作做多了，满脑子没别的。"

"你婆婆和大姑姐难对付，学点招数不吃亏，你一个人在那边，我们不放心。"谢兰替小灿把书塞进包里。

小灿的鼻子酸酸的，她多希望二姨能永远陪在身边啊，有二姨的保护，什么都不怕。

小灿给谢兰一个大大的拥抱，然后恋恋不舍地跟着简易离开了田家。

路上，小灿问了简易一个俗不可耐的问题："如果我和你妈，同时掉水里，你先救谁？"

简易被这个问题逗笑了，笑到流出眼泪。

小灿很生气，她觉得这是个很严肃很重要的问题，怎么在简易那竟成了一个笑话呢？

小灿跺着脚，让简易必须做个选择。

简易一看小灿绷着小脸，认真、严肃地看着自己，他再不回答，小灿指定会吧嗒吧嗒掉眼泪不可。于是，他没多思考，脱口而出：“我谁也不救！我等着你俩来救我，因为，我不会水……”

小灿有一秒钟的愣神，紧接着，竟然捧腹大笑起来。指着简易嚷着：“我忘了你是旱鸭子这茬儿了……你说你不会水，还跳水里干啥啊，你笑死我得了……”

简易也跟着傻笑，两人站在路边笑得前仰后合，笑得泪花四溅……突然，简易一把搂住小灿，贴在她的耳畔说：“我不会水，我下去给你当垫背的，你踩在我身上指定不会呛水。”

小灿猛地收敛笑声，侧脸看着简易。他的回答出乎她的意料，他的回答让她的心暖暖地就像裹着一层棉絮。虽然不是最浪漫的誓言，却实实在在地令她怦然心动。

小灿踮起脚尖，吻住简易。这一刻，她觉得这一吻都不足以表达对他的爱意。

2. 公公的生意破产了

关于帖子的风波，在小灿乖乖地跟着简易回来后，归于平静。

谭乐云的心突然柔软了下来，她问自己，为什么要这样对待小灿？小灿这个儿媳妇可是她自己选的，小灿的优点和缺点，她比任何人都清楚。既然选择了小灿，就应该包容她的一切，不为自己，也得为简易着想啊！

简洁看穿了谭乐云柔软的心，阴阳怪气地说：“就这么放过小灿，以后甭指望能得到她的尊重，就应该一次降服她，不给她任何起义造势的机会。”

谭乐云没理简洁的话，她心里有自己的想法。女儿的婚姻以失败告终，或多或少和她的教导有关。女儿的任性、自私、蛮横是她和简至善不幸婚姻的衍生品，他们结婚三十几年，吵吵闹闹，无休无止，这层阴影一直遮在简洁的心里，让她对任何人都充满着警惕和不信任。至于佟凯是不是真的闹了婚外恋，谭乐云心里不排除简洁有夸大其词的嫌疑。简洁敏感多疑，男人在外面应酬，逢场作戏，女人连这点忍让都不能有的话，离婚也好，免得整日神经紧绷，郁郁不乐。她不想女儿步她的后尘。

谭乐云没办法入睡，她在想，自己连女儿都没教育好，又怎么能要求儿媳妇达到她所期待的标准呢？

天亮的时候，谭乐云迷迷糊糊中，被一阵门铃声吵醒，一看表，已经七点了。

有人开了门，她听到楼下有说话的声音，这么早，会是谁呢？

楼下，简至善的秘书乔宇阳正和简洁说着什么，两人的表情严肃且激动，好像出了什么大事儿。

看到谭乐云，乔宇阳立刻迎上去，还没来得及开口，简洁就率先惊呼起来："妈，出事了，爸爸公司倒闭了，银行正在清盘呢。"

这个消息彻底惊呆了谭乐云。

这么多年，简至善的生意做得如何，赚了多少钱，她从不过问，只要这个家的生活水平维持在小康水平之上，她就认为简至善的公司还算盈利，他的废寝忘食也算值得。

如今，公司竟被清盘，她一直以为的小康水平不过是借助银行来实现的，这么多年，简至善都干了些什么？除了这栋房子和在外人眼里的富足，其他的什么都没有，一枕黄粱而已。

公司怎么会倒闭呢？乔宇阳告诉谭乐云，自简至善从深圳回来后就开始频繁密会汪律师，到底两人在商量什么，乔宇阳根本无从知晓。直到简至善突然失踪，汪律师向银行提出了破产申请，他才知道公司出了这么大的事儿。

谭乐云相信乔宇阳所说的，乔宇阳跟了简至善好几年，他的工作除了秘书，更像是贴身保姆，小到衣着饮食，大到替简至善拍板定夺，他的确是个可靠，值得信任的得力助手。

然而，乔宇阳并没有说实话，他对谭乐云隐瞒了公司倒闭的真正原因。因为他的可靠信任仅仅是服务于简至善的。

公公的生意破产了！这天的早餐，没有一个人吃得下，小灿不知道生意破产会给这个家带来什么样的影响，但从简易和简洁的表情中，她还是察觉到了破产这事儿的严重性。

谭乐云把自己关在卧室里不出来，简洁和简易一遍一遍地敲门，却被谭乐云一遍一遍地骂出来。

简老太太看着大家伙儿异于往常的不同，似乎也感觉到了正有一片乌云，慢慢蔓过头顶。这个家突然弥漫着一种压抑、紧迫的气氛。

简至善的生意破产，最让谭乐云关心的就是这栋二层洋楼的归属问题。当初买下这栋房子的时候，房产证写的是简至善，如果银行清盘，这栋房子很可能一并收回。

谭乐云有些不敢想了，真要是把房子收回，这一大家子人可怎么办啊，难不成要睡马路去？她赶紧冲进书房，在所有抽屉、柜子里翻找房产证。

翻了半天，也不见房产证的踪迹，就连保险柜里，除了几份合同之外，什么有价值的东西也没有。谭乐云顿时觉得事情远比想象的更复杂，更严重。

谢兰来学校找小灿，小灿就知道准没好事。

果然，没等小灿开口，谢兰就劈头盖脸一番发问。问她公公的生意为什么破产，破产后这个家会不会受到牵连，如果受到牵连，简易又怎么打算……小灿纳闷了，二姨是怎么知道这些的，公公破产的事儿，她对任何人只字未提，包括自己的父亲。她真佩服二姨耳听八方，眼观万象的本事。

其实，谢兰知道这些，比简家人还早一天呢。那天，谢兰领着街道一失业小青年去简至善的公司问问能不能给安排个事儿做。可谁知，到了公司，没见着简至善，却碰上一个多嘴的职员，那个人告诉谢兰，甭说专业对口的应届毕业生，就连他们在公司工作十年的老员工都保不准面临被辞退的可能，公司已经在清盘了，关门是迟早的事儿了。此言一出，谢兰顿感不妙。在她一再追问下，多嘴的职员又透露给他们一个新消息，简至善失踪了！这个消息可谓惊人。多嘴的职员口无遮拦，该说的不该说的，就像倒粪机器，一股脑地说个痛快。

谢兰知道的事儿，半条爱民街居民大概也都知道得差不多了，她的传播率不亚于农村的大喇叭广播。所以，她马不停蹄地赶到姐夫家，把听来的都告诉了姐夫。

谢兰越想越觉得此事非同小可，试想，简家真的破产了，自己外甥女的幸福还有多少保障呢，现在才哪儿到哪儿，日子还长着呢，没个安稳的生活环境，将来有了孩子，那麻烦事儿就会一桩接一桩的发生，小灿的个性哪受得了这样折腾。不怕别的，就怕父债子还，真要有那一天，小灿和简易可就算跳进火坑了。

弄明白二姨的来意，小灿就借口学校忙，想闪人大吉。谢兰立刻架着小灿到没人的地儿，开始苦口婆心地一顿教导。

“傻啊你，出了这么大的事儿，你怎么不跟我和你爸吱一声，嫁出去的姑娘，不一定就是泼出去的水，真成，我要不来问你，你打算瞒我们一辈子啊！”谢兰比亲妈还上心这事儿。

小灿一副事不关己，高高挂起的样子。

谢兰着急，外甥女儿一根筋，上次劝了半天回娘家住，还不是对牛弹琴。这回可不能依着她的性子来，必须得想个周全的法子。于是，问道：“你说吧，怎么办，我和你爸可不能就这么跟你们提心吊胆的过日子，天有不测风云，孩子，你可不能再稀里糊涂的了。”

小灿不明白二姨担心的是什么，她嫁的是简易，只要他俩真心真意相爱在一起，不管婆婆家是不是有钱，会不会破产，跟他们相爱没关系。

这话谢兰不爱听，怎么就没关系，贫贱夫妻百事哀，真到那天，就知道没钱受穷的日子里那些情啊爱啊都是狗屁。她告诉小灿现在你和简易还在热乎劲儿上呢，简家真要败落了，难保你们不为柴米油盐犯难。这夫妻过日子哪能一帆风顺到底，就你俩那艘小船，遇上个大风大浪，不沉船才怪呢，现在不做防范，日后有你哭的。

小灿甩开谢兰的手，说她这是诅咒她和简易。人家做父母的都盼儿女个好，哪有像她这样的，动不动就给她泼冷水，这在精神上是对她和简易极大的打击。

小灿头也不回地走了，谢兰的好心被小灿误解了，她不知道该不该叫住小灿。

被二姨这么一搅和，小灿没心情继续备课了，坐在椅子里发呆。她想了很多，二姨的话不是完全没道理，公公突然消失就好像预示着简家灾难的开始，谁知道未来还会发生什么离谱的事，就算心再大，也不能不做好该有的打算了。

小灿给简易打电话，让简易下班来接她，她要和简易商量一下对策。

简易来接小灿，两人坐在街边的椅子上捧着一桶冰激凌，你一口，我一口，有滋有味地吃起来。

吃到一半，小灿突然就郁闷了，一想到婆家那些烂事儿和二姨的逼迫，她只觉得自己的未来没有阳光，全是灰蒙蒙的。

简易见小灿闷闷不乐，问道："老婆，怎么了？"

小灿犹豫了一下，侧脸看简易："咱们分家吧！"

简易一惊，嘴里的冰激凌喷了出来："什么情况？怎么突然提到这个问题了？"

小灿把头靠在简易的肩上："你不想过二人世界的生活吗？"

简易想想："想啊！可想归想，行动可就是另外一回事了。"

小灿坐起身子，一撅嘴："口是心非，搬出去住有这么难吗？"

简易伸手抚了抚小灿的脑袋："搬出去不难，找个搬家公司，咱那点儿家当一车就够！可咱俩咋生活？凭咱俩的工资，日常开销都不够，别说生活的有滋有味了，一个月的份子钱，咱俩就得喝西北风。"

小灿一瞪眼："没志气，人家小两口是怎么过的？有的还不如咱俩挣得多呢！人家也没饿死。"

简易又把小灿揽入怀里："话是这么说，可我们家目前这情况，咱要提分家，我妈不劈了我才怪呢……奶奶也不干啊！"

小灿推开简易："你只在乎你们家人，我呢？我的死活你就不管了啊！"

简易赔笑脸："我知道你受不了我妈和简洁，你得这样想，咱是谁啊？咱是人民教师，才女，咱能和她们一般见识吗？显得咱一点水准都没有。再说，没必要什么都跟她们较真儿，那样太累了。"

小灿推了简易一下，心里美美地，可一想到破产的事，又唉声叹气起来：“你爸失踪加破产，这个家，还能住吗？”

“先不管我爸，当下最要紧的是你和我妈的关系。”简易抚摸着小灿的头发，“咱俩真要是搬出去，你和我妈这辈子算是结下了梁子，你俩的关系还能缓和吗？她还不得有事没事就闹到咱那儿去啊，咱还有消停日子过吗？”

小灿不吱声了，她也在寻思。

简易又说：“我看了我妈给你定的那些规矩，咱现在只要做好一条，我深信，咱们就会相安无事。”

小灿问：“哪一条？”

“家务问题，在我家，你就勤快点，抢着干活；我到了你家，我也抢着干活，在老人面前咱表现的勤快点儿，让他们看到咱俩是相亲相爱，是彼此关心照顾的，你爸也高兴了，我妈也满意了，这不是皆大欢喜吗？”

小灿一撅嘴：“那我不是很亏？你一个月能回我们家几次？我可是要天天在你们家的啊！”

简易去搂小灿：“我向你保证，只要咱俩单独在一起，所有的事，我一人扛，绝不会让你动一下手。”

小灿笑了：“这还差不多，哎！你哪儿来的那么多花花肠子？”

简易拉开自己的包，取出一本书：“从这里面学来的！”

小灿夺过来：“《婆媳有道》？这是二姨给我的，你什么时候拿走的？”

简易嘿嘿一笑：“这本书更应该给儿子、老公看，婆媳关系的好坏，取决于我们男人。”

小灿挥起书就向简易砸去。

3. 天有不测风云　人有旦夕祸福

谭乐云没上班，她把汪律师请到家里，无论如何，她也得弄清楚破产的原因。当初拿钱投资，她可是带着孤注一掷的壮烈情绪，现在破产了，她的那些钱就这么不明不白地没了，她不甘心。

汪律师是她和简至善的大学同学，有着多年的交情。简至善弄到这步，汪律师也表示很遗憾。和他们同届的大学同学，混得都不错，人到了这个年纪，别的都不重要，关键是有个安稳的生活，为颐养天年做好准备才是重要的。

究其原因，汪律师也不能肯定，但可以确定的是，选择破产是简至善经过深思熟虑的结果。

看来简至善早就做好了打算。婚礼上的那笔欠款一定不是普普通通的一笔债，背后一定藏着不可告人的秘密。

简至善能有什么不可告人的秘密，谭乐云忽然回答不上来了。以前，他们的争吵无非是些鸡毛蒜皮的小事，就算涉及生活作风问题，简至善仍没有弃家于不顾，这一点，让谭乐云对简至善仍抱有一丝幻想。可如今，他选择了放弃生意，放弃这个家，难道有比生活作风更严重的问题存在吗？

简至善失踪前，在谭乐云面前没有接听的那通电话，似乎可以揭开所有真相。谭乐云后悔当时掉以轻心，没有追根究底。

公司就这么倒闭了，或许是一件好事。简至善本就不是做生意的料，硬让他在光怪陆离的商场拼杀，那些纷繁而至的诱惑对他具有致命的杀伤力。

送走汪律师，谭乐云在客厅碰上简老太太。老太太不说话，就那么直直地盯着谭乐云。

谭乐云心里发虚，借口做晚饭，就向厨房奔。

简老太太虽然70多岁，可她不聋不哑，不糊涂，她能感觉到这个家突然转变的气氛，如遇寒流，冻结了原本的温度。

“说实话吧！家里出了什么事儿？”

谭乐云停住脚，她在犹豫，该不该实话实说。

“你到这个家三十几年了，你的一举一动，我清楚得很，别以为我老了，我心里跟明镜儿似的。”

谭乐云转头看着婆婆，忽然，一股酸酸的味道袭了上来，她的眼圈红了。

“至善这个兔崽子，还是给我惹了祸，你给我把他找回来，我非得打死他不可……”简老太太一激动，说话就上气不接下气了。

谭乐云赶紧去扶摇摇晃晃的婆婆：“妈，您可别着急上火啊，您要是倒下，这个家就乱了。”

简老太太的这口气一直没有吐出来，谭乐云看着婆婆憋红的脸，手脚大乱。就在这时，简易和小灿回来了，谭乐云就像看到了救星，大叫着：“快叫救护车，快叫救护车……”

简老太太算是捡回一条命，脑淤血后遗症恐怕要花很长时间也未必痊愈。屋漏偏逢连夜雨，简家算是倒霉到家了。

现在的头等大事就是奶奶的护理问题，究竟谁来伺候奶奶呢？谭乐云决定轮流到医院来护理。这个决定遭到简洁的反对，她的理由是，医院有特护，照顾起来肯定比他们周到细致，而且他们都要上班，哪有时间在医院守着啊！

谭乐云不同意，奶奶现在不能自理，特护哪比得上自家人照顾的贴心，更何况，雇请一个特护的花费也不便宜，他们现在的经济状况不比从前，一切都要精打细算。

简洁极不情愿地站到一边，她实在讨厌医院里那股刺鼻的药水味。

简易第一个站出来，同意轮流照顾奶奶，小灿没反对也没表态，只说，她愿意陪着简易。

简洁嗤笑：“简易是来照顾奶奶，还是来陪你？别那么矫情。”

小灿受不了这种指责，当即回过去：“你放心，我的那份儿，不会让你代劳，至于陪不陪我，是我和简易两人的事儿，不用你操心……”

简洁气得直瞪眼。

谭乐云赶紧制止不必要的纷争，最终定下，轮流照顾奶奶。

简老太太住院的这些天，一家人就像上了发条，忙忙碌碌，马不停蹄。最初的几天，简老太太在谭乐云和简易小两口的悉心照料下，不闹不折腾，她以为自己躺两天就能下床回家了，可一连几天下来，自己的身子依旧不听使唤，张了半天的嘴，依旧不能清楚地说出她想说的话，这可把老太太急坏了。

简洁照顾奶奶，纯粹是为了应付了事，只要在医院熬过一宿，她的任务就算完成了，接下来的几天，她可以泡吧，喝酒，打牌，逛街……与其说是照顾奶奶，不如说来医院补个觉，为明天的疯狂养精蓄锐。

简洁就是这么没心没肺，全然不顾不能自理的奶奶，一个人躺在护理床上呼呼大睡。直到天亮，护士来查床，才发现奶奶已经在床上完成了大小便。

这件事被谭乐云知道后，狠狠地骂了简洁一顿，骂过之后，还不解气，扬言道：“我没你这个女儿，你爱去哪儿去哪儿……”

简洁借此溜之大吉。

简老太太这一病，最头疼的就是谭乐云。简至善的事儿还没有个眉目，婆婆这边又瘫在床上，她一个人顾了这头，顾不了那头，真真是让她感到心力交瘁。

不光谭乐云一个人力不从心，简易和小灿也被这一波未平一波又起的纷繁扰得状况百出，身心疲惫。

这不，主管杜小姐正将一份资料，砸向趴在桌上打瞌睡的简易。简易一惊，跳了起来，迷迷糊糊中听到杜小姐的声音：“看看你做的表格，连小学生的水平都达不到，真怀疑你的学历……”

简易拿着表格看究竟，竟发现一组数字出了差错，仅此而已。

“还愣着干吗，做不好，不准下班……”杜小姐下了死命令。

简易无可奈何，杜小姐这样针对他，是他自找的，就在两天前，他让杜小姐在众同事面前出了一把丑。

那天，简易在街边看到一只玩具老鼠，毛茸茸的很是可爱。小灿就喜欢另类的玩具，他曾给她买过一只仿真蜥蜴，小灿爱不释手，睡觉也抱着，结果，简易在睡梦中醒来，却被自己买的那只蜥蜴吓得七窍生烟。

简易不在乎被吓，只要小灿喜欢，买只老虎摆在床头，他都愿意。

简易买下玩具老鼠，又叫老板用纸盒包装起来，看上去，像一份特别有心意的礼物。

简易抱着礼品盒屁颠屁颠地跑进公司，一进公司，就看见同事们围着杜小姐叽叽喳喳，好不热闹。原来，杜小姐今天过生日，同事们都准备了礼物，为杜小姐庆生。

简易怀里的礼品盒，此时是那么的刺目明显。杜小姐笑吟吟地接过去，连句谢谢都没有，就好像他准备礼物是天经地义的事。

杜小姐收获颇丰，堆了一桌子的生日礼物，让她觉得自己在公司的地位与日俱增。

简易忐忑地坐回到自己的位置，他担心那只活灵活现的玩具老鼠，会成为杜小姐终生难忘的生日惊喜。

果不其然，没多久，杜小姐惨绝人寰的尖叫声就传进了每一位同事的耳朵里，大家惊慌好奇地挤进杜小姐的办公室，竟看到杜小姐僵直着身体，站立在柜子旁，脸色惨白。

大家齐声问道："杜小姐，出什么事了吗？"

杜小姐结结巴巴："有老鼠，有老鼠……"

简易知道是怎么回事，赶紧去找那只玩具老鼠。

杜小姐贴着柜子往门口挪，生怕那只老鼠会突然蹿出，跳到她的身上。

简易终于在桌子底下找到那只玩具老鼠，当他把老鼠拎出来，大家才发现竟是一只假老鼠。

杜小姐涨红了脸，气得浑身发抖："你诚心吓唬我！"

简易解释："这是买给我老婆的……怪我没说清楚。"

这份礼物不属于她，却让她如此狼狈不堪，她像受到奇耻大辱，不发泄，不爆发，一定会疯掉："简易，这事儿没完，我们走着瞧！"

如今，杜小姐用这种方式对他进行打击报复，简易无话可说。看着错误并不大的表格，简易深信一个道理，"唯小人与女子难养也"，尤其还是一个至今未婚的女人。

4. 老婆，我被炒了鱿鱼

事情并没有结束，反而更遭。

简易以为重新做一份表格就可以万事大吉，就可以开着他的帕萨特去接下班的小灿，两人约好下班后不回家，去新开的匹萨店大吃一顿。奶奶这一病，家里的伙食与日剧减，小灿好几天都没吃饱。

简易用最快的速度重新做好一份表格，兴冲冲地去杜小姐的办公室交差。

办公室的门虚掩着，简易敲了敲，没人应。简易推门进去，里面没人。简易来到办公桌前，把表格放在一摞文件的最上面，希望杜小姐第一时间能看到。可能由于文件太多，又或许他放的力度大了些，一摞文件哗啦一声散落在地上。简易赶紧过去，蹲下身子整理散落在地上的文件。

突然，门口有脚步声，紧接着，便是推门声和关门上锁的声音。简易慌慌张张地收拾好文件，刚要起身，就听到杜小姐嗲声嗲气的声音:“看你猴急那样儿！大白天的，你也不怕被你老婆看见……”

一个男人喘着粗气说道:“甭管她，她喜欢小白脸，没时间理咱们……”

简易懵了，这是什么情况？撞见偷情的了？

杜小姐发出呻吟：“你和她早就貌合神离了，你怎么还不提出离婚？……”

男人喘息低语：“还不到时候，咱俩过日子的钱还没捞够呢……”

好一对奸夫淫妇，简易知道男人是谁，公司副总，老总的老公，一个靠吃软饭的男人，吃饱了，拿着残羹剩饭去喂食贪图便宜的傻女人，杜小姐就是其中的傻女人之一。

简易愤愤，无意间碰响了身边的椅子。

靠在门边的两个正处疯狂的人，听到声响，像弹簧一样，立刻弹开。男人惊得背转过去，杜小姐一边慌忙地整理自己的衣服，一边开口喝道：“谁？出来！”

简易知道自己没办法遁形，于是小心翼翼地站了起来。

三个人面面相觑，尴尬不已……

简易坐在自己的办公桌上，眼前浮现出杜小姐和副总猥琐的样子。

忽然，简易担心自己撞上了他们不耻的一幕，会遭到主管和副总的打击报复，简易垂头丧气，一脸愁闷。

正当简易闷闷不乐时，杜小姐走过来，敲了敲简易的办公桌，简易一个机灵坐直身子，一看是杜小姐，马上微笑着站起来。

杜小姐像没事儿人一样："一会儿有个会议，副总点名叫你参加……副总的意思，你应该清楚吧！"

简易不明白，按理说，公司大小会议，他没权参加，这次居然点名让他参加，这里面的文章恐怕要细细读来。

杜小姐看简易傻傻的样子，嗤笑一声："还不明白？就怕你太明白了……"

简易的心里开始打鼓，难道自己在劫难逃？

小灿站在校门口望眼欲穿，饥肠辘辘。眼看着老师和同学们一个一个散去，小灿的沮丧懊恼就越发强烈，她恨不得立刻去揪简易的耳朵，问他为什么说话不算话，害她站在校门口，像个可怜巴巴的乞讨者。就连看大门的老大爷都能感觉到她的可怜和孤独。

小灿打了无数遍电话，可电话一直无人接听，气的小灿想摔手机，可一想换部手机两个月的工资就没了，她不能奢侈地用手机撒气。于是，她冲进学校旁边的食杂店，买一瓶矿泉水，咕咚咕咚猛灌几口，权当撒气外加充饥。

天色暗下来的时候，小灿实在等不下去，便顺着马路溜达。身旁灯火通明的店铺，或餐厅，或酒吧，或珠宝店，或时尚精品店……看着店铺里，面露安详幸福的顾客，小灿就恨透了简易，恨他凭什么让自己饿着肚子在大街上逛荡，她觉得自己就像一只饿了好几天的猫，眼冒绿光，窥伺着诱惑她的食物。

街拐角就是地铁站，简易不来接她的时候，她会坐地铁回家，三站地的路程加上简家又离地铁口不足五百米，小灿认为坐地铁是最便捷的交通工具。可今天，她却觉得坐地铁回家是一件非常耻辱的事情。

小灿完全没有了吃匹萨的欲望，哪怕现在只是一碗泡面她都能吃出像海鲜那样的热情。小灿发誓，再也不要约简易出来吃东西了。

突然，小灿看到了简易，他就靠在他的帕萨特车旁，侧着脸看着她。小灿愣在那儿，原本一肚子的怨气此刻在看到简易那双忽闪着歉意的眼神时，她的心就柔软了下来。

两人对望了足足几分钟，像多年不见的初恋，既亲切又觉得生疏。这种感觉让小灿忽然眼角酸涩，一股温湿蓄满眼眶。

在那股温湿还没来得及结成晶莹时，小灿已经被简易紧紧地揽入怀中，他的嘴巴抵在她的耳畔，轻声碎念："我爱你，我爱你……"

小灿的眼泪还是流了下来，流得很幸福，流得很温暖。

简易将小灿带到车旁，打开副驾驶一侧的车门。一束鲜花捧到小灿的面前，小灿惊喜地张开嘴巴，眼角飞扬着幸福的光芒。

"老婆，送给你的，我爱你！"简易轻快地在小灿的脸颊吻了一口。

小灿害羞着躲闪："有人看着呢！讨厌……"

"亲老婆不犯法，谁也管不了……"简易的嘴巴又迎上来。

小灿迅速闪开，去开后排的车门。

车门打开，小灿一下子愣住，脸上的光彩瞬间暗沉下来。

简易的笑容隐去，眼神惴惴地顺着小灿的目光，落在后排座位上堆放着的杂物。

小灿探头进去，一件一件地翻看，台历、杯子、相框、笔筒、书籍……小灿慢慢站直身子，她似乎猜到发生了什么事情。

简易慢慢靠过去，搂住小灿的肩膀，支支吾吾：“对不起，老婆，我……我被炒了……”

小灿猛地转过身，瞪着简易，一本正经地问：“为什么炒你？一定有原因。”

简易嬉笑：“脑残老板领着一群脑残在那儿自娱自乐，我这种人才再待下去，非得提前得老年痴呆！”

“借口！”小灿不信，去揪简易的耳朵，“老实交代，你是不是做错事了？”

简易一看小灿认真起来，于是把如何得罪了杜小姐，如何撞见杜小姐和副总的奸情等等，如实告诉了小灿。

听完后，小灿松了口气，脸上的光彩又浮现出来，一拍简易的肩膀，说“高薪都是从跳槽练出来的，等你跳了一百次，你就成功了，我看好你，加油老公！”

简易愣住了，不知道小灿的话是真的不在乎还是真的在赌气，总之，他没想到这一关会过得如此顺利。

5. 闺蜜的爱情又遭震荡

简易失业了，在小灿的记忆里，这已经是简易第三次被炒鱿鱼。从他们相识到结婚，两年半的时间里，被光荣地炒了三次鱿鱼，小灿一面习以为常，一面自我安慰。除了自我安慰，她不知道该如何面对简易超乎常人的伟大壮举。

婚后，简易的缺点逐一显现，而这次被炒，抛开杜小姐的陷害，剩下的只能怪简易对待工作的态度。最明显的一点就是好高骛远，过度自信。他会觉得自己在那样的公司简直大材小用，实际上他的业务水平只能算及格。人，不怕被黑暗遮掩，就怕内在的发光点微乎其微。

简易的这些缺点尚在小灿包容的范围之内，看在简易花尽心思讨好自己的份儿上，她决定对家里隐瞒简易被炒的真相。

为了做好保密工作，简易照常早出晚归，表现出一副很忙的样子。小灿极力配合，让婆婆看不出丝毫破绽。

谭乐云当然没有察觉到任何异样，一个卧病在床的婆婆就已经让她焦头烂额了，她哪还有心思理会简易早出晚归的真正原因。只要他们下班回到家，帮她照顾一下婆婆，让她松口气，她就知足了。

谭乐云向学校请了长假，再过几个月她就退休了，干了一辈子革命工作，因为婆婆，不得不提前休息。为此，谭乐云还有点小小的不舍。小灿一下班，她就会问，学校今天有啥新闻？小灿会和婆婆念叨一番，谁和谁拌嘴了，主任训斥了哪个班的学生，校长又拉回来多少赞助等等，谭乐云满意地听着，脸上写满了对学校的恋恋不舍。

小灿理解婆婆的心情，从一个熟悉的环境里突然脱离出去，除了不舍，内心的空虚才是叫人抓狂难耐的。所以，即便婆婆对她的态度依然坚硬，小灿也不会像最初开始时那样抗拒和委屈了。她现在同情婆婆。

小灿的理解换来了这个家庭的安宁，婆婆对奶奶的悉心照料让小灿很是动容，她有时会想，如果婆婆老了，她能像婆婆照顾奶奶那样照顾婆婆吗？虽然这个问题好像远得不可触摸，可小灿还是真心地希望自己婆婆可以健康平安。这和谭乐云针对她没关系。

除了这些内在的心思，小灿最为关心的还是简易的工作。她帮简易拟了一份看似既高端又不失谦逊的简历，帮他到处投递，等待一份理想的工作向简易张开怀抱。

小灿为简易做的这些，在她自己看来，是理所当然的。爱一个人，就要急他所急，盼他所盼。小灿盼望着自己的帮忙能见成效，最起码也应该有一两家公司向简易抛出橄榄枝吧。

但郁可却把小灿的这种盼望称之为助长简易惰性的根源，他不再是刚踏入社会的毛头小青年，他是有老婆，有家庭的已婚男士，他的成熟、自强，决定小灿今后生活的水准，不能一再迁就或忍让，应该让他知道，做别人的老公和做儿子是不同的。

小灿明白郁可是为她着想，可在老公和朋友之间，她更倾向于老公。这一点，郁可早就心知肚明，与其改变小灿，不如先优化简易，一荣俱荣，一损俱损。

这不，郁可正坐在餐厅的一角，桌上的菜已经上齐，全是小灿爱吃的。她心疼日渐消瘦的小灿，嫁了人，有了婆婆，想吃什么就吃什么的随心所欲渐行渐远，她只能用这种方式表达对小灿的疼惜。

小灿带着简易走进餐厅，郁可远远地招手，两人肩挨着肩，一副恩爱缱绻的样子。

入了座，郁可快人快语："这顿是我请小灿，你怎么也跟来了？"

简易满不在乎地嘿嘿一笑："满大街都在节约用餐，你这一桌子菜非得当典型通报不可，所以，我来，绝对有必要，你应该感谢我的出嘴相助……"

郁可最讨厌简易这种看似幽默，实质废话连篇的耍贫嘴行为。一个男人适当地玩些幽默，既体现智商又能展现亲和力，但过于耍贫，就会觉得低级，弱智了，简易在郁可的眼里绝对是后者。

小灿知道郁可看不上简易，但有一点，郁可绝对支持小灿嫁给简易，那就是简易的家庭。嫁个生活条件中上等的人家，肯定少奋斗五年！而这五年又会积攒多少财富？只要不是白痴，都能算明白这笔账。小灿也算过。

如今，这个中上等的人家，即将面临没落的境地，简易的一无是处，在郁可那里更显得庸碌无为。

小灿赶紧缓和气氛，说郁可脖子上的那条翡翠挂件，看成色就是上品。郁可就喜欢别人夸自己的东西好，一听小灿如是说，便笑足颜开，告诉小灿，这是一个男人送的。

男人能送这么贵重的礼物，想必关系匪浅。

郁可看出小灿的心思，探过身子，在小灿耳边低语："这回钓对了人，绝对是支绩优股。"

原来郁可又恋爱了，小灿就佩服郁可谈恋爱和失恋的速度，绝对闪分闪恋。

郁可的笑甜蜜而幸福，这是一个女人进入恋爱季节的春心荡漾，带着炫耀，带着自恋。

小灿当然替郁可高兴，郁可的失恋次数成倍增长，她担心郁可的性取向会在这种极度强压下发生改变，那可就是天大的悲哀了。以郁可的条件，不应该受此考验，她应该比任何人都幸福。

简易一边大快朵颐，一边不忘参与互动。他把郁可和小灿的对话全听进了耳朵里，还要发表一下个人意见，选男朋友和买股票不一样，绩优男上升空间有限，稍一遇压力就会全盘崩溃，潜力男就不同了，上升空间无可限量，又有顽强的抗压能力，男人啊，就得有逆袭的精神，像他，被炒鱿鱼不是问题，问题是，有没有接受被炒的勇气。

简易话一出口，立刻遭到郁可的反驳：“我看你是二皮脸加不要脸，明明是工作水平不够，偏说大材小用，也就小灿能忍受你，换作我，准一脚把你踢飞。”

简易遭到抢白，耸耸肩，继续他的大快朵颐。小灿扯了一下郁可的衣服：“给我留点面子，你骂他，不就是骂我呢吗？”

郁可瞪了小灿一眼：“瞧你那点出息，这种男人，给他点阳光他就以为春暖花开，千万不能让他吃定你！”

小灿笑得有些拘谨，简易现在是她的男人，自己的男人自己怎么打骂都有爱的成分夹杂其中，外人的一句埋怨，都觉得是恶意中伤，即便是最好的姐妹，也不行。

小灿往郁可碗里夹菜：“快吃你的吧，好歹是我老公，留点口德。”

郁可冲小灿撇撇嘴：“心疼了？说不得了？”

小灿不理郁可，用沉默表示自己的不满。郁可知道小灿的脾气，如果她不吱声一定是不高兴了。反正她们是打不散，骂不散的好姐妹，五分钟过后，一切不快都会烟消云散。

五分钟后，郁可放下碗筷，从包里取出一张名片递给简易，说：“看在小灿的份儿上，我也得帮你一把，这是我男朋友的电话，你直接去找他，我已经和他打了招呼。”

简易犹豫着接过名片，心里思忖着，她会这么给力？

小灿看着郁可，眼里逐渐显出笑容。

“别人帮你一时，帮不了一世，认真点儿。”郁可一边瞥着简易，一边把手放在小灿的手背上，给了她一个鼓励的微笑。

正当好姐妹相互慰藉时，一群身穿制服的警察冲了进来，迅速将她们包围起来。小灿和郁可被这阵势吓呆了，不知道自己犯了什么十恶不赦的罪名，就连简易也傻眼了，吃顿饭也能招惹来警察？可真够倒霉的！

小灿偷眼看警察，突然在警察当中一眼就看见了简洁的老公佟凯。佟凯也认出了小灿和简易，只不过他在执行任务，没有和他们打招呼，倒是简易大剌剌地冲佟凯一招手，喊了一声："姐夫……"

佟凯没有理会简易，径直来到郁可面前，亮出警察证，严肃而专注地对郁可说："我们怀疑你跟一伙盗窃组织有关系，请你跟我们回警局协助调查……"

佟凯话音未落，郁可就噌地从椅子上跳了起来，怒目圆睁地质问佟凯："喂！你说什么呢？无凭无据，你不要乱抓人，乱给我扣罪名啊！"

佟凯不急不缓地一招手，旁边过来一位中年男子，佟凯扭头问："你确定那个翡翠挂件是你的？"

中年男子连忙点头："没错，那是我从巴黎拍卖会上花了近千万拍回来的，是独一无二的……就是我丢的那个……"

郁可听闻此言，连连后退，口中还在辩解道："你别胡说，这是我男朋友送我的，一定是你眼睛花了，认错了！"

小灿一脸疑惑，看了一眼佟凯，佟凯站过来，在小灿的耳边低语道："你朋友交友不慎，交了一个江洋大盗！"

小灿被这个消息惊得瞠目结舌。郁可不信，冲着佟凯嚷道："污蔑！诽谤！我要告你！"

小灿赶紧上前劝阻郁可："他们是讲证据的，能来和你当面对质，一定是有备而来的，不妨跟他们去警局一趟，看看究竟怎么回事。"

郁可似乎没有了坚持的勇气，颓废地靠在小灿的肩上，两眼无神，默默自语："我怎么那么倒霉……"

小灿和简易陪着郁可一同上了警车。

警察局里，郁可正在接受调查，小灿和简易也例行做了一份笔录。佟凯告诉两人，郁可的男友是这伙盗贼的头目，目前已经落网，他们偷盗的数额之大，手段高明，是一伙有组织，有纪律，有智谋的犯罪团伙，利用公司作掩护，在全国进行非法偷盗。

小灿关心的不是这伙盗贼的命运，而是郁可会不会受其牵连，会不会有牢狱之灾。佟凯安慰小灿，说："只要郁可把赃物如数返还，念在她也是受害者，警方不会为难她的。"

小灿的心当即放下了一半，可接下来发生的一幕，彻底吓坏了小灿。

郁可是什么时候接受完调查的，小灿和简易都不知道，直到佟凯拦住给郁可做笔录的女民警，才知道，十分钟前，讯问已经结束。

郁可去哪儿了？小灿差点把警局翻个个都没找到郁可，小灿心里的不安越来越强烈。就在这时，突然有人大喊一声："快看，楼顶，有人要跳楼！"

小灿飞快地跑出来，仰着头望向楼顶，只见郁可就站在楼顶的边沿，战战兢兢，瑟瑟发抖。

小灿吓得腿都软了，幸好简易在身边，不然她一定会被吓得趴在地上。

佟凯让小灿在下面尽量拖住郁可，他会想办法救郁可下来。

小灿急得眼泪就在眼眶里打转，打死她都不相信，那么自信乐观的郁可会做出这么令人震惊的举动，看来这件事对郁可的打击是致命的。

"郁可，你别做傻事啊！为那种人去死不值得。"小灿扯着脖子大喊。

郁可站在楼顶边沿，既紧张又害怕，她真的想一跃而下，一了百了，不，她只是气不过，凭什么自己的爱情屡战屡败，凭什么自己的爱情总是在最心动的时刻戛然而止？她不明白，也想不通，她不比别人差啥，为什么爱情在她身上总是难以完满呢？

“小灿，你别劝我，没用的，老天这么跟我开玩笑，我输不起行了吧，我彻底认输行了吧。”郁可有些激动，又向边沿挪了半步。

围观的人群发出惊叹，这时警队人员已经在郁可所站的位置下面铺好了气垫，就算真的掉下来，也不至于有生命危险。

郁可一看脚下就是拯救生命的气垫，她非但不领情，居然向另一侧挪去，避开了脚下的气垫。警员们七手八脚又将气垫挪至郁可所站的位置之下，郁可铁了心不需要援救，继续换位置，楼下的警员跟着郁可的步伐继续移动气垫。

此时，佟凯已经站到天台上，和郁可近在咫尺。

郁可发现了佟凯，认为这个人简直就是自己的克星，如果他不带着警察冲进餐厅，那么她依然可以在自己的梦里享受快乐和幸福。

“你上来干吗？是想逼我快点跳下去吗？”郁可瞪着佟凯。

“如果你想跳，没人能拦得住你，不过，就为这事儿要死要活的，我觉得你就是个傻子……”佟凯的语气不像是在救人，更像是把别人往绝路上逼。

“我就傻了，你管不着。”郁可竟然大笑起来，“你是不是觉得你特英雄，特能耐？赶紧向你的上司邀功去吧，甭管我的死活……”

佟凯向前迈了一步：“你是不是觉得自己特委屈，特窝囊？我告诉你，我瞧不起你，就算你现在，立刻掉下去，我都不会伸出手救你一把，因为你这个人善恶不分，简直无可救药！”

郁可瞠目结舌，竟想不到他会如此辱骂自己。

“你那么年轻漂亮，还愁找不到好老公？”佟凯突然转变了口气，“现在让你认清那个人，是在救你，一时的得失能换你一辈子的幸福，你还有什么想不开的呢？”

“我不服气。”郁可大叫，“为什么我谈恋爱总是失败，我怎么那么倒霉啊，我比别人差吗？”

“不差！你很好。”佟凯继续逼近，“你看我，不怕被你笑话，我刚和老婆离婚，她嫌我是个没出息的小警察，怕跟着我受苦受穷一辈子，离就离吧，我本来就是个小警察，我不能耽误了她的幸福是吧，咱是男人，无所谓了。”

郁可冷静了下来，眼前这个警察比自己更倒霉，居然离过婚？活该！好歹她还是待字闺中的少女，比起被人退货的警察，她还有什么不平衡的呢？想到这儿，郁可居然笑出了声，再一看佟凯，他正用凌厉的眼神质问她离婚那么可笑吗？郁可慌了神，竟忘记自己是站在五层楼的楼顶，脚下一滑，整个身子直直地摔了下去。

说时迟那时快，佟凯一个飞扑过去，一把抓住了正在下坠的郁可。由于地心引力外加佟凯的那股冲力，两人竟一同坠落下去。

在坠落的过程中，郁可的手一直被佟凯紧紧地拉着，郁可一点恐惧都没有，就像在表演一场高空跳伞，她开玩笑地对佟凯说：“有我这个未婚女青年陪你一块儿死，你赚了。”

当两人跌进气垫的那一刻，闭着眼睛的郁可感觉到自己的脸上有一股暖暖的气流，她没有睁眼，只是静静地享受这股气流带给她的温暖和平静。

郁可和佟凯都没受伤，当两人被大家七手八脚抬出气垫，郁可的脸上飞扬着莫名的光彩，之前心里各种抱怨和委屈顷刻间荡然无存，就连那个江洋大盗的男友，都觉得跟她没有半点关系了。

这次的生死经历，让郁可得到了一个信息，离过婚的男人未必不可取，离过婚的男人更懂女人心。

小灿当然明白郁可的心思，她现在属于感情空窗期，又多少受了些刺激，倘若现在喜欢上一个人，那绝对来势汹汹，谁也拦不住。小灿担心郁可盲目择爱，弄不好，又会N次受伤。

小灿的担心，另一方面来自大姑姐简洁。简洁和佟凯离婚不到一个月，这种冲动的错误情有可原，说不准，哪天两人心血来潮，把婚给复了，那郁可岂不成了剃头挑子一头热吗？这种万分之一可能的事，也许就让郁可碰上了。

小灿不能让郁可冒这个险，简洁要是想复婚，势必当郁可为眼中钉——除之而后快。郁可不是简洁的对手，简洁会让郁可生不如死。

小灿打算找简洁谈谈，探探她的口风。可就在小灿还在心里揣摩如何引出这个话题的时候，居然撞见了乔宇阳开车送简洁回家的一幕。她亲眼看到乔宇阳在车里吻别简洁，她分明看出简洁那一脸满足和欣喜，这是恋爱中的女人最幸福的表情。原来大姑姐心有所属的人居然是公公的秘书！

小灿愣在那儿，还没来得及躲避就被简洁发现了。简洁先是一惊，随后变得坦然，冷静。小灿想给简洁一个微笑，可这笑容最终呈现出来的是比哭更难看的表情。简洁瞪了一眼小灿，告诉她：“你最好当什么都没看到，否则，别怪我翻脸不认人。”

小灿没得选择，只能咽下这个秘密，就连简易她都不能说。

第四章　生活似酒，爱情独醉

这句富有深意的话，深深触动了小灿。她一直以为简易不解风情，是一个需要别人呵护的大男孩。其实，她错了，她一直没有给他去关心别人的机会，他只是离她的要求差了一步，而这一步，她一直挡在他的前面。

1. 小灿和大姑姐的对台戏

简易被公司炒鱿鱼的事，还是被谭乐云发现了。原因是大齐借了简易的车，还车的时候，简易的手机关机，大齐找不到简易，遂把车开到简家。谭乐云问大齐，把车开回来，简易下班岂不要打的或挤公车？大齐心直口快，把简易好几天没上班的事儿秃噜了出来，谭乐云不依不饶，非要大齐把话说明白。大齐拗不过谭乐云，只好实话实说。见谭乐云愣在那儿半天没回过神儿来，大齐撒丫子就跑，以为跑了，这事儿就跟他没关系了。

谭乐云气得两眼冒烟，这么大的事，她竟然最后才知道，把她当傻子戏弄吗？她立刻给简易打电话，电话依旧关机，于是又打给小灿，可电话响了半天就是没人接。这下，谭乐云更加恼火了，她把一撮韭菜狠狠地拦腰折断，立刻一股辛辣的味儿扑鼻而来。谭乐云咬牙切齿："这两个小兔崽子，我跟你们没完。"

小灿没接到婆婆的电话，是因为她把手机调成振动的了。当时她正在校长办公室接受校长的问话，而问话的内容是关于评职称。这个严肃且又正式的问题，岂能被中途打断，就算有天大的事儿，这电话也不能接。

离开校长办公室，小灿心里美滋滋的。若能真的评上一级教师，自己的工资可就涨一大截呢。在简易新工作还没着落的时候，能涨工资，绝对是提高生活水平的一个重要条件。小灿赶紧掏出手机，打算把这天大的好消息告诉简易。可一看手机，婆婆的未接电话竟然有五个，难道家里出事了？

小灿不敢打电话回去，下班后直奔人才交流中心。一见简易耷拉着脑袋，小灿就知道，这一天又白忙活，工作仍没着落。

小灿上前挽住简易的胳膊，腻歪在简易的肩膀上，笑盈盈地说："今天不成，明天加油！"

简易不情愿地笑笑，有种失落，有种委屈。

两人不敢耽误，拦了辆计程车，火速往家赶。

一进家门，两人就觉得异常，平时这个点儿，母亲一准在厨房里忙活晚餐，可今天，偌大的房间一点响动都没有，静的都能听清楚两人的心跳声。

小灿冲简易吐了吐舌头，有种大祸临头的感觉，简易拉着小灿蹑手蹑脚地上楼去。

“你们给我站住！”突然，谭乐云的声音从身后传来，吓得小灿一个机灵。

谭乐云从哪儿冒出来的，小灿和简易甚是纳闷，可看到母亲一脸严肃，两眼凛冽地站在那儿，小两口就像老鼠见了猫，没了气焰。

谭乐云恨恨地盯着两人，眼神在他们身上上上下下游走了多遍，最后，把目光聚集在小灿的脸上。

小灿本能地心头一紧，在心里嘀咕：又是哪根神经没对上，招谁惹谁了？

“这一定是你的主意。”谭乐云不给小灿更多胡思乱想的机会，一瞪眼，说道：“简易从不对我撒谎，一定是你唆使他这么做的！”

小灿的脑子转得快，从婆婆的反应看，简易失业的事八成纸包不住火了。小灿用胳膊肘蹭了蹭简易，简易摸着后脑勺，开始为小灿辩解：“妈，你误会小灿了，是我坚持要保守秘密的，我想啊，这工作还不好找吗？今天失业，明天就能就业，跟您说了，只能让您多操心，我是为您好才没跟您说实话……”

“少来马后炮，要不是大齐说漏了嘴，你们打算瞒我到什么时候？你们眼里还有我这个妈没有？太不像话了。”谭乐云一扬手，打断简易的话：“尤其是你，小灿，这种事，你不应该和我沟通吗？你是简易的老婆，怎么能纵容他做这种不负责任的事情呢，你是怎么做人家老婆的啊？”

小灿有些委屈，隐瞒事实也是为了大家着想，家里接连出了那么多事，多一事不如少一事，她没觉得简易失业和自己是不是一个称职的老婆有什么根本关系，一切都是婆婆在小题大做。

简易见气氛有些不对，赶紧嬉笑着打圆场：“这高薪都是跳槽跳出来的，人往高处走，水往低处流，我总不至于越跳越低吧！”

谭乐云瞪了一眼儿子：“你那些怪理论别对我说，没用，我只知道，这被炒鱿鱼，一定是你工作能力不成，你啊，有几斤几两，我心里明镜似地……”

“我是您身上掉下来的肉，您当然清楚了。”简易腻歪到母亲身边，讨好着说，“您儿子的能力您是没发现，等您发现了就是我大放异彩的时刻，您就请好吧！”

谭乐云就架不住简易的甜言蜜语，不管在多大气头上，只要简易一撒娇，一腻歪，她就打心眼里疼得不得了。这种溺爱几乎成了谭乐云一生所要遵循的方式，因为，她是冒着生命危险生下简易的。当时医生们做好了保大人的准备，是她一再坚持不管发生什么意外，这孩子的命一定要保住，简家的香火不能在她身上灭掉，这个罪名，她担当不起。

如今，简易娶妻成家，她还是像小时候那样宠爱着儿子，即使在小灿面前，也难掩对儿子的宠溺。

小灿不理会这些，只要简易肯保护她，即使婆婆把简易当佛供起来，她都觉得没什么不妥。

简洁是最后一个知道简易被炒鱿鱼的，当时，她瞪着大眼睛，惊呼起来：“什么，你被炒鱿鱼了？”

简易瞪眼：“夸张了啊，至于反应这么大吗？”

“至于，相当至于，你知不知道，现在找份工作多难啊，你这种大学生，遍地都是，有一份工作就已经不错了……哦，一定是小灿的主意，一定是。”

简易愤愤：“你别什么事都赖在小灿身上，这事和她没关系。”

简洁看了看楼梯，凑近简易，神神秘秘地说：“我和你说过，她就是祸水、灾星，她才来咱家几天，不是要账，就是丢工作，再不就是爸爸失踪，奶奶住院，你看看，一连串的事，能是巧合吗？别的什么也别说，赶紧离婚算了。”

谭乐云不喜欢拿离婚说事，在一旁训斥：“胡说八道，简易离婚了，你能捡到什么好处？”

“我是为他好。”

“说到底，你就是不喜欢小灿，得了，我是不会离婚的。”

“有你后悔那天。”

简易一甩手，转身上楼去了。

简易的失业让小灿和婆婆谭乐云的关系趋于白热化，谭乐云把失业之后有可能发生的连带问题都怪罪在小灿的头上，小灿觉得在简家的日子会越来越逼仄。

当小灿在饭桌上，把自己有可能评上一级教师的消息宣告给大家时，除了简易的拥抱和祝贺令小灿感到欣慰之外，婆婆和大姑姐的回应则是一脸的漠然。

这个结果叫小灿怅然若失，也让她明白，即使自己再努力，也不会完全融入他们。她不姓简，她姓田。

谭乐云漫不经心地回应道：“你和简易马上就会要孩子，等孩子一出生，你的工作就是带孩子，班上不上那是次要的……”

婆婆的话音未落，大姑姐就热烈地附和起来：“可不是？你可别指望妈给你带孩子，妈还得照顾奶奶呢！”

小灿咬了一下嘴唇，自己的将来就这么被她们给定制好了，她在这个家的地位何其的卑微？

“女人的重心还是要放在家庭上，就算你不工作，简易也养得起你们母子。”谭乐云继续传达自己的意图。

“我可没想过这么早就要孩子，简易也说等两年再说，是吧？”小灿把话转给简易，只要简易和她统一战线，婆婆拿他们也没办法。

简易赶紧放下碗筷，忙着点头应道：“正解，正解，我现在还没完全成熟，哪有资格给别人当爹啊，再等等，不急。”

“啪”一声，谭乐云将筷子狠狠地摔在饭桌上，用这种方式抗议简易的决定。

简洁来了兴致，冲简易嚷道：“瞧你那没出息的样儿，什么都听媳妇的，你能不能男人点儿？”

这话是冲小灿的来的，小灿瞥了一眼简洁，不慌不忙地反驳回去：“我和简易夫妻恩爱，想什么时候要孩子就什么时候要，不像有些人，婚都离了，当然要孩子无望了。”

简洁被噎得直翻白眼，简易一旁偷笑得很得意。

谭乐云的抗议，被简洁离婚的事实打的细碎，女儿如此，怎好说教儿媳妇？当时，谭乐云恨不得狠狠抽自己一个耳光。

简洁本想火上浇油，灭灭小灿的气焰，不曾想却被小灿抢白了一顿。一向争强好胜的简洁，打心眼里不服这口气。不能和小灿争个高低，她就不叫简洁。

小灿无意拿离婚这事儿讥讽简洁，看到婆婆一脸难堪地离开餐桌，她才觉得，在简家树敌太多，实在不是明智之举。

事实证明，简洁和小灿的敌对关系正逐步扩大，这源于简洁有个深谋远虑的军事，有他做后盾，简洁什么都不怕。

当简洁将小灿的种种不是一股脑地倾吐给乔宇阳，乔宇阳则出其不意地吻住了简洁。

乔宇阳的吻，来得突然，来得迅猛，简洁只迟疑了片刻就已经被炽烈的吻融化掉了。

乔宇阳越来越激动，将简洁按倒在办公桌上，简洁也在兴奋中，将乔宇阳的衣服紧紧地抓起。两人弄翻了办公桌上的陶瓷笔筒，笔筒掉在地上，发出碎裂的声响。简洁意识突然清醒，用力推开乔宇阳，慌慌张张地整理自己的衣服和头发。

乔宇阳意犹未尽："怎么了？"

简洁随手将文件夹甩给乔宇阳："不要脸，这是办公室，你当我什么人？"

乔宇阳接住文件夹，嬉笑着凑过来："整个公司就我们俩人，这和在我家有什么两样？不会有人来的。"

简洁啐了一口："流氓！我告诉你，我不想的时候，你最好别招惹我！"

乔宇阳诡异地一笑，揽住简洁的腰，嘴巴抵在她的耳畔轻声细语："我知道，你现在满脑子想的都是怎么对付田小灿，别忘了，她有简易和奶奶做守护神，你孤军一人，斗不过她的。"

"斗不过也得斗！"简洁挣开乔宇阳的怀抱，"看她得意的样子，我就不舒服，只要让她和我妈闹掰，看她还怎么在简家待下去。"

"你可想清楚了，你妈看在简易的份上也不会把小灿怎样，你这急脾气，我真怕你会吃亏。"

简洁白了一眼乔宇阳，说："你的花花肠子最多，你倒是给我出个主意啊！"

乔宇阳思忖片刻，脸上露出一线光亮。

简洁得到了信息，迫不及待地问道：“你有办法了？”

乔宇阳趴在简洁的耳边小声嘀咕，简洁不由得露出惊讶的表情。

2. 泼油漆事件

简易正大光明的失业在家，不用在老妈面前演戏，觉得一下子轻松了很多。谭乐云心疼儿子，既然失业了，那就想办法继续找工作，心急上火没用。简易最了解老妈的脾气，典型的刀子嘴豆腐心，只要她高兴，他妈养他一辈子都乐意。可简易不能闲在家里吃闲饭，他现在是有老婆的人了，小灿的幸福是要靠他打拼的，他不能委屈了小灿。

小灿理解简易的这种心情，可找工作不像买东西，只要付钱就能拿货，那是要靠运气靠能力的。简易几斤几两，小灿心知肚明，她不能逼得太紧，她要给他充裕的时间。

简易觉得对不住小灿，躺在被窝里一个劲儿地埋怨自己。小灿心里怪难受的，这么一个大男人，不是他没有上进心，只怪现在这个社会，没有个真才实学别想做上体面的工作。小灿不怪简易，她只希望他以后能够虚心点儿、务实点儿、稳当点儿。

简易举着双手做保证，以后再吊儿郎当、再三分钟热血，他就不是人！小灿打落简易的手，笑着说：“千万别让你妈听到，你不是人，你妈是啥？”

简易觉得吃了亏，扑上去，就把小灿压在身子底下，手指直入小灿腋下。小灿怕痒，扭动着身子，咯咯地笑起来。

简易趁势去吻小灿，小灿扭头躲开，并把简易推开，从床上坐起来：“从现在开始，我要潜心准备我的公开课，不允许你打扰我。”

简易怏怏地抱起枕头，一脸苦相：“这么残忍？”

小灿揪简易的耳朵："你支持不支持我？"

简易疼得直咧嘴："支持，支持，一万个支持！"

小灿的公开课，安排在上午第一节，能不能评上高级教师，这一课，可是至关重要的。为此，小灿早早地来到学校，在其他老师还没上班之前，已经在教室里自演自讲了一堂课。

学生们陆续走进校园。小灿站在办公室的窗子前，看着满脸灿烂笑容的学生，紧张的情绪瞬间释放了。她觉得比起和婆婆、大姑姐斗智斗勇，这一堂公开课简直小菜一碟。想到这儿，小灿居然笑出了声。

小灿满怀信心，同事们在一旁加油打气。这个早晨注定是一个不平常的日子。然而就是在这样一个关键时刻，小灿突然接到二姨谢兰打来的电话。电话里，二姨声音颤抖，语气急促，像经历了一场恐怖事件的恫吓，语无伦次且口齿不清。

小灿握着电话急得满头大汗，若不是家里出了大事，二姨不会吓得连话都说不清楚。最后，二姨在电话那头几乎是用喊的，对小灿下了死命令：不管你手上有多重要的事，你赶紧回来，我跟你爸快没命了……

二姨最后这句话，小灿听得清清楚楚，能跟命扯上关系的必定是十万火急的大事儿。小灿顿觉两脚发软，大脑空白一片。

田家究竟出了什么事？其实，并不像谢兰形容的那样惊心动魄，她有些夸大其词了。

事情的起因，要从谢兰一大早，来给姐夫田绍民送药开始说起。田绍民的胃肠不好，又碰巧这一阵子，街道组织活动，谢兰来的次数明显少了很多，一日三餐田绍民就开始对付了，这一对付不打紧，这胃就开始闹情绪，疼的忍无可忍，他才给谢兰打了电话。谢兰知道后，在街道卫生站开了些胃药，赶在大清早给姐夫送过来。

田家住在五楼，这个小区没电梯，谢兰低着头，一鼓作气上到五层。田家正对着楼梯口，谢兰只顾闷着头掏钥匙，并没有发现什么异样。当她打开锁，伸手拉门的一刻，一股湿湿黏黏的感觉立刻透过手指，传递到她的大脑。她慢慢张开自己的手掌，看到的竟是一手如血液一般黏稠的红色。

谢兰吓得尖叫起来，再一看，整扇门上，整面墙壁上，都被泼了一层鲜红的令人毛骨悚然的油漆。一旁还书写着几个同样红的令人胆战的字：简家欠钱，亲家代还。

谢兰一下子明白过来，这不是意外，这是有组织，有目的、有意图的一次恐吓行为。这一切都是拜简家所赐，简家欠钱，凭什么要田家代还？这是哪门子规定啊。谢兰的暴脾气一下子就点燃了火，她不顾田绍民的反对，给小灿打去了那通改写小灿前途的电话。

小灿果然没有心思管她的公开课了，这个时候，爸爸和二姨的命比什么都重要，她可以不要工作，却不能失去爸爸和二姨。

当小灿冲上五楼，站在自家门口，眼前的景象真真把她惊呆了。

邻居们出来看热闹，谢兰扯着脖子跟人家喊。田绍民老实本分了一辈子，头一次遇到这样的状况，除了紧张，更多的是气愤。小灿赶紧将爸爸和二姨拉进屋里，家丑不可外扬，小灿不愿叫人指指点点。

谢兰说什么都要去简家讨个说法，今天，可以泼油漆，明天，指不定会杀人放火呢，跟这样的人家结亲家，这不是提着心吊着胆地过日子吗？

小灿坚决不同意让二姨去简家，二姨得理不饶人，又受了那么大的惊吓，去到简家还不得打起来啊，本来她在简家就挺尴尬了，这么一闹，她还能在简家待下去吗？

谢兰执意要去，她的理由很简单，就是想让田家人过上平静安宁的日子。田绍民没反对也没同意，只说了一句：“简家做事太不地道，都闹成这样了还不说实话，要瞒我们多久？”

小灿不再坚持了，这事儿不弄个明白，谁心里都不会踏实。

谭乐云刚陪简老太太做完康复训练，谢兰就气哼哼地杀了进来。谭乐云一看谢兰这副表情，就已经猜到对方的来意不简单了。

谢兰开门见山，将田家遭到的威胁，一五一十地说给谭乐云听。听后，谭乐云一脸错愕，表示这件事是简家对不住田家。谢兰要的不是这种表面上的客套，她要的是实实在在解决事情的办法。

谭乐云遇事有极强的稳定性，她拉着谢兰的手让到沙发上，又忙着烧水，沏茶拿点心。这一连串热情周到的招待，从心理战术上，已经将谢兰的一腔怒火慢慢浇灭。只要不是攸关生死的大事，谭乐云绝对有能力化干戈为玉帛。

谢兰的性子急，不喜欢拐弯抹角，她就是要简家给个实话，这账，简家到底有没有偿还的能力。

谭乐云早就看透谢兰的心思，她这是怕简家还不起账，日后会连累到小灿和简易啊。谭乐云很诚恳地告诉谢兰，不管简家将来怎样，有她这个当妈的在，简易和小灿绝不会受半点委屈。

谢兰不信这种空口无凭的承诺，这还没怎么着呢，田家就已经受了池鱼之殃，真要是有个什么闪失，田家人的生命可就朝不保夕了。

谭乐云明白，不给谢兰吃颗定心丸，她是不会善罢甘休的。谢兰什么人？街道工作，善于打持久战，长此以往，谭乐云可受不了。于是，谭乐云交了底儿，说：“只要我弄清楚债主是谁，这钱，我立马给他还上。”

谢兰一嗤鼻："简易他爸的生意不是破产了吗？你指啥还？以命抵债啊。"

谭乐云笑了："瘦死的骆驼比马大，你放心，像今天这种事，以后不会在田家发生第二次。"

谢兰想了想，一拍大腿："成！我就再信你一次，可咱丑话说前头，再有这事儿，我可要把小灿接走了。"

这种情况下，不管谢兰提出什么要求，谭乐云只能笑着答应，这事也就大事化小，小事化了了。可没想到，简洁从楼上下来，听到谢兰的要求，立马驳了回去："您要真担心小灿，最好现在就把她领回去，也省得你三番五次跑这儿来闹。"

谢兰一瞪眼："你说什么呢？"

"听不懂？"简洁挑着眉毛说："我再说一遍，你最好现在就把小灿带回去，最好让她跟简易离婚，离了婚，我们俩家也就不用来往了，就算我们简家欠别人十亿，也跟你们没有任何关系。"

简洁的突然搅局，让事态变得焦灼起来。谢兰吃软不吃硬，别人厉害，她比别人更厉害，她什么人没见过，什么架没吵过？简洁这种的，算是软柿子，她想捏，都觉得手懒。

"咋地？你们简家离婚上瘾啊？知道磕碜二字咋写不？去问你妈。"

谢兰话一出口，谭乐云顿觉脸红耳赤。谢兰语带双关，连她这个当妈的一起骂了，这不是在怪她这个做母亲的没教育好自己的儿女吗？

谭乐云马上赔上笑脸，说女儿不懂事，口不择言，亲家大人大量，甭跟个孩子一般见识。

谭乐云给的这个台阶，谢兰并不急着下来，既然简家提出来离婚，那就朝这个方向讨论讨论。于是，谢兰一件一件开扒。从婚礼的不尽人意，到蜜月受阻；从简家破产到田家遭殃。田家是一句怨言也没有，一点礼儿也没挑，还想咋样？别以为我们不说、不挑，你们就可以变本加厉，欺负人也不是这么个欺负法吧。

谭乐云当即哑口无言，所有这些事情，似乎都是简家的不对。小灿是受害者，田家是想保护受害者，同是女人，她能不明白谢兰的心情吗？她狠狠地训斥了简洁，让简洁向谢兰道歉。简洁不肯，扭头就走。谭乐云没法子，只好亲自给谢兰赔礼道歉。

谢兰把该说的都说了，该表达的也都一清二楚地传达给了谭乐云。最后，她还为小灿争取了搬回娘家住的机会。可谭乐云一直不松口，搬回娘家住算怎么回事？小灿是简家的媳妇，就应该住在简家。谢兰并没有不依不饶，她只是提醒谭乐云，小灿在田家也是娇生惯养了的，希望她能够一碗水端平，别亏待了小灿。

谭乐云爽快地答应着，直到把谢兰送出家门，她的这颗心才算安稳着陆。

泼油漆事件闹得大家都很不愉快，谢兰替外甥女出头，差点被简洁气个半死，没见过那么可恶的大姑姐。小灿悬着的心算是放下了，安慰二姨，别和简洁一般见识。谢兰明白小灿的意思，她没大闹简家是看在小灿的面子上，她就小灿这么一个外甥女，又是从小带大的，谁要和小灿过不去，就等于和她过不去！谢兰念着小灿已是人家的媳妇，真要是撕破脸闹开了，小灿夹在中间，指定不好过。但是这撑腰、张脸的事儿，谢兰还是要挺身而出的。小灿见二姨的火气消了，赶紧撤退。婆婆那边，她还不知道怎么收场呢。

小灿回来的时候，谭乐云正在和简洁置气。本来不用和谢兰多费口舌，简洁这么一闹，她就得跟人家低三下四，好话说尽。真不知道这个女儿是不是自己亲生的。

简洁不顾小灿在场，理直气壮地指责谭乐云不该怕田家，他们能来闹第一次，就会来闹第二次，以后的日子还长，总不能惯着他们有事没事就来家里大呼小叫吧。

小灿杵在那儿，听得脸色红一阵白一阵。谭乐云可没那么是非不分，主动拉过小灿的手说："你家被泼了油漆，怎么说也跟咱家欠账有关，别说你二姨来要个说法，就是把咱这个家闹翻个个儿，我都无话可说。"

小灿还能说什么，婆婆通情达理的态度，好像故意堵住她的嘴，让她哑口无言。

简洁不以为然，从心里觉得出了口恶气，虽然没能如愿地让小灿离开这个家，可好歹让田家和简家的关系拧巴了起来，这也是乔宇阳当初设计这么一出闹剧的初衷。

当简洁第一时间把此事的结果告诉乔宇阳，乔宇阳微笑着说："一切都在我的预料之内。"

简洁觉得乔宇阳这个计谋并不高端，一个谢兰，她就觉得很难对付了，加上小灿和简易，那不是在她面前横着三座大山一样吗？她还怎么继续下一次挑战。

乔宇阳信誓旦旦，这只是小试牛刀，更有利的武器他还没用上，一旦把"核武器"拉出来，简田两家可就再无宁日了。

简洁很期待，但也有些担心。乔宇阳这样搜肠刮肚地为她出谋划策，真的只是出于对自己的喜爱吗？当初和他扯上关系的时候，简洁只是抱着玩玩的心态，没想到，一旦坠入乔宇阳的胸怀，就痴迷得无法自拔。简洁从乔宇阳身上品尝到做一个女人的另一种高潮，和佟凯截然不同。

为了能让这种感觉由始至终地陪伴着自己，她毅然选择了离婚。她为离婚找出了各种理由，但有一点，是对乔宇阳不能自拔的迷恋。这种迷恋几乎到了丧心病狂的程度，这种迷恋却是建立在佟凯的痛苦之上。时至今日，简洁仍觉得对不起佟凯。

3. 爱上只需一秒钟

郁可和一位瘦得像只猴子的男人面对面地坐在靠窗的位置，男人替郁可加糖，郁可连连道谢。

男人一脸笑容，看上去有所意图。郁可尽量回避此男的眼神，不是低着头，就是轻瞥一下窗外的景色。

男人开口："冒昧地把郁小姐约出来实在不好意思啊！"

郁可赶忙解释："这是我的工作，能为客人节省时间，也是我们旅行社的宗旨，所以林先生不必客气。"

林先生的笑容很有内容，动作更是具体，直接去握郁可的手："我每年要旅行四五次，基本都是国外，价钱不是问题，关键是路线……"

郁可优雅地抽回自己的手："这您可以完全放心，我们会为您安排最佳的旅行线路，只要您有要求，我们会尽力做到您满意为止。"

林先生的笑容更加丰富："我还有一个要求……"

郁可见林先生面有犹豫之色，便急着问："您有什么要求，只管提出来，我们一定会酌情解决的。"

林先生竟然再次伸手抓住郁可，眼神里飘出来令郁可一阵恶心的光芒："我希望这次旅行，郁小姐可以全程陪伴……所有的费用我按双倍支付……"

郁可大吃一惊，赶紧抽回自己的手，但为了生意，郁可还是强颜欢笑，作出一副很妩媚的姿态：“这不大好吧！我的工作不是导游。”

“没关系，有郁小姐陪着，看风景其实都是次要的。”

郁可继续一脸较好的微笑。

见郁可一副妖娆的样子，林先生的胆子越来越大：“郁小姐，我们做朋友吧！以我的条件，你完全可以不用工作了。”

郁可看一眼林先生，心里暗骂：色鬼，你长得再帅点，没准我会考虑，就这副尊容，还是免了吧！

林先生继续恳求：“我为什么点名叫你来，我的用意难道郁小姐看不出来？”

郁可继续在心里暗骂：醉翁之意啊！

林先生又抓住郁可的手，轻轻抚摸着：“郁小姐的手真白……”

郁可顿时觉得浑身的汗毛都竖了起来，这样的骚扰令郁可无法忍受。郁可毫不犹豫，伸手给了林先生一个耳光，骂道“死变态，别脏了我的手。”

林先生居然也嚷起来，比郁可的声音还要响亮：“你怎么打人，是你在勾引我啊！”

郁可立刻感觉到邻座客人的眼神齐刷刷地看向自己，这下可糗大了。

突然，郁可的眼神扫到一位熟悉的面孔，那张面孔就站在距离她不到两米的位置，她清楚地认出这张脸的主人——佟凯。

说来很巧，佟凯是来咖啡馆相亲的，自从离婚后，佟爸佟妈一直对儿子离婚一事耿耿于怀。他们托亲戚求朋友为儿子再觅伴侣，希望儿子从离婚的阴影里走出来，组织新的家庭，过上幸福快乐的生活。

佟凯的相亲对象大概记错了时间、地点，足足过去一个小时，都不见那位女性的翩翩身影。正当佟凯意兴阑珊，准备离开之际，郁可和林先生的争吵让佟凯停顿了脚步。

郁可看见佟凯，就像看见了大救星，一把挽住佟凯的胳膊，瞪着林先生，趾高气扬地嚷道："看好了！这位是我老公，比你帅多了，就你那副德行，鬼见了都会哭，我勾引你？省省吧。"

林先生被佟凯一副正气凛然的样子镇住了，一句话不敢说，灰溜溜地从两人身边走掉了。

佟凯送郁可回家，郁可叽里呱啦地讲着林先生的事情："没见过像他这么不要脸的客人，不但让我陪他一起去旅行，还让我做他的女朋友，你说这人得有多变态啊！握着我的手，说我'真白！'知道吗？当时我身上的鸡皮疙瘩最起码掉了五十斤，工作遇色狼，真倒霉。"

佟凯静静地听着，没做任何反应。

郁可瞪眼斜视他，问："你在听我说话吗？怎么一点互动都没有？"

佟凯一本正经地说了一句："那人的确令人不爽，我都想揍他了。"

郁可没来由地脸红了，美美地："多亏你在场，替我解围，不然，我真不知道怎么办了。"

佟凯回想到郁可向林先生介绍自己时的表情和语气：看好了！这位是我老公，比你帅多了，就你那副德行，鬼见了都会哭，我勾引你？省省吧。

佟凯觉得有些不自在，故意和郁可拉开了距离。郁可会意出佟凯的尴尬，微微一笑，说："躲着我干吗？你真以为我会赖着你啊！别美了。"

佟凯自嘲地笑笑，说："我经常遇到这种事儿，可能我长得比较正义吧。"

"你是长了一张大众情人的脸，女孩都喜欢……"郁可脱口而出，话到一半，猛然顿住。

佟凯也是一愣，没想到，她会毫不掩饰对他的好感。

郁可心里窃喜，没见过离了婚的男人还这么容易害羞，越看越觉得够味儿，越看越觉得有意思。郁可咬了一下嘴唇，扬起下巴，问：“你觉得我怎么样？合不合你胃口？如果还成，我们谈恋爱吧！”

佟凯吓了一跳，这女孩也太直接、太坦诚了吧。还没怎么着呢，就问他对她有没有好感？这年头的女孩是怕自己嫁不出去，饥不择食还是他真的有如此大的魅力？佟凯愣住，不知道怎么回答了。

郁可就那么直爽，行就行，不行就拉倒，没必要拖拖拉拉的。看佟凯不回答，郁可一挥手，说道：“你不用说了，我先说我的想法吧，我喜欢你，想和你在一起，你要是觉得我还行，什么都不用说，过来拉我的手，不行，你直接走人，我数到三，你必须做出选择。”

时间在这一刻似乎凝结了，佟凯的内心翻腾着二十多年头一次的惊涛骇浪。这种选择还是他人生第一次，这种游戏既刺激，又令人热血沸腾，他只觉得手脚瞬间僵化，动弹不得。

“一……二……”郁可坚定地数着数，眼睛一眨不眨地盯着他。

“等等……”在郁可刚要喊出“三”的瞬间，佟凯坚持不住，喊了出来。

郁可不说话，静静地看他有所行动。

佟凯慢慢地靠过来，仅仅不足一米的距离，他却感觉像隔着十万八千里。佟凯停在郁可面前，眼里流淌着的温情，让这个看起来铁骨铮铮的汉子更加动人，

郁可也有小小的紧张，这一刻对她来说很重要。

佟凯慢慢伸出手，郁可感觉到那股强大的磁场将她吸引，也情不自禁地伸出手来。就在两只手即将握在一起的时候，佟凯突然一个喷嚏打出，

浪漫的气氛顷刻间变得滑稽可笑。

郁可哭笑不得，一跺脚，扭头就跑。佟凯揉着鼻子，快步追上去。边追边喊："我一紧张，一心跳就打喷嚏……我的答案就是，我喜欢你……"

郁可的爱情只需一秒钟就搞定了，她在对的时间，做了对的选择。她勇敢地抓住爱情，大有不要脸的精神和宁肯被拒也不愿放弃的决心。

对于佟凯来说，突然降临的爱情还真让他有种晕晕乎乎的感觉。他一直以为，爱情都是男人主动才会有诚意，没想到女人的主动会让爱情来得更凶猛。他第一次觉得，被爱是一种很美妙的事情。

4．女人学会退一步，男人才能进一步

郁可迫不及待地将喜讯电话给小灿，那种终于收获挚爱的兴奋，不用看表情，光听声音就能感知得清清楚楚，就差手舞足蹈了。

小灿心不在焉地听着郁可在电话那头的豪情逸致，如果换个日子或时间与她分享这样的喜讯，小灿一定会跳着脚地送上祝福。可今天，小灿提不起这份兴致，她听到的是比噪音还要刺耳的轰鸣声，她只想赶快切断这声响，只想自己一个人静静地待着。不要别人打扰，不要别人靠近。

就在刚才，就在郁可打电话过来的前十分钟，小灿接到校领导的通知：停止所有课程安排，深刻检讨。

小灿弃公开课于不顾，放了校领导和师生们的鸽子。这种不负责任、毫无职业操守的行为，给学校全体师生造成了不良影响。小灿要为自己的行为付出代价，她的职称梦戛然而止。

现实面前，所有预想中的坚强都是不堪一击的，都是自欺欺人，自我安慰罢了。

小灿觉得自己丢尽了人，所有人的目光像一把把利剑，刺得她痛不欲生；所有人的窃窃私语都成了对她的嘲笑和讥讽，她像一只受了惊吓的刺猬，只能蜷缩起来，才不至于受到伤害。

小灿不知道去哪儿，哪儿都是人影绰绰。回家吧，她不知道怎样面对婆婆和大姑姐，即使只能面对简易，他也不会是安慰她的一剂良药；回娘家吧，她不愿看到父亲替自己着急、心疼的样子，倘若二姨在，她又有可以长篇大论的谈资了。她需要的不是这些，她需要的是一个可以依靠，可以倾诉的对象。可她又不想去找郁可，郁可现在是全身心地沉浸在恋爱的柔情蜜意中，又怎能设身处地的体会她的心境呢？别扫了郁可恋爱的兴致，这不是好姐妹该做的事。无奈，只能走到哪儿算哪儿了。

小灿顺着马路一直走下去，走累了，坐在街边花坛上休息一下，看看来往匆匆的路人，望望灯火通明的城市夜景，渐渐地，心情平复了下来。她才觉得肚子饿了。

街边有人在卖煮玉米，清甜的玉米味道让小灿更觉饥肠辘辘。她慢慢地走过去，刚要掏钱，却发现自己的包不见了，难道是被小偷偷走了？不，是她匆忙离开学校时忘记拿了。真是该死，没有钱，别说买不到一只玉米，就连回家的车费都没有啊！怎么办？怎么办？小灿急的眼圈泛红。

突然，一只玉米递到她的面前，看着黄灿灿的玉米，小灿不禁咽下口水，她真的很饿。

“姑娘，吃吧，看你一定是饿了……”一个温柔且带着疲惫的声音响了起来。

小灿循声看过去，一位面容消瘦的女人正用一双温和的眼睛看着她。小灿认出了这个女人，她就是那日徘徊在简家门口的神秘女人。

小灿下意识地接过玉米，顿时觉得有股温暖的感觉，像接受别人赠予的无价之宝。女人微微一笑，眼睛里闪现出满足的神情。

小灿对女人有着莫名的好感，虽是陌生，却似曾相识。女人拉着小灿的手，坐到花坛边，细细地看着她，静静地欣赏她。

“怎么就你一个人，你爱人没陪你？”女人的语气温和得像一位母亲。

小灿垂下眼睑，她后悔把简易抛在一边，也许这个时候，只有简易才是她要找的倾诉对象。

“小两口闹别扭了？”女人会意地笑笑，“现在是不是很想见到他？女人啊，有时候要学会退一步，男人才能进一步。”

这句富有深意的话，深深触动了小灿。她一直以为简易不解风情，是一个需要别人呵护的大男孩。其实，她错了，她一直没有给他去关心别人的机会，他只是离她的要求差了一步，而这一步，她一直挡在他的前面。

女人看出小灿内心的波动，轻轻拍了拍她的手，说：“两个有缘的人结为夫妻，这本就是一个奇迹，婚姻会让奇迹变得平庸，可我们不能让自己真的平庸下来。好好经营你们的感情，别到失去了才惋惜自己做得太少。”

小灿有些吃惊，眼前这个消瘦的有些病态的女人，说出的话却是如此的震撼人心。她是谁？老天安排她们相识，真的只是为了告诉她如何经营自己的婚姻吗？

女人淡定的微笑，把手机交给小灿：“给他打个电话，说不定，他现在正满世界找你呢！”

小灿犹豫了一下，还是接过手机。接通简易的电话，小灿莫名地有些紧张。

简易的声音像缠缠绵绵的潮水扑面而来，立刻温湿了小灿的眼眶：“老婆，你在哪儿？学校的老师说你早就走了，你没带包和手机，我都快急死了，你饿了怎么办？没钱打车怎么办？老婆，你别害怕，我这就去接你……”

小灿的眼泪一下子涌了出来，他不是一个不会关心、照顾、心疼别人的人，他那么着急她的安危，恨不得插上翅膀立刻飞到她面前。

小灿哭得稀里哗啦，只告诉简易，她在和平北路。

四十分钟后，在和平北路中段的星海大厦门前的广场上，我们看到一对男女紧紧地拥抱在一起。此时正是整点时刻，星海大厦顶层的星海钟，发出浑厚而又苍劲的响声。

“你是打算离家出走吗？”简易搂紧小灿。

“我没地方可去，顺着马路一直走，我要知道自己没带钱包、没带手机，我才不会走这么远呢！”小灿脸上的笑容，灿烂的像烟火。

“傻瓜。”简易轻轻刮了一下小灿的鼻头，“幸亏你给我打了电话，我差点儿就去找佟凯了。”

小灿美美地扬着下巴：“我就知道你会来找我，我压根没着急。”

简易伏下头，去寻小灿的唇，小灿笑着躲开，简易不依不饶，追着小灿。

突然，小灿停下了脚步，怔怔地望着那个温暖的女人蹒跚离去的背影。

“看什么呢？”简易抓住小灿就要吻。

“别闹。”小灿推开简易，“你看，我就是用她的手机给你打的电话，她还请我吃了玉米，她真是好人。”

简易望向那个背影，他并不觉得有什么不同。

小灿追了几步，冲着女人的背影喊：“阿姨！阿姨！谢谢你，我会记着你说的话……”

女人听到了呼唤，慢慢转过身。

小灿使劲儿地挥动着手臂，希望她能看到。女人微微地抬抬手，却又放了下去，然后，转过身，慢慢地隐没在阴暗的角落里。

小灿愣在那里，内心有股强烈的不舍。她的眼角有些湿润了，某些神经被紧紧地拉着，一碰就疼。

第五章　不求平淡只愿平安

小灿心里打鼓，郁可这么一来，她在简洁面前还真觉得有所亏欠。知道的是郁可和佟凯王八瞅绿豆——对眼了，不知道的还以为是她从中使坏，破坏大姑姐的幸福婚姻呢，简洁明事理还好，万一不依不饶，她的苦头可有得吃了。

1. 勇敢的决定

小灿做了一件二十几年来认为最勇敢、最壮烈、最可歌可泣的事情——辞职。她疯了吗？不是，她绝对的清醒。当她站在校长办公室，说出自己的辞职理由，校长几乎惊呆了。她说：“我想了很久，都想不通，在人命关天的时候，我还能安然地站在讲台上讲课，我觉得我不但是在欺骗自己，也是在欺骗学生。身为一名教师，没有能力和定力掌控自己的情绪，这是我最大的失败。以免误人子弟，我决定马上辞职。”

小灿就有这股犟劲儿，她认定的事，别人说什么都不好使。学校那么不通情理处罚她，她觉得没脸面和信心再继续教书育人了，辞职是为了给自己争取一些做人的尊严。

走出校园，小灿长长地吁了一口气。囤积在心里的委屈，一下子释放了出来，小灿觉得天空都蓝的耀眼。

小灿顺路去看二姨，二姨正在处理一起婆媳纠纷。原来，那家婆婆好打个麻将，居然把孙子的学费偷偷拿去输掉了。儿媳妇知道后，连哭带闹，说这钱是孩子他爸起早贪黑赚来的血汗钱，老太太要是有个正经用处，她不带有半句怨言，可白白仍在麻将桌上，这不是坑人吗？有这样做老人的吗？老太太也有她的道理，咋地？儿子是她养的，现在她老了，干不动了，花儿子俩钱儿，这不是天经地义的事儿吗？

小灿在一旁看得起劲儿，不知道二姨会用什么办法调解这起纠纷。

谢兰心里有数，那个婆婆是有名的好赌，而且牌风不好，人品也不咋地。那个儿媳妇，更是出了名的财迷，喜欢占小便宜。这样一对奇葩组合，要想调解她们的纠纷，也只能是谢兰出手了。

谢兰什么都不说，掏出手机，对二位说：“既然你们不怕事儿大，我是不怕浪费自己的手机费的，我只能把大河从新疆叫回来了。在他面前，你们喜欢怎么挣，怎么闹，是你们一家人的事儿，跟我一点关系都没有。”

婆婆一听要把儿子叫回来，一下子就急了，她可是最怕儿子的。她曾当着儿子的面在老伴遗像面前发过誓，再也不赌了，真要是把儿子叫回来，她这张老脸可就要碎一地了。至于那个儿媳妇，就更不希望自己的老公千里迢迢从新疆赶回来，她心疼的是这一来一回的路费和耽误这几天的工资。婆婆输掉的钱已是“肉包子打狗——有去无回”了，老公赚的钱，可不能再白白浪费了。当即，儿媳妇表态：“大老远的，折腾他干吗？这钱……就当我丢了还不成吗？”

谢兰的这一招还真奏效，婆媳俩谁也不闹了，乖乖地回家去了。

小灿拍手叫好，称二姨街道工作已经到了炉火纯青的地步，只要二姨一出手，啥麻烦事儿都不存在了。

谢兰直了直腰板，对外甥女的称赞，她受之无愧。她告诉小灿：“解决这些家长里短的事，我手拿把掐，也就你婆婆吧，我拿她没办法，那也是看你面子，不然……”

小灿赶紧去搂二姨，撒娇道：“我婆婆可不是你的对手，你对付她，只需半成功力即可。”

这种高帽小灿没少给她戴，她一边受用，一边提防着小灿的糖衣炮弹，尤其是今天，小灿一反常态，居然主动来她工作的地儿，一定不是单纯来看她这样简单。

谢兰给小灿倒了一杯白开水，问：“你是不是有事啊，以前请你来我这儿，你都不屑一顾，今儿是咋地？良心发现？”

什么事儿都难逃二姨的火眼金睛，小灿耸了耸肩，如实交代：“我刚辞职了，再也不当老师了。”

谢兰一口茶水全喷了出来，这个消息可真够突然的。谢兰擦了擦嘴巴，做出一副问题很严肃，后果很严重的态度，说：“你抽风啊，说辞职就辞了？你知道吗，当初我费了九牛二虎之力，才让吴校长给你这个名额，你说不干就不干了，吴校长的面子，你让我怎么给人家敷上去啊。”

小灿低着头，嘀咕道：“敷上去，就成二皮脸了。”

谢兰真得很生气，一拍桌子，嚷道：“不成，你得跟我一块去找吴校长，你辞职的事儿，在我这儿通不过。”

小灿的黏糊劲儿立时发作，蹭到谢兰身边，嬉皮笑脸地讨好二姨："辞都辞了，你再让我回去，那还不如给我找个耗子洞让我钻呢。"

谢兰一戳小灿的脑门，恨恨地说："你啊，都是让我宠坏了。"

小灿飞快地在二姨脸上亲了一口："你就再宠我一次，就一次。"

谢兰瞪了小灿一眼，一本正经地说："简易的工作还没找落，你这儿又出了岔子，我和你爸还好说，关键是你那个婆婆，她知道你辞职了，还不知道怎么闹呢。"

小灿叹了口气："我就为这事儿来的。"

谢兰再次瞪了一眼小灿："好事儿没我的份儿，这坏事儿指定落不下我。"

小灿嘿嘿一笑："从小到大，不都是这样吗？你就是我的保护伞、守护神，是我勇往直前的坚强后盾。"

谢兰拿外甥女一点办法也没有，谁叫她是实打实地疼爱她呢？只要小灿有求，她必应，就算无求，她也会创造机会，扑上去，给小灿母爱般的温暖。谢兰不后悔做这些，只要小灿能够幸福，从她身上逝去的青春和爱情，她都觉得不可惜。如今，小灿已嫁为人妇，和自己心仪的男人共度一生，谢兰更觉得自己付出的一切都是值得的。

争取到二姨这支坚韧的盾牌，小灿再无后顾之忧。从二姨那离开后，她马上联系简易，只要再把简易拉拢到她这一阵营，婆婆势单力薄，不妥协都不成。

简易和大齐正在小餐馆喝酒，不知什么时候，简易跟大齐成了铁哥们儿、死党，两人经常混在一起，喝酒、闲扯。加上现在简易待业在家，两个没工作负担的人自然成了惺惺相惜的好兄弟。小灿赶到的时候，一瓶金六福已经见底了。小灿举起酒瓶子，底朝天晃了晃，说："成啊，酒量见长啊，要不要再来瓶五粮液？”

简易知道小灿这是不高兴了，说话连讽刺带打击。大齐没听出来，傻傻一笑：“酒不分贵贱，能喝则成！量高量低，一瓶见底，妹夫有量。”

简易在桌子底下踹了大齐一脚，大齐似乎意识到了什么，赶紧把椅子挪到小灿身边，嬉笑着说：“小灿，你坐。”

小灿坐下后，直直地瞪着简易。

简易一拍脑袋：“我把接你这茬给忘了，该死！”说完后，简易看了看店外，这也不到下班的时候啊，没去接她，也不算失误吧。

“老婆，什么情况？你这么早就下班了？”

“我辞职了。”

简易眨了眨眼睛，咽了一口口水，旋即扭脸看大齐，问：“她说啥？”

大齐也眨着眼睛，结结巴巴地回答：“她，她说，她辞职了！”

简易把脸转向小灿，问了句：“真的？”

小灿微微点点头。

简易一把拉过小灿说“老婆……媳妇，你来真的？这也太突然了吧。”

小灿甩开简易的手：“辞了就是辞了，我什么时候骗过你。”

简易愣了几秒钟，一拍巴掌，喊道：“绝对的女中豪杰，老婆，我倍儿佩服你，说辞咱就辞，毫不拖泥带水，猛……”

大齐也竖起大拇指，跟着起哄：“有刚！有没有工作不是问题，这工作时的心情，咱必须得重视，长期受压制的话，人很容易崩溃，和生命比，工作算个屁！”

“没错！虽说教书育人的工作挺神圣的，可咱是凡人啊，没事儿，老婆，我不也丢了工作吗？死不了人的。”简易又开了一瓶酒，居然给小灿也倒了一杯，“老婆，为了我们的未来，走一个！”

小灿没犹豫，端起酒杯就是一大口。立刻，一股灼烈的滋味顺着喉咙蔓延至肠胃，呛得小灿猛咳起来。

简易心疼地去拍小灿的背，小灿一把推开他，嚷道：“你诚心的是吧，嫌我还不够倒霉是吧。”

简易慌了手脚，赶紧安慰小灿：“怎么会呢，老婆，你的事就是我的事，不管你做什么，我都全力支持你。”

大齐把纸巾递给小灿：“妹夫绝对只忠于你一人，绝对的……”

小灿平静下来，看着简易问道：“如果你妈借此事为难我，你打算帮谁？”

“当然是你。”大齐插话进来。

简易推开大齐，一本正经地对小灿说：“老婆，你放心，我一定站在你这边。”

小灿得到了满意的答案，笑容就挂上了嘴角。她告诉简易，不管谁反对，这次她是不会妥协的，就算被简家赶出去。

简易拍着胸脯打包票，即使被赶出去，他也愿意跟着小灿浪迹天涯。

离开小餐馆的时候，小灿接到谭乐云打来的电话，让她半个小时之内必须赶回来，晚了后果自负。

2. 唯爱情，不妥协

一路上，小灿都在进行着思想斗争。是妥协还是坚持到底？妥协的结果可能从此失去自我，但会得到一时的风平浪静；坚持到底的后果，可能会引发超强风暴，甚至还会危及自己的婚姻。孰轻孰重？是攻是守？小灿有些犹豫了。

简易一直握着小灿的手，让她的颤抖还未传到指尖便消失无踪。小灿感知着简易带给她的力量和支撑，也许，这就是她要的答案。即使面临狂风骤雨，只要有这只强劲有力的大手拉着她，她什么都不怕，什么都不畏惧。

到了家，两人还没下车，小灿就看见简洁急匆匆地从外面赶回来，像一阵旋风卷进了房门。小灿愣了一下，一种不祥的预感，让她迟疑了下车的脚步。

简易见小灿略有迟疑，上前去拉她的手。小灿不情愿地跟着简易下了车，动了动嘴角，说："简洁也回来了，指定没好事儿。"

"甭管她，你的事儿，她没权过问。"

小灿撇了撇嘴，跟着简易进了屋。

一进屋，简易和小灿就感觉到了气氛的凝重，像暴雨来临前的宁静。

谭乐云一脸怒气坐在客厅的沙发上，简洁则坐在沙发的另一端，将脸扭向一边，脸上带着傲慢和不屑。

简易和小灿谁也不吱声，挪到沙发旁，慢慢坐下。

"劝你复婚，你就是不听，现在晚了，人家另结新欢了，傻了吧？"简易和小灿两人的屁股刚挨着沙发，就听见谭乐云咆哮一般的声音响起，吓得两人立马又站了起来。

谭乐云瞪了两人一眼："坐下，待会儿再和你们算账！"

简易和小灿怯怯地又坐了回去。

谭乐云继续冲简洁嚷道："就你这德性，除了佟凯，谁敢娶你？还不知道珍惜。"

简洁不耐烦，一扬手，嚷道："没人娶就没人娶，反正我们婚都离了，复婚是不可能的。"

“死鸭子嘴硬！”谭乐云咬牙切齿，“你想复婚，人家还不要你呢。”

“我可没打算一棵树上吊死，他不要，有的是人想要呢。”

谭乐云气得直哆嗦。

小灿坐在一边听明白了，婆婆这次发怒的原因是因为佟凯有了新女朋友，她一心想要女儿复婚的愿望落了空，能不气愤吗？

原来婆婆叫她回来的目的不是质问她为什么辞职，而是因为郁可。

话从头说。

谭乐云一直没找到这栋小洋楼的房产证，开始心里没底了。简至善平白无故地失踪，又莫名其妙地宣布生意破产，他到底在打什么算盘？难道仅仅是为了躲避欠债吗？那个始终不肯露面的债主，究竟是何方神圣，竟把个好好的家庭闹个天翻地覆。谭乐云打心里觉得别扭、不舒服。

谭乐云想到婚礼当天，简至善拉出佟凯为其证明是场误会，身为警察的佟凯一定知道真相。如果真的另有隐情，这个时候，佟凯一定不会再有所隐瞒了。于是，谭乐云去见了佟凯。

其实，去找佟凯还有另一层原因，她是想让佟凯和女儿复婚，毕竟两人在一起生活了一年之久，这种情分怎能说散就散呢，她很满意佟凯这个女婿，对佟家的家境也无可挑剔，若能复婚，在简家遭遇不幸的时候，能给简洁安排个安身立命之所，也是她这个做母亲的最大心愿了。

谭乐云在派出所没见到佟凯，于是打车去佟家。在佟家楼下，谭乐云犹豫了，她要以什么身份去叫佟家的门呢？自打简洁离婚后，她一直没有机会和亲家碰面，两方家长也没有及时沟通，错过了复婚最佳时期。而现在，她突然登门拜访，会不会晚了点儿？佟家会是什么态度呢？

正在谭乐云犹豫之际，佟凯和郁可手挽手、肩靠肩地迎面走过来。

看到这一幕，谭乐云一下子懵了，心中所有期望被击得粉碎。

佟凯和郁可也愣住了，三双眼睛汇集在一个中心，碰撞出的火焰足可以融化掉一切。

一个是女儿的前夫，一个是儿媳妇的闺中密友，这两个人在打乱的关系图里重新拼凑，得出的结果却是令人诧异的。

谭乐云认得郁可，小灿带她去过简家。那个时候，谭乐云就不太喜欢郁可，觉得这女孩浑身上下透着一股轻佻劲儿，她还提醒过小灿，交朋友要慎重，不怕朋友多，就怕朋友杂。小灿笑着告诉她，郁可是个善良热情的女孩，绝不是什么不三不四的人。现在看，郁可是热情过头了。

谭乐云顾不上质问两人的关系，不过她心里明白，这个郁可能趁虚而入，博取佟凯的欢心，多半是小灿从中搭桥，不然，这两个八竿子打不着的人怎么就能顺理成章地在一起了？

佟凯的一声“妈”让谭乐云顿感欣慰，好歹这声“妈”是带着感情的，可见，佟凯并不是一个薄情之人。

谭乐云从郁可手里拉过佟凯，借一步说话。

郁可很生气，婚都离了，还叫什么妈？是对简洁旧情不忘吧。

谭乐云并没有从佟凯那里得到什么有价值的信息，那个神秘的要账人，由始至终从未出现过，派出所也没办法查到这个人的底细。这个结果是在谭乐云的预料之内，既然要账人不愿露面，又怎能让你轻易查出他的身份？这之中一定有什么不可告人的秘密。

郁可见他们谈了这么久，心里非常不舒服，在一旁不停地催促。

谭乐云这才想起问佟凯：“没打算和简洁复婚吗？”

佟凯略显尴尬，不是他没想过复婚，只是简洁坚决离开他的态度，让他觉得男人丢什么都可以，但就是不能丢了面子。他不想死缠烂打，这不是他的性格。

谭乐云心里很不痛快，如果佟凯的新女朋友是郁可之外的任何一个人，她都无话可说。可这个新女朋友的人选偏偏是自己儿媳妇的闺中密友，这就好比家里出了内鬼，和外人合起伙来偷家里的东西，这真是丢人又现眼啊。

现在，女儿，媳妇都在场，她倒想知道她们对此事是作何感想。

小灿心里打鼓，郁可这么一来，她在简洁面前还真觉得有所亏欠。知道的是郁可和佟凯王八瞅绿豆——对眼了，不知道的还以为是她从中使坏，破坏大姑姐的幸福婚姻呢，简洁明事理还好，万一不依不饶，她的苦头可有得吃了。

简洁正闹心被母亲逼问复婚的事，一听佟凯和郁可勾搭上了，这下心里的怨气可有地方撒了。她指着小灿，破口大骂：“田小灿，没你这么干的，让你的朋友穿我的旧鞋，你不诚心在我伤口上撒盐吗？你安的什么心？”

小灿忙解释：“他俩什么时候好上的，我也不知道，这种事儿，我也插不上手的啊。”

“不是你给他俩搭的线？”谭乐云在一旁质问。

小灿哭笑不得，这种事儿，不是搭线就能成的，她又不是月下老人。

“你马上告诉郁可，让她赶紧离开佟凯，我用过的东西，她不配再用。”简洁简直无理取闹。

简洁这么一闹，谭乐云以为女儿心里还惦记着佟凯，复婚不是没有可能。她给小灿下了死命令，必须赶快制止郁可和佟凯发展下去的势头。

小灿真心觉得婆婆和简洁的无理取闹已经到了极品的程度，哪有人这么自私的不可理喻？离婚了还要干涉对方的私生活，这离婚的意义何在？小灿不满地表态：我没权管人家喜欢谁，爱上谁，你们要觉得有这个权利，自己去好了。

谭乐云一听小灿这话，当即跳了起来，这不是在和她唱反调吗？女儿是自己身上掉下来的肉，女儿的幸福比她的幸福重要百倍，她绝不允许任何人对女儿的幸福进行破坏，她将侵犯女儿幸福的人视为这辈子最大的敌人，小灿也不例外。

小灿被婆婆的反应吓到了，心里的委屈“唰”地一下升腾起来。婆婆认定她做了对不起简洁、对不起简家的事，面对是非不分的婆婆，她觉得再没有信心继续生活在这里了。

小灿什么话都没说，起身就往外走，她要为自己争取做人的权力。

简易刚要去追，谭乐云厉声制止。

小灿听到身后婆婆的声音：“让她走，她要不把这事儿给我解决了，她也甭想再回来。”

小灿的电话打进来的时候，郁可正在跟佟凯算账，那声“妈”叫的如此情深意长，差点没把郁可的牙酸下来。什么意思？是打算跟简洁破镜重圆，讨好丈母娘吧。

郁可鸡蛋里挑骨头，把佟凯弄得脸红脖子粗。

其实，郁可在意的不是那声“妈”，她更在意佟凯心里有多少位置是留给她自己的，毕竟他和简洁生活了一年，若说一点感情没有，她也不信。真要是和简洁比位置的话，估计她胜不了简洁多少。

佟凯弄明白郁可的意思，才算松了口气。他是个实诚人，一针一眼都想弄个清楚，偏偏郁可又喜欢作弄人，让他难以捕捉她的心思。

郁可笑佟凯是个傻子，她要真介意他离过婚，她也不会跟他在一起了，唯一让她觉得不踏实的，是他们少了彼此了解的过程而直接就相爱了，这让郁可有种感情基础不牢靠的感觉。

佟凯不会说些海誓山盟的情话，只表示要跟郁可过一辈子。

郁可满心欢喜地接了小灿的电话，知道小灿为了她的事，受了婆家人的委屈，当即就和佟凯赶去和小灿碰面。

见到小灿，郁可还没坐稳就开始指责简家人都是神经病，吃饱了撑的，凭什么干涉她和佟凯的事？佟凯已经和简家没有任何关系了，这闲事管的也忒宽了吧！

小灿此时比较冷静，她知道这么离开简家，后果必是严重，只有弄清楚郁可和佟凯是不是真心相爱，她才有把握打消婆婆一厢情愿的心思。

她问佟凯："你必须如实回答我，你爱郁可吗？"

佟凯信誓旦旦地回答了一个字"爱"。

小灿又问："简洁怎么办？非要和你复婚，你怎么办？"

佟凯转过头看着郁可："我不会复婚，郁可也不会答应。"

还有问下去的必要吗？小灿的心中已经有数。郁可找到了可以托付终身的男人，佟凯又重新获得了拥有爱的权力，她相信，没有什么力量可以阻止他们继续相爱下去。

小灿下了决心："你们放心，就算和简家闹翻，我都会挺你们到底。"

郁可抓住小灿的手，眼噙泪光，一副感激涕零的样子。什么是姐妹情深？这就是。

3. 婆婆也是妈

谭乐云没让简易去追小灿，其实是有原因的，她要和儿子、女儿单独聊一下这个家即将有可能面临的困境。

首先，奶奶的病依然需要人力和财力，医生提议最好再做一次手术，将压迫神经的血块彻底清除，这就意味着需要一笔不菲的手术费。以简家目前的经济状况，这笔手术费似乎令谭乐云感到有些压力。原来，简至善失踪后，悄悄提走了全部现金。公司宣布破产，清盘后刚好还上银行贷款，而简易的婚礼又花去了谭乐云所有积蓄。目前，简家除了这栋小洋楼，账面上的钱已经所剩无几了。

其次，简家那笔莫名其妙的欠账，就像一颗定时炸弹，随时都有被引爆的可能，究竟欠了多少，有没有偿还能力，谭乐云心里是一点底儿都没有。如果这个时候，要账人再次步步紧逼，简家可真到了攸关生死的时刻了。

当谭乐云把这些问题认认真真地分析完后，简易和简洁早就惊得目瞪口呆了。他们不会相信，看似富有的简家会像顷刻间坍塌的城墙，除了断瓦残垣，满目疮痍，其他什么都没剩下。

这似乎是一个玩笑，但却实实在在地砸在简家每一位的头上。谭乐云做了最坏的打算，决定将这栋房子租出去。找不到房产证，她就没有出售的权利。这是一个令人绝望的选择，简易怔怔地说不出话，简洁似乎还在怀疑母亲所说的是真是假。

谭乐云心平气和地对他们说："现在情况就是这样，简易丢了工作，我又要照顾奶奶，校领导今天来电话，我才知道小灿已经辞职，而简洁更不用说……这一大家子人，总要吃饭吧，现在连生活都成问题了，我们还在乎住哪儿吗？"

情况还真的是糟糕透顶，简易这才意识到自己这些天，东游西逛是多么没有担当的一种行为。他是简家的长子，却不能为简家分担忧患，以往衣食丰足的日子，竟成了今天最大的讽刺。他懊悔、自责，甚至鄙视自己。而一向自诩清高的简洁似乎不愿意相信这是真的，她接受不了富足到贫穷的这种落差，她宁愿饿着肚子住在小洋楼里，也不愿意为一口吃喝沦落街头。

简洁仓促逃离，只要不面对，就不会有恐惧。

谭乐云早就预料到简洁会有如此巨大的反应，她不怪简洁，应该给她一个慢慢接受的过程。希望在这个过程中，能让简洁成熟、自立起来，她不能永远守护在简洁的身边。

至于简易，谭乐云也做了打算，她这样对简易说："妈不逼你非得要为这个家做些什么，但你要记住，你姓简，是这个家里唯一的男子汉。妈也不干涉你做出的任何决定，你已经是成年人了，我相信你有判断是非的能力。"

这话的意思简易明白，可真要做起来，就没那么简单了。从小到大，他一直行走在老爸老妈给他制定的轨迹上，就连娶媳妇，也是老妈一手安排的。他能做什么？有能力决定什么？他连想都不敢想。

简易没吃晚饭就出去了，谭乐云没问他去哪儿，不过心里明白，一定是去找小灿了。

小灿是她选的媳妇，她相信自己的眼光不会错。可婚后对小灿态度的突然转变，就连她自己也说不清楚究竟为何。也许她的严格要求，是想把小灿磨炼成一个真正的好媳妇，好女人。她对小灿的期望从未停止过。可现在，家里发生了这么大的变故，她觉得非常对不起小灿。小灿是无辜的，简家的不幸，不应该让小灿承担。如果不能让小灿感觉到幸福快乐，不如让简易放手。所以，她没让简易去追回小灿，是想借这个机会，还小灿自由。谭乐云的良苦用心，是在良心上搏一回输赢，她也不知道这样的决定是对是错。

谭乐云把一口没动的饭菜收拾起来，一看表，已经八点多了，婆婆该吃药了。

谭乐云端着药进了婆婆的房间，此时老太太已经睡醒，睁着眼睛发呆。谭乐云放下水杯，将老太太扶起，又拿了枕头垫在婆婆的身后。老太太的眼神才慢慢地落在儿媳的脸上。

谭乐云将药递到婆婆的嘴边，老太太摇了摇头，说："你先放下，咱娘俩说会儿话。"

谭乐云放下药，拿了张椅子，坐在床边。

简老太太叹了口气，说："别再为我的病花钱了，你做到这份儿上，已经很了不起了，我不能把这个家拖垮啊！"

谭乐云握住老太太的手："您只管养病，其他的，您什么都不用考虑。"

老太太再次叹气："我都这把岁数了，还有什么想不开的呢？别再把钱浪费在我身上了，留下来，你们还得生活不是？"

谭乐云心头一酸，眼眶就有了湿润的感觉。她勉强地露出笑容，说："咱这好日子还在后头呢，您不是还等着抱重孙呢吗？等把这次手术做完，您一准会活到一百二十岁。"

简老太太勾了勾嘴角，笑容并没有呈现出来："万一我从手术台上下不来，这钱不是白花了吗？"

谭乐云握紧婆婆的手："只要有一线希望，咱就不能放弃……不做这手术，咱就得天天这样躺着了，等小灿有了孩子，你还得帮忙照顾呢。"

简老太太的眼角湿润了，即便是亲闺女也不过如此，更何况是儿媳妇了，这些年，婆媳俩虽然没有红过脸，可这隔着一层肚皮的距离始终差了那么一点儿。如今，这点距离近的那样透明，就像紧紧握着的两只手，有着同样的温度。

“至善对不住你啊，他怎么能这样对待自己的妻儿老小？我上辈子没作啥孽，怎么养了这么个畜生啊。”简老太太激动着泪流满面。

婆婆的话阵痛了谭乐云内心深处那根最纤细柔软的神经，她几乎哽咽，却狠狠地咽下，她不能在婆婆面前掉一滴眼泪。

“这些年，我对这个家任劳任怨，没想到会走到今天这种地步。”谭乐云紧咬下颚，“我谁都不怪。”

简老太太拍着她的手：“女人啊，太好强也不是件好事，当初，我也是好强，非要一个人把至善养大，吃了不少的苦啊。”

“女人真不该自己为难自己，何苦呢？值得吗？”

“没啥值不值得，简洁和简易都长大成人了，你还有他们两个啊！至善这个兔崽子，你就当他死了……你公公死的那年，至善才一岁，我这不也熬过来了？”

谭乐云苦笑了一下，说：“公公和至善的性质不一样，我没办法接受至善做出这样不负责任的事，这比捅我一刀还疼啊！”

“我理解！可话说回来了，有爱才有恨，你心里还有他，还在乎他，对吧？”

谭乐云眯起眼睛：“我也不知道，我现就想跟他撇清关系，除非他一辈子不出现，只要他回来，我立马和他离婚！”

简老太太叹了口气：“是我没教育好儿子啊，我对不住你啊。”

谭乐云伸手擦去婆婆脸颊上的泪水，这和婆婆没有任何关系，就算和简至善离婚了，她还是会孝敬婆婆的。

谢兰得知小灿回娘家的原因，是因为谭乐云的一厢情愿，差点没笑喷。

好歹她谭乐云也是个人民教师吧，怎么能这么没水准，有这样不靠谱的要求？

小灿说婆婆是为了女儿着想，况且离婚的事也不是佟凯的错，她是挺舍不得这个姑爷，才逼着简洁复婚的。

谢兰更觉得可笑，人家都已经有了新的爱情，你一个二手货，根本就没有竞争力，谁不想穿新衣服啊，她还告诉小灿，让郁可赶紧跟佟凯结婚，断了谭乐云和简洁痴心妄想的念头。

小灿有这个把握，她都想好了，实在不行就把简洁和乔宇阳的事挑破，反正都是嫁人，嫁一个喜欢自己的总比嫁一个你爱的风险小。

小灿趁二姨没注意，给简易发了一条短信，让他来接她。既然婆婆面前的台阶没得下，那只能让简易来给她铺这儿台阶了。

二姨知道后，骂小灿一点骨气都没有，最起码也得挺到明天吧，就这样回去了，面子没了，尊严没了，地位更没了，以后在简家不哈着腰做人才怪。

简易没用二十分钟就到了田家，一进门，谢兰就问他："你是代表你妈还是你自己来接小灿的？"

简易脑子转得快，根本不用想，张口就来："我妈不放心，怕小灿换了地方睡不着……"

谢兰又气又笑："小灿在这儿住了二十几年，你们家才住几天？别跟我贫。"

简易知道骗不过二姨，赶紧向小灿求救。

小灿的黏糊劲儿一上来，谢兰就招架不住了，她一戳小灿的脑袋："没救了，你。"

小灿赶紧拉着简易溜进自己的卧室，关紧门，上了锁，一头扎进简易的怀里。

简易搂着小灿，心里砰砰乱跳。小灿抬头看简易，问："你紧张吗？"

简易点点头："在这儿做，不合适吧！"

小灿先是一愣，马上明白过来什么意思了，立刻捧腹笑翻在床上："你怎么想的？真成，我有那么贱吗？"

"你耍我？"简易这才知道自己被耍。

与此同时，一间点着昏暗灯光的房间里，简洁正慢慢从乔宇阳身上爬起来，拿了一条毛巾裹住自己的身体，靠向床头，慵懒且喘息。乔宇阳掀开被子下床，赤裸的脊背闪着油腻的光泽。简洁瞥了一眼，看着他进了盥洗室。

五分钟后，乔宇阳裹着浴巾走出盥洗室，来到简洁面前，在她的脸颊上吻了一下，说："宝贝，今天状态不好，有心事？"

简洁顺势搂住乔宇阳，做出一副小鸟依人的样子。

沉默了一段时间，简洁沉不住气，问乔宇阳："爸爸把钱提走这事，你真不知道？"

乔宇阳摇摇头："我这个秘书，说白了就是司机兼保姆，很多事我是不知情的。"

简洁离开乔宇阳怀抱，怔怔地说："这么说，简家真的完了？真的要流落街头？"

乔宇阳笑了："瘦死的骆驼比马大，平平淡淡地过日子还是不成问题的。"

简洁一嘟嘴："不行，我可受不了过平淡的日子。"

"那你想怎样？"

"分家，家里还有些钱，最起码也得有我一部分吧。"

乔宇阳摇头："你妈绝对不肯。"

"为什么？"

"别忘了，你是女儿，迟早还是要嫁人的。"

"合着我不姓简？有这道理？"

"除非有人帮你！"

"有人帮我？怎么帮？"

乔宇阳诡异地一笑，凑近简洁的耳朵，小声嘀咕起来。

小灿是趁着客厅没人的时候，拉着简易蹑手蹑脚地溜出田家的。

当小灿听说简家有可能面临灾难的时候，连犹豫都没有，拉着简易就要走。

简易不肯，他不忍心让小灿跟着他回简家吃苦受罪，把她托付给岳父照顾，他放心。

小灿不乐意了，嫁给简易一天，就是简家的媳妇，就是简家的人，现在家里出事了，让她置身事外，不管不问，她做不到。

简易一把搂住正处激愤状态中的小灿，她越这么说，他就越觉得有愧于她。婚礼没办好，蜜月又受阻，现在连吃住都不能保障了，他还有什么资格让小灿跟在自己身边？他觉得自己不是个男人。

小灿推开他，义正词严地说道："我田小灿不是贪慕虚荣的人，我根本不在乎你们家有没有钱，我在乎的是我们的感情，你说过，就算只剩一块钱，你也要给我买泡面，你只喝汤。我们现在还没到穷得只剩一块钱吧，你这么快就打算放弃，我瞧不起你。"

简易的眼里有泪光，他还能说什么？有这样一位好媳妇，是他这辈子最大的荣幸。

就这样，两人悄悄地离开田家，准备一起迎击即将来临的大风大浪。

4. 打上门来的原配

谭乐云这几天一直在忙房子的事，中介所要求谭乐云必须出示房产证，才能登记。谭乐云拿不出房产证，只能去找汪律师。汪律师了解简家的这种情况，给中介所出了一份书面证明。有了证明，中介所才接下了谭乐云这笔生意，不过，他们要抽取比一般客户多百分之二的佣金。他们的理由是，不怕一万，就怕万一，权当风险押金吧。

在房屋中介所登了记后，很快就有人来看房子了。看房的是一对年轻小夫妻，对房子是相当的满意，还愿意多交一个月的租金，打算一两天就搬进来。本来一切都谈的妥妥的，谁知简洁突然杀了出来，冲着看房的小夫妻俩破口大骂，说房子不租了，让他们有多远滚多远。小夫妻俩又气又恼，这不是神经病吗？一会儿租，一会儿不租，耍人也没有这么耍的吧。

看房的就这样被简洁骂走了，谭乐云气得差点犯了心脏病。

简洁发完飙后扬长而去，也不管自己老妈的死活。小灿将婆婆扶进房间休息，谭乐云哼哼唧唧，要死要活。说简洁就是她的催命鬼，早晚要被她把命锁了去。

小灿劝婆婆，钱没了，可以再挣，家没了，大家的心也就空了，都是有感情的，不是说搬就能搬的。这话让谭乐云很是动容，她也不舍得搬出去，可现在情势所逼，她也是没办法啊。

摊上这种事，谁都没办法，可日子还是要过的，人还得活不是？小灿拉出奶奶劝谭乐云，她说："生活苦点、差点都没问题，我们会克服，可奶奶就不一样了，老了老了，连个住的地儿都没了，奶奶肯定会很伤心，一伤心，这病就更不容易好了。”

提到了奶奶，谭乐云的心一下子就揪了起来。是啊！婆婆岁数大了，怎么能让她老人家跟着着这份儿急啊，不看在简至善的份儿上，单看婆婆这些年对她的这份情意，她都不能这样对待婆婆。哪怕自己苦点累点，也要让婆婆住得舒服些。

小灿见婆婆有了恻隐之心，于是表态：“您安心在家照顾奶奶，赚钱养家的事儿，就交给我和简易，我就不信，活人还能让尿憋死？好歹我们还是大学生吧。”

小灿的这番表态，一下子击中谭乐云的泪点。她两眼泪花，泣不成声。

小灿吓了一跳，以为自己说错了话。

“我很后悔让你嫁给简易……如果你嫁的是别人，你该多幸福啊，可现在……”谭乐云抽泣着拉过小灿的手，“和简易离婚吧，简家不该拖累你啊。”

小灿一惊，抽回自己的手：“我知道你对我有意见，可也不至于让我和简易离婚吧。”

谭乐云赶忙解释：“妈对你一点儿意见都没有，妈就想让你过得好点儿，可你跟着我们，不但过得不好，以后怎样，谁也不好说啊。”

小灿明白了，原来婆婆和简易的想法是一样的，都不想让她跟着简家吃苦受罪。可她不是那种嫌贫爱富的人，她爱的是简易，嫁进的是简家，不管这个家是穷是富，她都要跟它同生死，共存亡。即使婆婆和简易的出发点是好的，她也不会接受。

“我和简易说了，不管这个家将来怎样，我都要和他在一起，你们别想把我撵出去。”小灿斩钉截铁地给了谭乐云答案。

谭乐云热泪盈眶，这个媳妇她没挑错。她这辈子做得最正确的一件事，就是把小灿介绍给了儿子。

婆媳俩的误会和心结算是彻底解开了，谭乐云告诉小灿，之所以对她严格要求，是因为总有一天她也会生儿育女，也会成为婆婆或者丈母娘。现在学好，将来做起来就容易了。

小灿体会到婆婆的良苦用心，之前所受的委屈，其实是一种修炼。小灿觉得内心是甜的，更是暖的。

谭乐云去房屋中介所撤回了登记，一家人能住在一起，是他们目前感到最幸福的事情。

小灿和简易这几天也没闲着，大齐给他们支了个好招，让他们开餐馆。大齐一哥们儿的朋友因回老家照顾孩子上学，低价转让开在西四环的一间小餐馆。餐馆不大，七八张桌，整洁干净，处于一条商业街的中段，地理位置尚可。小灿和简易考察了几天，生意倒还说得过去，可唯一让两人感到为难的就是转让费和店铺租金，他们怕家里拿不出这么多钱来。

大齐可是非常看好这家餐馆，一天的进账少说也得有几千块，一年下来，收入那是相当可观，比上班挣那点儿工资强百倍，这可是脱贫致富的好机会，机不可失啊！

听大齐这么说，小灿和简易也动了心，于是找餐馆老板商量这价钱能不能少点儿。餐馆老板是一百个不情愿把餐馆转让出去，可这孩子上学的事那可是关系到孩子一辈子的大事。他可没想过要在转让费上捞一笔，只要不赔的过分，多点少点他也不计较了。

价钱没得少了，可这个机会小灿和简易却不想放弃，他们只好硬着头皮去找谭乐云。

这不，早餐桌上，一家人沉闷地吃着早餐，小灿用脚在桌子底下踢了踢简易，简易明白小灿的意思，遂放下筷子，咳了一声。

简洁白了一眼简易：“有话就说，没必要特意提醒我们注意。”

简易瞪了一眼简洁，随后一本正经地看着母亲：“妈，有件事，趁着大家都在，想征求一下你们的意见。”

谭乐云不动声色，随手拿起餐巾纸，擦了擦嘴。简洁哼了一声：“什么征求意见？不就是想告诉我们，你要干什么吗？”

简易又咳了一声，说：“我和小灿打算开饭店！”

这个消息绝对够劲爆，简洁惊愣着瞪大眼睛，像听到了一个比世界末日更难以置信的消息：“没搞错吧，你开饭店？你是厨师吗？你有资金吗？什么都没有，开个屁，别胡思乱想了。”

谭乐云半天没说话，她在琢磨儿子的话到底有多大的可行性。小灿和简易都看着谭乐云，希望得到她的肯定。半天，谭乐云开了口：“简洁说的对，你一不是厨师，二没有资金，最重要的两点你都没有，可想而知，这个饭店你能开得起来吗？”

“饭店的位置、客源都好的没的说，只要转到手，不愁不赚钱。”简易很有把握的样子。

“开饭店，最关键的就是厨师的手艺，好一点的厨师，你根本请不来，整个半吊子厨师，这招牌砸的就快，你看看有名的饭店，哪个不是靠招牌菜撑起来的？你有啥？啥都没有，我看不靠谱。”谭乐云做了深入的分析。

简洁在一旁冷笑起来，一脸的鄙夷：“还是找个工作，稳稳当当地拿工资得了，咱家可拿不出开饭店的钱，如果小灿的娘家肯投资，那就另当别论了。”

小灿看到简洁向自己投来的犀利目光，她没有回避，直面迎击：“谢谢你提醒我，钱不是问题，关键是我们敢尝试。”

“试去吧，有你哭的一天。”简洁的话带着诅咒。

就在这时，门开了，一位打扮时髦艳丽的女子走了进来，用一双凛冽的眼神，扫视着一家人。

谭乐云看向女子，突然觉得这位女子的来意不简单。

女子走上前，微微一笑：“您是这家的女主人？”

谭乐云站起身：“是，你是？”

女子瞥了一眼简洁：“我是谁，你应该问你的女儿。”

简洁此时把头低下，不敢看任何人。

谭乐云看了看女儿的表情，似乎已经猜到了什么。

女子不慌不忙地开口：“我是乔宇阳的妻子，和你的女儿爱上同一个男人。”

全家人都惊呆了。

女子走到简洁面前，一抬手，把半杯牛奶泼到简洁的身上。简洁惊跳起来，嚷道：“你疯了……”

“我是疯了，对你泼牛奶算是客气，没泼你硫酸，你应该偷着乐。”

简洁不屑：“有本事去找乔宇阳谈啊，我和你没话好说。”

女子上前一步，举手就要打。简易眼疾手快，一下子挡住女子挥过来的巴掌。

简洁推开简易，冲到女子面前：“马上离开这里，这不是你撒野的地方。”

女子终于破口大骂：“你个不要脸的小妖精，就是你们这帮骚货，男人才变坏的，我今天要为所有被丈夫背叛过的女人雪耻，替天行道。”

简洁冷笑："乔宇阳喜欢我，有本事再把他从我手里抢回去啊，在这儿逞什么能。"

女子啐了一口："你用过的东西老娘不稀罕，我今天来，是想跟你们谈一笔交易。"

"什么交易？"

第六章　假如生活欺骗了我们

小灿没反对，也没表态。简易凑上去搂住小灿，这几天的冷战他心里也很难过，他一直以为小灿懂他，即使冷战中，他仍相信小灿还是爱他的，他也同样还深爱着小灿。

1. 姓顾的女人

女人大闹简家，提出了一个滑稽无理的要求，只要简家拿出五十万，她愿意把乔宇阳转让给简洁。

面对这种无理的要求，谭乐云当面表态，这是你们三个人之间的事，简家不会为任何人白白浪费五十万。即使简洁是简家的女儿，她惹的祸自己扛。

女人下了最后通牒，若不答应她的要求，她只好去法院起诉简洁，到时候丢的可是简家的脸面。

谭乐云就不怕威胁，反正丢人的不只是简家，一个女人看不住自己的老公，多半是女人的魅力已经日落西山，做垂死挣扎也只是枉然。她劝女人别闹了，还是想办法给自己留条后路吧。

女人继续纠缠，乔宇阳及时赶到，将女人拖出简家。这场闹剧才算平息。

原来女儿爱上了乔宇阳？

谭乐云恨不得给简洁一个耳光，那么好的佟凯不跟，偏偏喜欢上有妇之夫的乔宇阳？乔宇阳结过婚？掩藏的够深啊，在简至善身边这么多年，都不知道他已经成家娶妻了，还有多少事是她不知道的？

简洁求母亲救她，她可不想站在被告席上被人笑话。谭乐云黑着脸告诉她，自己想办法解决，家里拿不出五十万。简洁哭天抹泪，说谭乐云偏心，把钱都留给简易，她这个女儿不是她亲生的。

谭乐云气得手脚哆嗦，冤家，真是冤家啊！

简洁见母亲如此绝情，一不做二不休，居然提出分家。怎么说她也是简家的女儿，简家的家产她有权分得一半。

这是要断了母女情分啊，谭乐云伤心绝望，恨自己养了这么一个白眼狼。

小灿不想家里再出麻烦，劝婆婆："妈，这事儿还是商量商量吧，看看怎么解决，你让简洁一个人怎么面对啊。"

简洁不知好赖，居然调转枪头对准小灿："不用你装好人，说好话，这个家都是因为你才变成现在这个样子的，你现在是在同情我？可怜我？我不需要，不需要。"

简易实在看不下去，嚷道："别好赖不知了，没人想看你倒霉的样子。"

简洁不领情，坚持要分家。

谭乐云突然暴怒，喊道：“除了这套房子，家里的东西你随便拿，拿走后，我再也不是你妈。”

简洁愣住了，母亲居然同意分家，也不愿拿出五十万救她的命，她终于知道自己在母亲心里的地位，原来那么微不足道。

正焦灼中，乔宇阳匆匆折了回来。他一出现，简易立刻扑上去，揪住他的衣领就是一拳。

这一拳，打的乔宇阳一个趔趄。他默默地擦去嘴角渗出的血液，一脸不卑不亢。

简易还不罢休，又要往上冲。简洁疯了一样扑向简易，推开他，叫嚷着：“你疯了，你凭什么动手打他？我愿意跟他在一起，你们谁也管不着。”

乔宇阳就像一位绅士，对刚才那一拳并没放心上。他从容淡定地给了大家一个微笑，然后，把简洁拉到自己身边，对大家说：“我和简洁是真心相爱，请相信我，我会把事情解决好，不会给大家带来任何麻烦。”

简洁仰着头看乔宇阳，不知道他有什么打算。乔宇阳冲简洁笑笑，挽着她的肩，往外走去。

一家人目瞪口呆，乔宇阳的这份坚定，让他们暂时没有了反对的能力。

走到门口，乔宇阳停下来，转过身，看着谭乐云，说了一句：“关于那个神秘的要账人，你还记得有个姓顾的女人吗？”

谭乐云愣了半天，对所提及的姓顾的女人一点印象也搜索不到。她马上叫住乔宇阳：“你等等，能不能把话说明白点儿？”

乔宇阳微微一笑，什么都没说，转身拉着简洁离开了简家。

谭乐云快步追出去，可乔宇阳和简洁已经没有了踪影。她倚在门边，心里就像翻滚着巨浪，让她的意识越来越浑浊。

姓顾的女人，难道是她？

谭乐云已经想到了是她——顾雅卿。

二十八年前，简洁出生不久，简至善就从原来的单位辞了职，进了一家私企，做了一名经理。当时，谭乐云是一百个不同意，放着铁饭碗不端，去端没有把握的瓷饭碗，这不是冒险吗？简至善的心早就活了，那个时候，改革开放的春分刚吹入内地不久，很多摔了铁饭碗的人，都赚了人生第一桶金。和简至善一个单位的会计顾雅卿，两年前就辞职下了海，再见面时，人家那可叫一个威风，小汽车开着，大哥大拿着，洋货服装穿着，整个人都是春风得意，意气风发。交谈中，才知道，人家开了一家外贸公司，可以用日进斗金来形容人家赚钱的速度，简至善听得咋舌不已。

后来，两人又碰了几次面，顾雅卿主动提出要聘简至善任公司经理，年薪十万。十万！在二十年前，那可是个天文数字啊，简至善的心里痒痒的，这种好事，打着灯笼都难找，居然让他给碰上了，这是要发财了啊。

谭乐云觉得天上没有掉馅饼这好事，就算能掉，也未必会掉你头上。还是稳稳当当在国企做个科长，平平淡淡地生活一辈子吧。简至善已经是鬼迷心窍了，谭乐云的顾虑简直就是多余。直到顾雅卿亲自登门，将十万元的聘金摆在简至善的面前，谭乐云才觉得这事已成定局。

当了经理的简至善，就像脱了胎，换了骨，整个人都变得和先前不一样了。喜欢捯饬自己了，喜欢拿派头了。整天西装革履，油头粉面，连谭乐云做的饭菜都觉得不合胃口了。不知道是真应酬还是假应酬，总之，回来吃饭的次数越来越少了。谭乐云开始担心了，男人有钱就变坏，再这样下去，这人就毁了。

担心归担心，可简至善每晚都按时回家的行为，让这种担心变得有些牵强。谭乐云还真没发现自己的老公除了注重仪表外，其他地方有什么异样的变化。要说这男人能有几个不好色？可她没看到，没碰上，这事就不存在，心里犯嘀咕也是自己吓自己。

简至善去顾雅卿的公司第二年，谭乐云怀孕了。怀孕四个月的时候，谭乐云险些流产，吓得简至善魂飞魄散。也就在那个时候，谭乐云发现简至善又变得不修边幅了，胡子可以几天不刮了，头发也不再油光顺滑了，甚至两三天都不去公司一趟。谭乐云觉得不对劲儿，可又不知道怎么开口问他。直到有一天，简至善从外面回来，告诉她，他辞职了。

谭乐云好几次问他为什么辞职，他都闪烁其词。时间久了，也就不了了之了。后来，谭乐云从报纸上得知，顾雅卿的公司被查封了，顾雅卿也因偷税漏税被检察院起诉，审判结果，入狱八年。

谭乐云没有在简至善面前提起过这件事，这一页也就算翻过去了。

春天的时候，谭乐云历经生死，生下了简易。简易一出生便被送进保温箱，直到一个月后，谭乐云才算第一次看清儿子的小模样。

儿子越来越健康，日子越来越平静。简易两岁的时候，简至善突然提出自己开公司，经过无数次思想斗争后，谭乐云答应了他的要求，也从那以后，家里的争吵声替代了孩子们的欢声笑语……

顾雅卿——一个在谭乐云生命中消失二十几年的名字，突然再次提起，她无法想得出和这个人的交集究竟在哪儿？

这个被乔宇阳提到的姓顾的女人，究竟和简家有什么渊源？见母亲一个人躲进书房，一待就是几个钟头，小灿和简易着实担心起来。中间，两人曾敲过书房的门，半天，才得到谭乐云的回应，叫他俩不要理她，她想一个人静静。

小灿和简易没有心思再想饭店的事了，要账人的身份一旦确认，这笔账是躲不过去的，他们还拿什么开饭店呢？于是，简易给大齐打了电话，告诉他餐馆不要了，让老板再找下家吧。

大齐在电话那头有些兴奋，他告诉简易，餐馆老板刚来过电话，转让费可以给他们让两万，五万块立刻签合同。

五万块，这价格简直低过简易的想象。就算新投资一家和他一样规模的餐馆，五万块也未必够，这老板还真是为孩子豁出去了。可五万块简易也拿不出来啊，她和小灿婚前各自攒的那点钱，连一万块都不到，这不是杯水车薪吗？可放弃这个机会又觉得可惜，小两口真是抓肝又挠肺，急的原地打转。

小灿忽然一闪念，有了，去找她爸啊，简易还在愣神之中，就被小灿连拉带拽拖出了家门。

另一边，简洁被乔宇阳带走后，去见了那位大闹简家的女子。一见面，女子就直接伸手要钱，说她的时间可宝贵，耽误这半天的工夫没准能接几部戏呢，别看只是个群众演员，好歹还能混个脸熟，接你们的戏，简直是冒着生命危险，而且钱给的又不多，以后这种缺德的事儿甭找她。

乔宇阳从钱包里抽出五张百元钞票甩给她，女子毫不犹豫伸手就夺。乔宇阳一抖手，女人抓了个空。乔宇阳告诉她，这次是五百，下次就一千，但必须随叫随到。女子一听还有下次，还翻一番，马上笑得像朵乱颤的花儿，一口答应随传随到。

女子拿了钱，屁颠屁颠地走了。乔宇阳冲着女子的背影小声骂了一句：钱比妈都亲！

简洁有些闷闷不乐，埋怨乔宇阳这招简直就是愚蠢到家了，现在老妈非但不肯出钱，连她的死活都不管了，以后她还怎么回那个家啊！

乔宇阳一点也不担心，反倒有些得意。她告诉简洁，他这一招叫一箭双雕，既挑明了我们的关系，又给你妈来了个敲山震虎，那个姓顾的女人绝对是我们的核武器，你等着吧，你妈一定会主动找我们的。

乔宇阳嘴上这么说，心里却承认自己失策了。找老乡美丽冒充自己的老婆，他认为这计策简直堪称完美，没想到谭乐云宁肯大义灭亲，也不愿破财免灾。这个女人不好对付啊！好在他手里还握有另一张牌，想要翻盘不是没有机会。

简洁也好奇姓顾的女人到底何方神圣，就连老妈听到这个女人都变了脸色，看来这个女人大有来头呢。她追问了半天，乔宇阳也没有把那个女人的来历告诉她。

正如乔宇阳的推测，当天晚上，谭乐云就打电话约他出来见面。

谭乐云不能理解，二十几年后，他们家还会和顾雅卿有所瓜葛。当年，顾雅卿的出现，让简至善的命运遇到了一个转折点，就是这个转折点，才让如今的简至善不负责任地抛家弃子。一个二十几年都没被简至善提起过的人，突然再次出现，这个人究竟在她和简至善之间扮演着怎样的角色？

乔宇阳是个聪明人，他怎肯轻易出手这张王牌？他想要的不仅仅是简洁这个人，也许有比简洁更重要的。

谭乐云猜不透乔宇阳的心思，一直觉得他就是个小秘书，可小秘书也有大作为，不但虏获了女儿的芳心，居然还让他掌握了一个攸关简家生死的重要线索，这个人不简单啊。

乔宇阳的守口如瓶，让谭乐云察觉到了他的别有用意。人心难测，她就不相信乔宇阳是真心爱简洁，而不是觊觎她们家的钱财。

2. 五万块钱的选择

谢兰在电话里听姐夫说，小灿两口子要开饭店，立马就跳了起来。这两个人不是作呢吗？都是大学生，找个什么工作干不好，开哪门子饭店啊，他俩是那样儿的吗？能吃得了那份辛苦吗？过惯了衣来伸手饭来张口的日子，能在油烟里混日子吗？能看着人家脸子伺候人吗？不行！不行！这事儿在她这儿就通不过。

谢兰挂了田绍民的电话就急匆匆地往田家赶，一进门，还没站稳脚跟，就嚷了起来。小灿赶紧闭上眼睛，这二姨一发牢骚，没个个把钟头是停不下来。

谢兰嚷累了，自己给自己倒了杯水，一口气喝干了杯。简易见二姨意犹未尽，赶紧接过杯子又倒了一杯。谢兰接过杯子，白了简易一眼，嘴角一撇，说："你们就是瞎胡闹，根本不靠谱。要知道你们日后开饭店，当初干吗花钱培养你们上大学？这不是种个西瓜，结颗芝麻吗？这事儿就此打住，赶紧找份工作踏踏实实的上班得了。"

小灿就不喜欢听二姨这种唯大学至高无上的调调，什么年代了，大学已经不再是衡量一个人价值的标准了，更多的是看你的能力。她觉得和简易有能力把饭店开起来并开得不会太差。

谢兰强调这不是能力不能力的问题，这是一个人档次的问题。放着教师、白领不做，跑去给人家端茶倒水，这不是吃饱了撑的吗？这不是身在福中不知福吗？

小灿有她的理由，年轻的时候就应该吃点儿苦，老爸不是常说，年轻享福不算福吗？趁着年轻，不多经历些，老了指定后悔。

谢兰远远地白了田绍民一眼，他的教育竟让小灿拿来在这儿堵她的嘴，她当然要怨田绍民啦。

田绍民一直没开口，当着简易的面，他也不好说什么。见小灿和简易不吱声了，他冲谢兰使了个眼色，两人躲进了厨房。

小灿这边还是很有把握的，她最了解老爸，只要她想做的，老爸定会排除万难给她创造机会。从小到大，一直是这样的。她向简易打包票，开饭店这事儿，指定能成。

小灿想的还是太简单了，当田绍民在厨房里把小灿来借钱的事儿告诉谢兰后，谢兰一拍大腿，当即表态，这钱不能借。简家干吗去了？这饭店开起来了，赚的钱是能给你田绍民花，还是能给我谢兰花？要开就让简家出钱，田家没必要当这冤大头。

田绍民有些为难，女儿女婿求到他了，他能好意思说不借吗？再说，他们借钱也是去干正事儿，没理由不支持啊。谢兰可管不了那么多，凭啥简家做生意让田家掏钱？简家的钱是钱，田家的钱就是纸片子啊，不能借就是不能借，说啥也不好使。

田绍民没办法，只好把简家的遭遇说给谢兰听。谢兰一听，暴脾气“噌”地一下子就起来了。真要是这种情况，这钱就更不应该借了。谢兰说田绍民傻，都这个节骨眼了，怎么还要陪着小灿继续往坑里跳啊，简家已经到了山穷水尽的地步，再让小灿生活在简家，这是害她啊。

田绍民斜睨着谢兰，怎么？还打算让小灿跟简易离婚不成？

谢兰眼珠子一转，离婚也不是没可能。可老话说得好，宁拆十座庙，不破一桩婚，缺德的事儿她不干。可外甥女的安危她不能坐视不理。想了半天，她一拍巴掌，有办法了！

谢兰折回客厅，告诉小灿和简易，借钱，没问题，但必须要和谭乐云见一面，这么大的事儿，两家家长应该碰个头，通个气，免得日后出了岔子，相互埋怨。

小灿不知道二姨葫芦里卖的什么药，可现在，明知道不是什么好药，也得硬着头皮接。

谢兰和谭乐云见面那天，小灿本打算躲出去，可谢兰坚持小灿和简易必须在场。事情似乎不简单，小灿有些后悔答应了二姨的要求。

果不其然，谢兰一张口就把借钱的条件摆了出来，必须让小灿和简易搬到田家住。

这个条件果然够狠。

小灿第一个反对，别的什么条件都能答应，唯独这件事，免谈！

谢兰笑了，她可没别的意思，就是想替简家分担点责任罢了。简家现在的状况是顾得了这头，顾不了那头，亲家一个人面对这么多的事情，就算内心再强大，也有撑不下去的时候。让小灿和简易搬去田家住，有两点好处：一是，可以减轻亲家的压力，让亲家可以一心一意地照顾奶奶；二是，小灿和简易开饭店必须得有帮手，她和田绍民完全可以胜任。这样一来，节省了一大笔不必要的开支，这不是两全其美的事吗？

听起来真的是处处为简家着想，可谭乐云也不是傻子，这不是变着法儿地让小夫妻跟简家脱离关系吗？谢兰这一招，比往伤口上撒盐更残忍。谭乐云当即就表了态，简家的事，简家会想办法解决，亲家的好意心领了，开饭店的钱，简家还是能拿得出的。

到了这个时候，谭乐云还要死撑面子。谢兰搞不懂，住在娘家和住在婆家有什么区别？

这区别也是见仁见智，谭乐云明白谢兰的用意，谁家的孩子谁不疼？换作是她，她也会有这份私心。可是，她不是谢兰，她是小灿的婆婆，这一点，她比谢兰更有主动权。她希望谢兰不要过多的参与他们简家的事，说句不好听的话，嫁鸡随鸡，嫁狗随狗，嫁个扁担扛着走！只要两人没离婚，小灿这辈子都是简家的人，这是不可改变的事实。

谢兰不接受这种说法，还有句老话，嫁汉嫁汉，穿衣吃饭！这男人能不能给女人一个安稳的生活，是女人一辈子最重要的事，她可不想让小灿后半辈子生活的那么辛苦。娘家也是家，婆家能做到的，娘家一样也不差。

谭乐云和谢兰谁也不让步，谁也不妥协，谁都想坚持到底，争取最后的胜利。可这事儿还得取决小灿。她想回娘家，婆婆再反对也没用；她要是坚持留在婆家，谢兰也无话可说。怎么选择似乎难倒了小灿，不过，小灿有自己的原则。她告诉婆婆和谢兰："我也想在爸爸身边，有爸爸疼我，爱我，我会很幸福。可我现在是简易的妻子，我最大的幸福就是能和简易白头到老，我离不开简易，简易也离不开自己的家，他在哪儿，哪儿就是我的家，我一辈子都要跟他在一起。"

小灿已经做出了选择，不遵从谁的意愿，只忠于对爱情的信任。

谭乐云非常感谢小灿在关键的时刻做出的重要选择，这绝对让她在谢兰面前好好得意了一把，怎么样？我这个做婆婆不是很失败吧，你这个二姨再疼她，也还是个二姨，怎么说，小灿也得叫我一声妈，这就是婆家和娘家的区别。

谢兰的小算盘打空了，简家究竟给小灿灌了什么迷魂汤，让小灿如此死心塌地。其实，这就是爱情，谢兰是不会懂的。如果她爱过、嫁过，她就一定会明白小灿的死心塌地，原来是一种爱的本能。

唯一能筹措到开餐馆的钱，这下子也泡汤了。小灿和简易背靠背，坐在床上发呆。刚才大齐打电话过来，说餐馆老板是看在他朋友的面子上，同意再给他们一天的时间，明天一过，就算给十万，人家也不理你们这茬儿了。大齐让简易看着办，十分钟后必须给一个确切的答复。

怎么办？五万块，现在连八千块都不够，这餐馆还开个屁啊。简易随手将电话关机。他餐馆老板爱转谁转谁，他不转了。

小灿现在有些后悔，自己的选择竟然让她和简易错失了一次创业的机会，这到底值不值啊。小灿拿起手机想给二姨打电话，告诉二姨，她同意搬回爸爸那儿住。简易马上按住小灿的手，扭头看着她，摇摇头。小灿哭丧着脸，叫苦不迭，左右为难。

大齐骑着他的踏板摩托，风驰电掣地赶到简家。一进门，就埋怨起来："都啥时候了，还跟我玩欠费停机，就差没给踏板安对翅膀了，我都这样不顾生命安危了我，你们咋还能沉得住气啊？！真服了你们了。"

简易丢给大齐一罐饮料："甭废话，回去告诉你朋友，我不转了。"

"为啥？"大齐吃了一惊。

"没钱。"

大齐差点笑喷："扯吧。"

简易不耐烦："爱信不信。"

五万块，要说他大齐拿不出，还有人信，可简易也为五万块折了腰，这还真叫人匪夷所思呢。大齐看了看简易，又看了看小灿，见二人脸色神同步般地摆出一副苦闷的样子，觉得这不像是在开玩笑。

"真的假的？差多少？"

小灿一伸手，比画出一个五字。大齐一瞪眼："这差的不是一星半点啊，怎么办？放弃？"

简易点头："你回了人家吧，别耽误人家正事。"

大齐站在那儿不动，他是觉得实在太可惜了，这个价钱再也找不到第二家了，“咱再想想办法？”

“就算把车卖了，也来不及啊，我是一丁点招也使不出来了。”

“我就能拿出两万……”大齐搓着头皮，下了狠心。

要说大齐也不富裕，和简易根本没法比，简易住的是二层小洋楼，大齐跟他爸还挤在待拆迁的四合院里；简易有车娶了老婆，大齐把踏板当个宝，整天骑跨着各处寻觅自己的另一半。这样的差距没让大齐自卑地远离简易，反而，两人的关系比亲哥们还亲。关键大齐天生乐观，从不自怨自艾，他说过，天降大任于斯人也，这些都是财富对他的考验，不出十年，他一准脱贫致富。现在，大齐都能拿得出两万块，简易的兜里，卡里，连买款 iphone6 都不够，简易的骄傲彻底被大齐的乐观打败了。

“这事我来想办法。”谭乐云的声音在楼上响了起来，“大齐，你回去跟店主说一声，明天一定一手交钱，一手签合同。”

小灿和简易怔怔地看着谭乐云，他们心里都明白，这个决定绝对有破釜沉舟的意味。

第二天，谭乐云把一张银行卡交给小灿，让他们赶紧去和餐馆老板把合同签了。简易不是很情愿，现在家里出了事，他不能再拿家里一分钱了。小灿也表示自己再去求求老爸，这钱还是留着急用吧。

谭乐云很欣慰，危难之时的亲情是最可贵的。她告诉小灿和简易：“这里有十五万，从简易一岁时起，我就往里面存钱。本打算将来你们有了孩子，再把它交给你们，可现在……咱们不能坐吃山空，这餐馆一定要开。”

十五万，这张卡的分量何止十五万，这是一个母亲对孩子的无私奉献和疼爱。简易的眼眶顿时蓄满了眼泪，他忽然发现，母亲脸上的皱纹又多了几条。

小灿感动得稀里哗啦，原来有母亲会这么幸福，她发誓，一定要视婆婆为亲妈。

谭乐云笑两个孩子别冒傻气了，一家人经历风雨后，才会珍惜在一起的时光，别让亲情在金钱物质面前变得不堪一击。

大齐的电话打进来，说他直接去餐馆等他们，让他们快着点儿。谭乐云催促简易："快走吧，大齐比咱们都上心，你们就别磨蹭了。"

揣好银行卡，小灿和简易信心满满地往外走。刚到门口，简洁和乔宇阳推门进来。看到简洁，两人脸上的笑容瞬间隐去，觉得简洁赶在这个当口回来，必会节外生枝。

其实，昨天，简洁一脚门里，一脚门外，偷听到了谭乐云想办筹钱开餐馆的事，当即就回去找乔宇阳商量对策。乔宇阳沉默了半天，看来谭乐云是不打算为女儿出钱买桩婚姻了，那就让她哭个痛快吧！看看是儿子重要，还是女儿重要。

果然，简洁一上来就发酸，分家这么大的事儿，怎么没叫她出席？这女儿真的就是不如儿子，能拿得出钱开餐馆，也不愿用钱去买女儿的幸福，就连分家都偷偷摸摸地背着她，根本就无视她的存在。

简洁这么一闹，小灿和简易哪里还有心思去签什么合同，如果因为开餐馆弄得家里鸡犬不宁，他们宁肯不开了。

谭乐云心里有数，表现出一副很沉稳的样子。她告诉简洁，这钱是简易的，你的那份儿，前些年，不是开美容院就是卖服装，早就折腾完了，别总是寻思自己吃了多大亏，当父母的不会亏待每一位儿女。

简洁可不管以前自己花了多少，既然现在分家了，那就分的公平公正些，她可以不计较简易拿走多少，最起码，她也得拿到十万块。

这不是在要谭乐云的命吗？都说女儿是妈妈的贴心小棉袄，怎么就让她摊上了这么个讨债、催命的冤家啊。

这哪是女儿？分明就是仇人。简易怒不可遏，嚷道："你发什么神经？好歹你在这个家待了二十几年，爸妈也没亏待过你！你想逼死几个才甘心吗？"

简洁不屑与简易对视，冷哼一声："我是不甘心，不甘心妈把钱全给了你这个私生子……"

此话一出，空气瞬间凝固。

简易懵了，小灿傻了，谭乐云呆了。

"私生子"，这个在电视上、花边新闻上常见的三个字，如今竟然"哐当"一声砸在了简易的头上。这一定是开玩笑，绝对不是真的。

谭乐云也不相信是真的，她还记得生简易那天，自己在鬼门关里绕了一圈。那种历经生死的切身之痛，怎么可能是假的呢？

简易只觉得大脑一片混沌，脚下就像踩着一团棉花，如果没有小灿在身边，他一定会跌倒。他倒很想跌一跤，把这噩梦跌醒。

"你是顾雅卿的儿子……你不是妈亲生的……你是爸和那个女人的私生子……"简洁的声音尖锐且响亮，犹如一声声霹雳，炸开在简易和谭乐云的耳边，带着锥心刺骨的疼痛，让母子俩万念俱灰。

3. 亲妈养母都是妈

突然间炸开在简家的这颗炸弹，其威力足可以摧毁一切。谭乐云怎么也想不到，疼了二十几年的儿子竟然不是自己亲生的。就像硬生生地砍去她的一只手臂，血连着肉，疼得她求生不能求死不得。

她不想见任何人，她把自己关进卧室。这么大一块血淋淋的刀口，她要一个人舔舐，一个人包扎。谭乐云坐在床前，看着放在床头柜上的水晶相框。相框里是她和简至善二十年前在香山拍的，照片上，两人紧紧地挨在一起，在火红的枫叶下，幸福甜蜜地笑着。

谭乐云的眼角有泪水滑落。简至善和顾雅卿到底做了什么？二十多年她一直生活在一个谎话里，一直为这个谎话，履行着自己作为一个妻子，一个母亲的义务。可现在，她所做的这一切，不过是别人眼里的一个笑话。她觉得自己好傻，傻得彻底，傻得无可救药。

她伸手将相框反扣在桌面上，发出一声闷响。她的眼前浮现出医院的场景，她竭力地嘶喊着，疼痛一点一点地撕咬着她。简至善紧紧抓着她的手，一脸的焦急，一脸的担忧。从早上到中午，她一直被疼痛折磨着。她隐约听到医生的声音“是保大人还是保孩子？”

她伸手去抓医生，拼了力气喊出来：“保住我的孩子，请保住我的孩子……”

她被缓缓地推进手术室，她舍不得松开简至善的手。当那扇冰冷的房门隔断她和简至善的一瞬，她听到丈夫的声音：“保大人，医生，请一定要保住我老婆的命，求你们了……”

谭乐云的眼泪早已经决堤，她拼死也要保住的儿子，怎么可能不是她亲生的？一定是弄错了，这一定是简洁和乔宇阳编排的谎话，他们绝对是有企图的。

此时，简洁和乔宇阳的目的已经达到了，他们就是想阻止谭乐云拿钱给简易开餐馆。这么大的惊天秘密一捅破，简易再也威风不起来了，他还好意思拿这些钱吗？谭乐云还傻得愿意把钱给一个私生子吗？只要简易拿不到一分钱，乔宇阳就有把握让简洁从谭乐云手里分得应有的那一份。现在，唯有简洁才是谭乐云货真价实的孩子。

简洁和乔宇阳点燃炸弹后，便立马消失了，现在的简家是一团糟。

简易决定把银行卡交还给谭乐云，以目前的身份，他觉得没有资格拿这笔钱。小灿非常理解简易这么做的原因，不管这件事对他们的将来有多大的影响，目前最重要的不是那个小餐馆。

谭乐云看着简易递过来的银行卡，眼泪一下子就流了出来。简易不肯收，说明他从心里开始排斥她这个养母了。母子的情分忽然之间生疏了，谭乐云的心就像用刀子狠狠挖了一下。

简易强忍着眼泪，不知道该说些什么。他特别介意自己现在的身份，即使谭乐云的眼神一如以往那般富有母爱的光芒，可在简易的眼里，这光芒显得格外刺眼。

谭乐云推开简易的手，说："里面的十五万，是以你的名义存入的，不管你是不是我亲身的，这钱都是属于你的。"

简易的嘴角抽动两下，最终还是沉默了。

"生你的时候早产，胎位又不正，医生几乎都要放弃了，可我不能放弃，我告诉自己，一定要把你生下来，让你看看这个世界……"谭乐云叹息一声，接着说下去，"你一出生就送进了保温箱，在保温箱里一待就是一个月，我每天都要跑去窗口看你，我真害怕下次去看你的时候，保温箱是空的……"

谭乐云说不下去了，捂着嘴巴悄声饮泣。

简易的视线模糊了，他没办法记起保温箱里的经历，可他却记得六岁那年的一天，为了够桌上一块奶糖，不小心碰倒了暖水壶，就在暖水壶倒下的一瞬，母亲扑上来，一把将他护在胸前，用自己的脊背挡住泼溅而出的开水。

谭乐云的这种本能反应，让她的后背至今还留有一块疤痕。夏天的时候，简易每次不经意地瞅见那块疤痕，心里就会生出要保护母亲一辈子的强烈想法。可现在，这种强烈的想法是要被弱化了吗？还是，他根本就已经忘记了？

“一个月后，你奇迹般地活了下来，从那时候起我就发誓，这辈子决不让你再受一丁点儿的伤害。我做到了，你健康的长大成人，又娶了老婆，不管我这个妈是不是亲生的，我都觉得值了，没有遗憾了。”

简易站在那儿一动不动，回想这二十五年，母亲对他的疼爱一刻都没停止过，甚至已经到了泛滥的程度。每次感冒发烧，母亲都整宿整宿地守在身边，他好了，母亲却瘦了一大圈。每次学校开家长会，母亲都是第一个赶到学校，不管刮风下雨，不管学校的路途有多远，从来不会让他在学生面前丢面子。有一次，他拿着爸爸给他新买的飞机模型在公园玩，一个大小伙子撞倒了他，飞机模型摔断了一只翅膀，他“哇”一声哭了起来。母亲赶过来问清原因，非要小伙子赔礼道歉。小伙子不但不赔礼道歉，还在飞机模型上狠狠地踩了一脚。这下母亲不乐意了，照着小伙子的脸就是一巴掌，小伙子狠狠地推开母亲，母亲没站稳，摔倒在地，右脚踝骨折。即使是这样，母亲仍坚持每天早起给他做早餐，送他坐校车。半个月后，母亲的右脚肿的跟个大馒头似的，医生建议必须动手术，否则后果不堪想象。母亲为他遭受的伤痛和为难，说上三天三夜也说不完，这就是母爱，天底下还有比母爱更伟大的吗？简易忽然觉得自己很愚蠢，他居然相信简洁的空口无凭，而忽略了母亲这二十多年来对他的疼爱、呵护和教育，他太傻了。

简易直直地跪倒在谭乐云的面前，他一直，永远都是她的儿子，谁也取代不了她在他心里的位置。

母子俩抱头痛哭，这一刻，亲生与否都不重要了，唯有割不断的亲情才是他们最想维系的。

小灿看到这一幕，感动得热泪盈眶。后来，简易告诉小灿，如果真的有一位亲生母亲，他也不打算相认，这辈子，他只认谭乐云做妈。

突如其来的这场风波，就像一场梦，梦醒后，留下的只是依稀的记忆。谭乐云给汪律师打了电话，让他帮忙查一下当年顾雅卿入狱前后发生的一些事情。只有在事实面前，真相才会被还原。谭乐云不会就这么稀里糊涂地让事情不了了之，她不但要给简易一个交代，更要给自己一个获知真相的机会。

简易和小灿的餐馆梦还是破碎了。

那天，大齐早早地赶到餐馆，相当有把握地告诉餐馆老板，赶紧把合同准备好，人家待会儿就来签合同。

餐馆老板人很爽快，特意炒了俩小菜，又开了一瓶金六福，两人一边喝，一边等。这顿酒一直喝到中午，两瓶金六福都见了底了，也不见小灿和简易的人影。喝得迷迷糊糊的大齐，一个劲儿地给简易打电话，可电话就是没人接，气的大齐就差没摔手机了。餐馆老板倒是沉得住气，这离天黑还远着呢，没准在路上堵着呢，甭着急，接着喝。

两人都喝大了，什么时候睡着的，什么时候醒来的，大齐是一丁点感觉都没有，反正一睁眼，外面已是灯火通明了。大齐觉得不好意思，这合同没签成，金六福倒喝了好几瓶，不知道的还以为他是来骗吃骗喝的呢。餐馆老板明显是喝痛快了，今天没签成，明天签也是一样的，谁没有个急事儿啊。大齐见老板够义气，一拍胸脯打包票，明天这人和钱一定准时到位。

大齐晃晃悠悠离开餐馆，本打算第二天直接拉着简易来签合同，不曾想，谢兰托人给大齐介绍的对象突然登门拜访，这下可把大齐乐屁了，一见人家姑娘，大齐就犯了痴，两眼直勾勾地盯着人家看，弄得人家大姑娘又羞又臊，脸红的跟个红苹果似的。

大齐陪着人家姑娘逛了一天，直到把姑娘送上公交车，他才忽然想到签合同的事，他立马给餐馆老板打电话。电话刚一接通，还没来得及容大齐赔不是道歉，餐馆老板就告诉他一个噩耗，餐馆已经转让出去了，人家给了整整十万块！

大齐的肠子都悔青了，就想一头撞墙上死了算了。哥们儿的事砸在他的手里，他可怎么跟哥们儿交代啊，大齐不敢把这事告诉简易，在家躲了一天，直到简易打电话约他出来喝酒，他才不得不厚着脸皮去见简易。

听完大齐的陈述，简易并没有像大齐所想象的那样暴跳如雷，跟他断绝交情。反倒安慰他，强扭的瓜不甜，既然命中和餐馆无缘，也就甭惋惜，没准儿还有更合适的生意在等待着他们呢。

大齐感动的要跟简易拜把子，不管将来遇到什么事，他大齐一定会为兄弟赴汤蹈火，万死不辞。

简易不需要大齐为他赴汤蹈火，不过，眼前倒有一件事，需要听听他的意见。

简易问大齐："你妈对你咋样？"

"好着呢！甭看我这副德行，在我妈眼里，我就是她的宝，可惜，她老人家没看到我发财就去了……"大齐咧咧嘴。

简易嘬了口酒，借着酒劲问："假如啊，我是说假如，你突然知道，你不是你妈生的，可你妈又对你这么好，你呢，又想知道谁是你亲妈，你说，你打算咋办？"

大齐一愣："这事儿不大可能吧。"

"你甭管可不可能，我就问你，你打不打算认亲妈。"

大齐立马摇头，"我妈就是我亲妈，我还认哪门子妈呀我？你是不是喝多了，出现幻觉了？"

简易戳了大齐的脑门子，"甭跟我扯别的，认真回答。"

大齐想了想，"这事儿真要落我头上，毫不犹豫，让亲妈有多远走多远，离我远点儿。二十年前，我跟她没关系，二十年后，我跟她更没关系，吗呀？你说扔就扔，你想捡就捡，便宜事儿都你一人占了，这公平吗？不公平……"

大齐明显进入状态，激动，亢奋，拍桌子瞪眼，把简易都看愣了。

大齐的话解开了简易心里的死疙瘩，亲妈生了你，又不负责任的弃你而去，生命在她眼里不过是一件物品罢了，和养育你，塑造你人生的这位母亲比，亲妈完全可以忽略不计。

简易得到他想要的答案，心情也就豁然敞亮了。他和小灿商量，既然和餐馆没缘，两人也不能总闲着，还是继续投简历，找工作吧。

小灿也觉得开餐馆有点赶鸭子上架，二姨说得对，她和简易哪是伺候人的主儿，还是找个正儿八经的工作，旱涝保收，不担风险，平平淡淡才是真啊。

开餐馆的事儿，谢兰可一直记挂在心上，她和田绍民都商量好了，只要小灿和简易再来求他们一次，这钱指定给他们掏了，可等了好几天也不见有下文，谢兰有点沉不住气了，犹豫着要不要打电话问问。

这电话还真不好打，要不是她出幺蛾子为难小灿，这钱早就到小灿手了。现在好了，弄得自己如此被动，这电话一打，不就承认她彻底败给了谭乐云？可这电话不打，就她的性格，非得憋出抑郁症不可。看来得想个好法子，既能知道小灿那边的情况，又不能让自己输的太没面子。

谢兰还真就想到了一个人——郁可，这事儿还就得她去办，她可是小灿的闺蜜，死党。有时候，这朋友可比亲人更值得信任，小灿就特别信任郁可，两人好的跟一个人似的。

郁可不敢当面拒绝二姨的要求，反正也好久没见着小灿了，正好利用这次机会，和小灿好好聚聚。

郁可给小灿打电话的时候，小灿正从一家公司应聘出来。这已经应聘面试了第三家，头两家人家根本没做考虑，直接拒绝了她，弄得她很没面子。好歹也是师范毕业的，什么工作经验之类的托词，全他妈的屁话，谁生下来就无所不能？连这种培养新人的勇气都没有，这公司也不会有什么发展。第三家还算给予她极大的人格尊重，可一听工作地点要去广州，小灿当即就没了兴趣，她可舍不得离开简易跑去广州听鸟语花香。像她这种刚结婚不久的女人，对男人的依恋可是无法自拔的。

小灿的抱怨让郁可确认了二姨的担心不是多余的，既然去应聘了，开餐馆的事也许只是心血来潮。当姐妹两个在避风塘碰面后，郁可惊呼："几天不见，瘦了一大圈，出什么事儿了？亲爱的！"

小灿忙打晃："能出什么事儿啊，人家在减肥呢。"

郁可不信，就小灿这身材，还用得着减肥？这不是自虐吗？郁可可是个什么事儿都要打破沙锅问到底的主儿，减肥能这么奏效，世间还会有胖子？小灿的谎言太容易被揭穿了。

见郁可不依不饶，小灿只好把简家这几天发生的事原原本本地说给郁可听。郁可听完，眼珠子都要瞪出来了："这也太离谱了吧，你确定你不是在给我编故事？"

小灿白了郁可一眼："我有病啊，拿这种事逗你玩？"

郁可来了兴趣，靠近小灿，问："简易亲妈谁啊？我想一定是个大款，你想啊，这么多年为啥到现在才来认亲？人家混好了呗，有钱了呗，这有钱人啊，到老了就担心他这家产，真要是把简易认回去了，你和简易就是亿万家产的继承人了，我的妈呀！姐们儿，一夜之间你就暴富了，这是多少人梦寐以求的好事儿，赶紧地，快让简易去认亲妈啊！"

小灿不爱听郁可这种只要有钱，连妈都能乱认的论调，这是什么？这是见利忘义，简易要是有这种想法，她立马跟他离婚。

郁可被小灿的认真劲儿吓到了，这年头还有跟钱过意不去的，除非大脑穿刺了。郁可继续她的主张："傻啊你，先继承了家产再说，亲妈和养母都是妈，好歹亲妈生了简易，没有这亲妈，你跟谁结婚？跟谁离婚？现实点儿，甭跟钱较真儿。"

小灿真服了郁可，什么事儿都能跟钱扯上关系。这事儿要搁在郁可身上，没准皆大欢喜，可简易不是郁可，以她对简易的了解，简易对这亲妈一定是恨之入骨。如果有一天，亲妈找上门来，简易说不定能动手劈了亲妈呢。

就像郁可遇着了亲妈似的，她对简易和小灿即将成为亿万家产继承人而兴奋不已。直到两人在地铁站分手，郁可仍劝小灿："不是所有人都有一有钱的亲妈，这事儿你得替简易把持住，等将来有了钱，想怎么孝顺你现在的婆婆那都不成问题，机不可失时不再来，这亲妈必须认……"

4. 亲妈上门

谢兰得知简易他们餐馆没开成，还弄了个亲妈出来，这老简家也太复杂了，一出接一出，哪一出都让人大跌眼镜。现在可好了，又多出个婆婆来，一个谭乐云就够小灿应付的了，那个听说没准是大款的婆婆还不得要了小灿的命？这桩婚姻从一开始就别别扭扭，真不知道当初是看走眼了还是鬼迷心窍了，就那么轻易把小灿给嫁了出去，现在悔得肠子不是青了，是绿了。

谢兰的这些担忧在田绍民眼里根本就不算个事儿，这亲妈现在连影子都没见着呢，任何揣测都是自寻烦恼。再说了，俩婆婆怎么不好了？小灿从小没妈，这正好可以弥补缺失的母爱，他相信自己的女儿会处理好婆媳关系的。

谢兰替自己叫屈，小灿不大点儿的时候，她就跟亲妈似的照顾着，疼爱着，这怎么着？长大了，成家了，这还缺少母爱了？这么多年她一直不嫁，不就是怕小灿受委屈吗？能做出这么大的牺牲，亲妈也不过如此，还缺少母爱？说话得凭良心。

田绍民懊悔自己说错了话，一个劲儿地赔礼道歉。谢兰的脾气吃软不吃硬，都是一家人，没什么可挑理的。不过，这件事她一定要插一手，不能等小灿吃亏了再作打算。

谢兰还真就去了简家，非逼着简易当面发誓，不认亲妈。

谭乐云不乐意了，这不是无理取闹吗？简家的事，你一个外人有什么资格指手画脚？认不认亲妈，谁说了也不算，这要看简易的意思。

成啊，那就让简易表个态吧，不过丑话说前头，小灿可不能生活在这么一个复杂的环境中，这对小灿，甚至对将来宝宝的身心都是极大的侵害。所以，要认亲妈，必须分家。

简易半天说不出话来，这件事他一辈子都不想被提及。如果不是谢兰而是换作其他任何一个人，他早就暴跳如雷，甚至还有可能对其一顿暴打。可偏偏是谢兰，这让简易很想自己抽自己几个耳光。

小灿现在悔得肠子都青了，这郁可真够可以的，嘴巴那么长，都够到二姨那儿去了。这两个亲人啊，不是往死里害她吗？小灿很想解释解释，可简易看她的眼神都透着一种绝望和悲哀，他最信任的人竟然拿这事儿当笑话到处宣扬，这不是故意往他的伤口上再撒一把盐吗？小灿啊小灿，你真是个好老婆！

小灿读懂了简易的眼神，可已经来不及了，她看着简易狠狠摔门而去，留下一句令人心惊肉跳的话："逼死我，什么事儿都解决了。"

万万没有想到，简易会对此事有这么大的抵触心理，谢兰为小灿出头的一腔热血，像被迎头泼了一盆冷水，彻底降温冷却。

谢兰惹的祸，却让小灿来收拾烂摊子。

简易干脆不理小灿，任凭小灿赔不是道歉，好话说尽，这一篇儿也没办法翻过去。简易认定小灿的心态有问题，真是看热闹的不怕事儿大。小灿理亏，简易说什么就是什么，她半句怨言都没有。这样的冷战持续了好几天，小灿一直乐观的相信，简易一定会迈出这一步。生活还得继续，他们的日子还得往下过。

冷战的这几天，简易没闲着，跟着大齐路边练摊。这个活儿有刺激，一面提防着城管的突然来袭，一面和各色路人砍价还价。简易似乎找到了自己的优势，他的一张好嘴，居然让大齐囤积好几天卖不出去的服装，顷刻间变成了抢手货。数着一张张钞票，大齐感慨万千："你不做生意，简直屈才可惜，就你这一顿云里雾里的忽悠，简直成了我们这行业的新标杆啊，干吧，哥，支持你。"

大齐这么一鼓捣，简易的心就活泛了。可摆地摊不是长久之计，赶上点背儿，被城管这么一抓，毛都不给你剩，风险太大。大齐有主意，他为什么练摊？还不是资金不够，他要是手里有个四五万，一准儿去尾货市场弄个摊位了，那赚钱的性质和速度就大不一样了。

尾货市场？去卖洋垃圾？大齐笑简易啥也不懂，尾货可不是洋垃圾，尾货也有大品牌，只不过是一些断码或者滞销不出去，被退回来的产品。别看这些东西叫尾货，一些白领小资就愿意陶这些便宜的牌子货，穿身上跟精品屋买的一个样，那叫小投资，大回报，白领小资的钱也不是大风刮来的，既要面子又要币子的事儿，谁都想往面子上贴金不是？

这的确是一个不错的商机，大齐信誓旦旦，简易踌躇满志，两人在尾货市场转了一又一圈，果真被这里一片欣欣向荣动摇了。简易决定，值得一试。

当天晚上，简易和小灿的冷战宣布结束。

当简易把白天在尾货市场考察的感受说给小灿后，小灿就已经明白了简易的意思。可小灿知道，这倒腾尾货也不是一件容易的事，有多少小贩折腾到最后赔的一干二净？这是风险与机遇一半一半，他们能经得起折腾吗？

小灿没反对，也没表态。简易凑上去搂住小灿，这几天的冷战他心里也很难过，他一直以为小灿懂他，即使冷战中，他仍相信小灿还是爱他的，他也同样还深爱着小灿。

“是我不好，不该那样对你，现在都过去了，我爱你，老婆。”

“我也不好，不该说的瞎说，我错了，下次一定注意。”小灿抚摸着简易的脸颊，他的胡须几天没刮了，样子憔悴了很多。

“不怪你，是我一时接受不了，这几天我也想清楚了，有没有这个人不重要，重要的是这个家我不能放弃。现在这种情况，这个家更需要我，我是这个家里唯一的男人，我有责任把你和妈照顾好。”

简易一下子变得成熟起来，他坚定的眼神让小灿觉得特有力量，他说的话让小灿觉得自己离幸福越来越近了。

简易决定做尾货生意，货源就成了头等大事，找个靠谱的供货商这是最关键。大齐告诉简易，一般的服装生产厂家，当季的尾货不多，多是囤积一两年的老货，这样的尾货销量不好，如果遇上黑心的供货商，没准会参些洋垃圾卖给你，这样你就亏大了。简易听到这些就有点打怵，没做过这行，被人骗了、卖了都不知道。

谭乐云决定帮简易这个忙，她有个多年的朋友就是开服装厂的，从她那里拿货绝对稳妥。

谭乐云说的这位朋友叫冯丽，两人是大学同学，两人的老公也是大学同学，这种巧合让两家的关系一直保持着联系。不过，最近几年，两家聚在一起的次数明显下降，原因不说，谭乐云都能猜到，还不是冯丽老公开的服装公司突然就火了起来，赚的钱多了，眼界也就高了，昔日的情分自然也就淡了。冯丽是变了，没什么事儿，从不主动给谭乐云打电话，倒是冯丽的老公杨文喜还隔三岔五打个电话问候问候。

谭乐云为了儿子的事，只好登门拜访。一见面，冯丽就问起简至善的事儿，还一个劲儿地夸他们家老杨如何顾家，如何会赚钱。谭乐云不计较这些，今天她是来求人的，被人损，被人嘲笑，她也要忍住这口气。

冯丽是个聪明的女人，谭乐云无事不登三宝殿，今天来一定不只是叙叙旧而已。

没等谭乐云开口，冯丽就催促杨文喜再不出发，人家那边的庆典就结束了，这种事儿去晚了不合适。这逐客令下的真有水平，你谭乐云真要是个看不出眉眼高低的人，那就继续耗着。谭乐云只能把要说的话咽回肚子里，起身告辞。

谭乐云以为这事儿没指望了，却突然接到杨文喜打来的电话。电话里杨文喜直接问谭乐云是不是遇到什么难事儿了，简至善不在家，有事儿只管开口。

谭乐云顿时感动得一塌糊涂，她马上把简易要做尾货，需要货源的事儿告诉了杨文喜。杨文喜一听，当即就拍板，这事儿他帮定了，只要有需要，让简易随时找他。

简易去见了杨文喜，结果当然是皆大欢喜。就这样，简易的尾货生意开始了。

简易开始忙碌起来。租摊位、签合同、支付租金、装饰摊位，一个人从早上忙到晚上，中午只吃一份盒饭。看着初见雏形的摊位，简易的脸上洋溢着甜甜的微笑。

简易在郊区组下一个小仓库，把杨文喜赊给他的货存放在这里，看着一屋子货源，简易的自信就更加强烈了。

开着没有卖掉的车子，简易不停地透过后视镜瞄着放在车后面的货物，满脸都是激情。

简易浑身就像散了架，回到家，一进卧室，倒头就睡。小灿费尽力气才能将他的衣服脱下来。简易就像一头死猪，呼呼大睡。

小灿趴在简易的身边，看着他熟睡的样子，用手指从他的脑门一直划到他的下巴，她喜欢这样看着他，他的面部轮廓是那样的柔美，美得令小灿着迷。

小灿看着简易：老公，你一定很累吧，放心，我一定会好好地伺候你，从明天开始我天天给你做massage，让你不再感到疲劳……

清晨，阳光暖洋洋地亲吻着小灿和简易的脸颊，两人不约而同睁开了眼，彼此相视一笑，对新的一天充满着无限的期待。

简易搂过小灿，正要亲，忽然一阵吵闹声从楼下传来。两人不禁一愣，大早晨的，什么情况？

小灿和简易披上睡衣往楼下奔。到了楼下，两人傻眼了，一帮搬家公司的人正往里面搬家具。

谭乐云满脸疑惑地嚷着：“你们这是干吗？谁让你们搬的，这是我家，你们搬这些乱七八糟的东西有没有经过我的同意啊，太胡闹了……”

搬家公司的工人对谭乐云的大呼小叫充耳不闻，继续往里搬。

谭乐云一见小灿和简易，立刻问道：“这些是你们要的？”

两人摇摇头。

正当一家人纳闷的时候，一个女人的声音响了起来：“从今天起，我就是这栋房子的新主人，而你们……就要从这里搬出去。”

说话的是一位中年妇女，她站在门口，目光扫过谭乐云，落在简易的脸上。简易一怔，看到女人消瘦的面颊上闪过的一丝光彩。小灿惊讶地认出这个女人，她就是那个有着病态的神秘阿姨。

这个女人就是顾雅卿。

谭乐云的印象里，顾雅卿年轻漂亮，有气质。可眼前这位瘦弱的女人带着病态的容颜，让谭乐云不敢相信，岁月竟然真的是一把杀猪刀。

简易一下子懵了，设想过无数次与亲妈相见的场景，唯独眼前这种情形是他没有预料到的。她拖着行李，突然闯入，居然还要霸占他的家？这个早晨，就像风和日丽的海面突然涌动而来的巨浪，把所有秀丽的风景瞬间抹煞。

小灿惊愕着叫了一声“阿姨”，原来所有的相遇都不是偶然；原来她早就打算要介入他们的生活；原来所有的情节都在冥冥中被安排好了。

当年，顾雅卿聘请简至善的一个重要原因，是因为她担心辛苦创下的公司，有一天会毁在她那个贪恋美色、嗜赌如命的老公手里。事实证明，简至善的确有超人一等的管理水平，上任半年，订单客户纷沓而至，公司一派蒸蒸日上。

好景不长，顾雅卿的老公恶习不改，居然挪用公款为其吃喝嫖赌埋单。顾雅卿没办法，做了几次假账。后来简至善发现了这笔纰漏，追问下，顾雅卿才实话实说。简至善心存慈念，决定不做追究。从那时起，顾雅卿就对简至善有了好感，加上两人整日在一起，时间长了，男女间最脆弱的情愫轰然坍塌，两人坠入了缠绵的爱河。

顾雅卿的老公动了手脚，公司的税务问题让顾雅卿面临着很大的危机。这期间，顾雅卿怀孕了，她告诉简至善，孩子是他的。简至善傻眼了，自己有妻有女，怎么能再给顾雅卿一个家？要想人不知除非己莫为，顾雅卿的老公识破了两人的奸情，并要挟简至善，只要他不插手公司的事，装作什么都不知道，他就不会把他们的事宣扬出去。简至善为了保全和谭乐云的家，不得不妥协。不久，顾雅卿的老公携款私逃，不见踪迹。很快公司偷税漏税的事被揪了出来，顾雅卿法人代表的身份必须承担所有的责任。

顾雅卿是在监狱里生下这个孩子的。简至善没有泯灭的良心让他终于决定把孩子接到自己的身边。

顾雅卿在监狱里一待就是八年，整日以泪洗面。出狱后，她没有去找简至善，只要她的孩子能生活的快乐幸福，她所受的委屈和苦难可以忽略不计。顾雅卿去了广州，嫁了个比她大十岁的广州人。起初的几年，顾雅卿和男人奋斗打拼，创下了一点家业。可男人突然脑溢血，撒手人寰，撇下了她这个没有婚书担保的非法妻子。男人的家属黑着心将顾雅卿赶出家门，继承了她和男人辛苦创下的家业。顾雅卿身无分文，落魄街头。

后来，顾雅卿遇到了一位定居广州的北京老乡，经他介绍，顾雅卿做了一名保姆，伺候一位半身不遂的老人。

老人无儿无女，寄居在养老院里。顾雅卿悉心照料，呵护备至，让老人感受到了亲人般的温暖。几年后，老人离世。律师找到顾雅卿，当面宣读了老人的遗嘱，老人把名下的房产和存款共计一百五十万赠送给她。顾雅卿几乎惊呆了，她从未想过老天会给她一份这么大的惊喜，十八年的苦难换回一百五十万，失去的和得到的同样让她刻骨铭心……

这就是顾雅卿的传奇人生，可谭乐云坚定地认为这是她杜撰的。这不是在演电视剧，不是在编小说，现实生活里，哪儿来的这么多离奇、偶遇的事，却又偏偏发生在一个人的身上？这不是瞎编就是精神有问题，非要把自己说的惨兮兮，博得别人同情的眼泪吗？

顾雅卿不做任何解释，直接拿出房产证往众人面前一亮，“看清了，上面写的是谁的名字！”

谭乐云不是文盲，她看得清清楚楚，房主一栏里赫然写着顾雅卿三个字。

不可能，绝对不可能，简至善就算再王八蛋，也不会做出这种遭天谴的事来。

顾雅卿非常同情谭乐云，二十几年了竟然还没看透这个男人？简至善就是一个不负责任的男人，但凡他有点良知，她也不会吃这么多苦，遭这么多罪了，别说要他一栋房子，就算要了他的命都不过分。

不过分？这都明抢了，还想怎么着啊，再说了，年轻的时候，你要不犯贱，男人干吗没事招惹你啊，你吃的苦受的罪，那是报应，活该。谭乐云忍无可忍，开口就骂。

顾雅卿有极好的心理素质，面对辱骂，不怒不躁，居然打电话报警，说有人私闯民宅。

私闯民宅？简直恶人先告状，这下，谭乐云不发飙都不成了，她扑向顾雅卿，要跟她同归于尽。

顾雅卿的脸上挨了一巴掌。当谭乐云的巴掌再次袭来，简易一个箭步上去，挡在了顾雅卿的面前。巴掌狠狠地落在简易的脸上。

谭乐云傻眼了，简易的举动狠狠地刺伤了她的心。还没怎么着呢，就护起亲妈了，她这个妈还算什么？

顾雅卿心疼极了，伸手去抚摸简易脸上那块红晕。简易像触电了一般，迅速扭过脸。顾雅卿的手停在空中，怔怔地看着简易。

第七章　有一种疼痛叫回忆

小灿问过简易，如果顾雅卿在临死前，没有说出真相，他会不会后悔没有和她相认。简易一时回答不上来，人生就是有很多遗憾吧，如果可以选择，他希望将这个错误继续下去，这样，顾雅卿就不会带着遗憾离开了。

1. 和岳父大人同住

佟凯带着两名民警赶到简家，谭乐云一下子就有了底气，好歹佟凯也叫过她妈，与公与私，他都得站在她这边。

顾雅卿是有备而来，房产证、公证书，居然还有一份简至善签署的承诺书。这些都是实实在在的证明，都是具有法律效力的。佟凯也没辙，他想帮谭乐云都无能为力。谭乐云一口咬定这些东西都是顾雅卿伪造的，除非让简至善亲口跟他说，否则，这房子她甭想住进来。佟凯为难了，人家现在可是这栋房子的拥有者，就算告到法院，有这白纸黑字证明，这房子也会判给人家。谭乐云急眼了，抓起面前的证书就要撕，顾雅卿不顾一切扑上去就抢，两个女人撕扯在一起。

也不知道谁打了谁，顾雅卿居然昏倒了，这下，所有人都傻眼了，赶紧救人吧，叫救护车的叫救护车，急救的急救，简家一时乱作一团。

谭乐云这会儿已经冷静了下来，看着简易站在抢救室门口焦急等待的样子，她就彻底认输了，她连唯一挣扎的理由都没有了。

半天，谭乐云站起身，朝门口走去。小灿追上来，她不放心婆婆一个人，这个时候，婆婆是需要他们的。

随后，简易也跟了出来，表情异常严肃。谭乐云让简易留下来，简易摇头，说了句："我更担心您。"

一句话击中了谭乐云内心最软弱的神经，她终于没能忍住，放声大哭。简易打开车门，又说了一句："我们回去搬家。"

这家能搬去哪儿呢？小灿提议搬去父亲那儿，虽然住着挤吧，可好歹一家人还能在一起。谭乐云不同意，他们几个倒好说，这不还有一个瘫在床上的奶奶吗？绝对不能给亲家添一丁点麻烦。简易也不赞成搬去岳父那儿，这家要搬，就不只是找个落脚地儿，必须要住得长久，奶奶禁不起折腾，他们也禁不起折腾。

谭乐云忽然想起，杨文喜有一套正打算出租的房子，离这儿不远，搬家也方便。可她还是有些犹豫，怕冯丽知道她落魄了，没事儿过来寒碜她。不过，也管不了那么多了，本来就落魄了，别人不说，这事也是存在的。

当即，谭乐云就给杨文喜打电话说明了情况。杨文喜绝对是个痛快人，二话不说，马上把钥匙送了过来。

搬家那天，冯丽还是跑了过来，一副献殷勤的假嘴脸，话里话外那叫一个含沙射影。谭乐云这些都能忍，不忍也不成，到了这个地步，她还有什么可以趾高气扬的呢？

这刚把冯丽打发走，简洁紧接着也冒了出来。一进门，简洁就号啕着扑到谭乐云怀里，“事情怎么变成这样了？我以为顾雅卿把简易认走就算了，这怎么连房子都成了她的啊，我爸到底做了什么啊。”

简洁这么一哭一闹，谭乐云的情绪一下子也被触动了起来，娘俩抱在一起哇哇大哭。

哭够了，简洁的枪口就冲向了简易：“你现在得意了？还不去陪着你妈住别墅，待在这儿干吗？走啊！”

简洁这么一说，谭乐云就更抑制不住自己悲痛的情绪，干脆坐下来哭个痛快。简易没想到简洁回来是火上浇油的，这几天他们尽量不提及房子和顾雅卿这个人，怕的就是这个心结解不开，大家都很难过。现在简洁再次把伤口撕裂，这血还是会流，这疼痛还是一样锥心刺骨。

简易打开房门，让简洁赶紧走：“少在这煽风点火，要是乔宇阳早把这事告诉我们，现在也不至于弄得如此狼狈，这乔宇阳也不是个好东西。”

“你有什么狼狈的？你亲妈把房子都给你争取到手了，你偷着乐吧，倒霉、狼狈的是我和妈，你也别杵在这儿，赶紧和小灿走人，我和妈不想看到你们，快滚吧……”简洁说着就动手往门外仍简易和小灿的行李。

简易想制止简洁，却被小灿拉住了，两人站在门口看着房门狠狠地阖上。

小灿和简易拖着行李走在大街上，两人也不知道能去哪里。简洁把他们赶出来，婆婆一点反应都没有，小灿担心婆婆对简易已经死心了。简易一直闷闷不乐，他是最纠结的一个人。简洁说的对，亲妈有了，房子也有了，何苦跟着养母受这份儿罪？可简易不是忘恩负义的人，他不想认这个亲妈，他还想做谭乐云的儿子。

小灿挣扎了半天，终于提出不如搬到她家去住，这样两人就能一心一意扑在生意上，这生意已经耽误好几天了，总不能继续这样耽误下去吧。简易一想与其在那样一个尴尬的环境里生活，不如搬出来让大家都冷静冷静，等过了这段非常时期再搬回去，到那个时候，母亲的心结也许就解开了，于是两人直奔田家。

田绍民对女儿和女婿的到来感到欣喜若狂，他把这个消息告诉了谢兰，谢兰竟然高兴的喜极而泣。她的希望终于实现，小灿把她这个二姨看的还是相当重的。田绍民和谢兰为了表示对小两口的欢迎，特意在酒店包了酒席好好高兴了一把。简易在酒桌上看到田家一家人其乐融融，一想到自己的家，自己的父母，心里一阵难过，不免多喝了几杯，竟然醉了。小灿把简易搀回到自己的卧室，简易掉下眼泪，说他今后就是个上门女婿了，他要努力做好，让岳父大人高兴，要给小灿长脸，绝不惹小灿生气。小灿看出简易心里的憋屈和难过，她决定一定要让简易在这过得比在简家还要快乐幸福。当晚，她就和父亲、二姨交代，不要把简易当客人，一切都自自然然，随随便便就好，不然，简易会觉得拘束不安的。

田绍民理解简易的心理，他告诉小灿，让简易怎么舒心怎么来，这都是一家人了，千万别拿自个儿当外人。话是这么说了，可初到岳父家生活的简易，处处觉得拘束、尴尬，尤其二姨突然也搬过来同住，说什么小灿她爸不会伺候人，这一日三餐必须她来搞定，否则她是不会安心的。谢兰住进来后，虽然给简易足够的自由空间，可情不自禁的嘘寒问暖还是让简易觉得无所适从。想和小灿亲热，岳父不爱关客厅的灯让简易误以为客厅有人在看电视，紧张仓促完事后，觉得身心疲惫；想睡个懒觉，岳父却叫他起来和自己晨练，简易不得不早起陪岳父跑步，害得他白天一点精神也没有；上个厕所，洗个澡，都得像个贼，生怕撞见，大家尴尬。简易一回到岳父家，精神就紧绷起来，小心翼翼，如履薄冰。

“我要结婚了！”

小灿在电话里听郁可兴奋的大声宣布，差点没把电话扔出去，这速度也忒快了吧。

“不快了，再不结婚，这孩子就要出生了。”

当小灿和郁可坐在咖啡馆里，郁可趴在小灿的耳边告诉她，这才是她和佟凯闪婚的真正原因。

生米做成熟饭，这婚不结都不成了。小灿问郁可真的想好要把终身大事托付给佟凯吗？郁可毫不犹豫，斩钉截铁地回答：“先嫁了再说，我寻寻觅觅了这些年，好不容易遇到一个条件在80分以上的，你说我能放过他吗？”

小灿一撇嘴：“不放过也不行啊，你现在是珠胎暗结，除了他能给你一个名分，其他任何一个男人都会对你不屑一顾。”

郁可点点头：“所以，我要尽快结婚。”

郁可是个雷厉风行的女子，刚把结婚的事告诉小灿，这就迫不及待地拉着小灿陪她一起去找婚庆公司，她要为自己办一场不一样的婚礼。

婚庆公司一位瘦瘦的男业务员接待了郁可和小灿。

男业务员摊开各种婚庆策划文案，和相当专业的婚礼现场唯美图片，供郁可和小灿参考。

郁可和小灿仔细认真地看着这些资料，不时两人还会交头接耳，交换意见。男业务员见二人只看不表态，便开始用自己的三寸不烂之舌向二人推荐。

男业务员说："看这位小姐穿着打扮，极其时尚，一定是位潮人，现在的婚礼从场地到服务几乎千篇一律，只有一些细节上的东西，看起来会让婚礼有所不同。"

小灿极为赞同地点点头。

郁可却显出漠不关心的样子。

男业务员看着郁可，耐心地沟通："我们会根据您们的实际情况，为您们量身订制只属于您们的特殊婚礼，一定会让您们的婚礼成为一生中最难忘的记忆。

郁可斜睨着男业务员："说得挺好，谁知道婚礼当天会是什么一种情况，婚礼就一次，我可不想成为你们公司的实验者，价钱不是问题，关键我得满意。"

男业务员："那是，那是，您放心，我们的销售模式是分期付款，从签下合约开始，我们会按每一项的满意度来收取服务费的，也就是说，其中任何一项不满意，我们都不会继续进行下一项，整个过程您是参与者之一，我们的任何一项服务都是透明的，这也是我们公司推出的不同别家公司的一个小细节，您觉得如何？"

郁可似有犹豫。

小灿靠近郁可："我觉得挺好的，你都看了五家了，真的是千篇一律，就这家还让我的眼睛一亮，真的，挺不错的。"

郁可嘴角有了笑意："整个婚礼下来，得多少钱？"

男业务员，立马开始报价：我们是按方案收费的，我们公司一共有ABCD四种套餐可供您们任意选择，A套餐二十万，一百人的，所有一切我们全包；B套餐十八万，80人，也是全包。C套餐十万，80人，这个是自助餐，比较洋气；C套餐便宜点，八万，人数有限制，60人，而且我们只负责婚车，乐队，场地设计，现在选择后两者的比较多，经济实惠，而且还有档次，如果场地选得好的话，出来的效果不次于前两者，您可以考虑一下……

郁可马上惊呼起来："你们的价格也太高了吧，第一种的，一百人外加酒席，婚车，二十万？你们最起码赚两倍，太离谱了……"

男业务员有极好的专业素养，他笑容可掬："我们的价格绝对合情合理，这也是根据市场来定价的，整套下来，不赔就算万幸了，您也知道现在什么都超贵，我们已经在尽量保持收支平衡了。"

"那也不靠谱，你们开婚庆公司的，有几个案子是不赚钱的，别蒙我。"

男业务员笑笑："如果您觉得这几个套餐不满意，我们还有别的价位的，只不过，这种价位的，从档次上讲，完全不能与之比拟。"

郁可连眼皮都不挑一下，说："我看看……"

郁可一屁股坐在柔软的沙发上，双手托着下巴，看着在对面坐下的小灿。

小灿见郁可闷闷不乐，笑着说："这婚礼准备工作才刚刚开始，你就受不了了啊，真成。"

郁可放下手，把沙发往桌前挪了挪，"哎，你说婚庆公司怎么这么会趁火打劫啊，也就我聪明不上这当，想赚我的钱，没门，我不折腾得他们退层皮，我的钱哪儿这么容易就进他们口袋啊。”

小灿笑了：“你还别说，那个男业务员最后气的眼睛都长了，我真怕他会原形毕露对我们大打出手。”

“遇到这种趁火打劫的公司，就不能惯着他们，你不知道，我有个同学就是开婚庆公司的，你知道人家一年能赚多少吗？三环，买了一套三居室，你说这行得有多暴利啊。”

小灿惊讶：“是吗？我看咱还是改行做婚庆得了。”

郁可再次撇嘴，“做这个，得有非常广的人脉，什么婚车啊，乐队啊，凡是跟婚礼搭边的，统统有熟人，这些钱能省就省，一年下来，得省多少啊，像咱俩这样万事不求人的主，做这个还不亏得底儿朝天啊。”

小灿似有所悟：合着有很多东西婚庆公司都是不用花钱的？

郁可：那是，所以，能抠一点是一点，钱都让他们赚了，我心里不爽。

小灿笑了：我的婚礼都是我婆婆搞定的，我什么都没管，结果……还闹得人仰马翻，想想特亏！

“我和佟凯的婚礼，一定要办得隆重点，我可不能亏了我自己，就算我未婚先孕，决不能让他觉得我是上赶着的。”

晚上，小灿把郁可奉子成婚的事告诉了简易，简易一下子从床上弹了起来，嚷着：“未婚先孕？”

小灿瞪简易：“什么年代了，至于这种反应吗？”

“不以结婚为目的的性行为，都是在自我放荡。”

“人家就要结婚了啊。”

简易眨了眨眼睛：“也是。”

小灿翻身：“好了，睡了，祝福她就对了。”

简易看了看小灿，蹭到小灿身边，搂住小灿，讨好地说：“郁可都怀孕了，你看，你是不是也给我生个儿子啊，怎么说咱也不能输给郁可啊。”

小灿回答：“不行，现在不是时候，以后再说。”

简易伸手到小灿的腋下，咯吱她，小灿怕痒，笑着翻滚起来。简易一下子压在小灿的身上，贴着小灿的脸说：“不行，我现在就要。”

小灿没来得及反抗，简易就堵住了她的嘴巴。简易顺势抓过毛毯，将两人罩在里面，两人像蠕动的泥鳅，翻滚起来。

就在最关键的时刻，外面传来“咣当”一声，吓得简易立马跳下床来，气喘吁吁地看着房门。

小灿跑出去看，正看到二姨拿着扫把打扫摔碎的紫砂壶。

简易呈大字躺在床上，头对着床尾，看着小灿从外面走进来，对小灿苦苦地一笑。

小灿双手捧着简易的头：“特别扭是吧。”

简易一翻身坐在床上，满脸遗憾：“什么心情都没了，可怜的孩子，什么时候才能来到这个世界上啊！”

看着简易夸张的表情，小灿笑了起来，一拍简易的大腿：“那就老老实实睡觉。”

谢兰终于知道小灿和简易搬回娘家住的真正原因。本来谢兰是抱着炫耀的心理去简家，让谭乐云看看她现在有多得意。简易始终还是听小灿的，你这个婆婆就是不如我这个二姨实打实地疼小灿。小两口又不傻，谁是真疼，他们分得清清楚楚。咱俩这场战斗，我谢兰赢了你，你不服都不行。

谢兰美滋滋地跑到简家，见大门紧闭，就拼了命地按起门铃。老半天，从里面跑出一位小姑娘，看小姑娘的打扮，就知道是简家新请的保姆。小姑娘问她找谁。谢兰咯咯地笑，小姑娘新来的，不认识她不足为奇。她让小姑娘转告谭乐云，就说亲家来了，让她出来迎接。小姑娘一愣，像没听懂。谢兰又说了一遍。这回小姑娘听明白了，她告诉谢兰，这家主人不叫谭乐云，叫顾雅卿，姓谭的女人已经搬走了。

什么？搬走了？谢兰大惊，怎么没听小灿说过这事儿，住得好好的，干吗搬走？难道追债的追的这么紧吗？小姑娘见谢兰一副不知情的样子，就告诉她，这栋房子已经是顾阿姨的了，和你要找的那个人没关系了。

这房子不是简家的了？天啊，这么大的事儿，小灿和简易都敢瞒着她？简直太没把她这个二姨放心上了，谢兰只觉得胸口一阵憋闷。

谢兰气急败坏，一个电话就把小灿叫回了家。简家现在的问题不是欠了多少外债，而是这房子没有了，以后的日子怎么过？想再买一套房子，就凭简家现在的经济实力，几乎难于上青天。这房子可是婚姻的根本，现在根本都没了，还指望什么天长地久？

小灿见事情瞒不住了，就跟二姨实话实说。谢兰一听是这么回事，立马转悲为喜："只要简易认了亲妈，这房子迟早还是你们的。"

小灿觉得二姨也太世俗了，亲妈有房子就认，没房子就不认，简易也不是那种人啊。

谢兰说小灿就是个大傻瓜，认亲妈和孝顺养母不矛盾，以前的情况复杂，现在的情况一目了然，识时务者为俊杰，你们再转不过来这个弯儿，就只能说明你们是真傻。

谢兰满心喜悦，她要找简易谈谈，好歹那是栋别墅啊，市价五百万，五百万啊！小灿和简易卖一辈子尾货也赚不来，现在亲妈给了你们这个机会，干吗不接受？除非简易的脑子锈透了。

当天晚上，谢兰就直截了当地问简易有什么打算，亲妈和房子可以当一码事来处理。

简易当时就挂不住脸子了，二姨这不是在戳他的伤口吗？小灿赶紧将简易拉进卧室，说二姨没别的意思，就是怕咱俩吃亏。

简易实在没有信心继续在岳父这儿住下去了，二姨的直截了当让简易很难堪。他郑重其事地问小灿："就算我什么都没有了，你还愿意跟着我吗？"

小灿点头："愿意！"

"相信我，我一定会给你赚回来一套房子，让你住得舒舒服服的。"

"我相信！"

生意一直忙到下午两点钟才渐渐归于平静，小灿和简易这才觉得饥肠辘辘。带来的盒饭已经彻底凉透了，小灿怕吃了胃痛，决定破费一下，去楼下定两份快餐。

小灿拎着买来的快餐上了二楼，远远地看到简易在店铺里忙活着，小灿放慢脚步，看着忙得不亦乐乎的简易，会心一笑。突然一个熟悉的侧影出现在小灿的视线里，那个侧影站在那一动不动，目光的尽头就是简易。小灿认出这个人就是自己的婆婆，她想上去打招呼，可又停了下来。此时，谭乐云慢慢转过身，脸上带着两行泪水，小灿的心猛地抽痛了一下，她发现婆婆消瘦了一大圈。谭乐云抹着眼泪，朝楼梯口走去。小灿从后面跟了几步，看着谭乐云沉重而缓慢地背影，突然有了恻隐之心。

一下午，小灿的脑子里都是婆婆抹泪离开的画面，直到收摊，小灿终于忍不住，对简易说："我们搬回去，和妈一起住吧！"

简易一愣，没有说话。

"家里出了这么多事，我们不应该在这个时候离开她，妈一个人太孤独了，我们都忽略了她的感受，我很后悔，我们搬回去吧。"

简易一下子搂住小灿，他心里何尝不是这么想的，可他要让小灿过得开心，他实在开不了口再搬回去。

"妈现在太可怜了，我们要守在她身边，让她知道，她不是一个人，她还有我们呢！"

就这样，简易结束了在岳父家短暂的生活。当两人重新回到谭乐云的身边，才发现，没有什么比一家人团聚在一起更幸福的了。

2. 奉子成婚

郁可哭着来找小灿，说这婚不结了。小灿吓了一跳，这酒席都定好了，喜帖也发出去了，这开的是哪国玩笑啊。

原来，郁可的爸爸和后妈从老家赶来参加女儿的婚礼，这才知道他们的乘龙快婿是个二婚男，后妈当即就不乐意了，女儿可是个黄花大姑娘，不说条件有多优秀，那也不能嫁个二手男，委屈自己啊！再说，这婆家的条件离他们理想中的简直差的不是一丁半点。他们辛辛苦苦把女儿养大成人，就盼着她能嫁得好，一辈子不受委屈。现在看，这婚姻还不能作数。

丈母娘这样一闹，佟凯一下子慌了。怎么办？关键时刻出了这样一个岔子，他怎么跟父母交代，怎么跟亲戚朋友交代？

郁可看佟凯急得像热锅上的蚂蚁，甭提有多心疼了。万般无奈下，她告诉爸爸和后妈，自己已经怀了佟凯的孩子，这婚不结不成！

后妈差点晕过去，这不是伤风败俗吗？女孩子家家对自己这么不负责任，真是丢尽了郁家的脸面。现在好了，这肚子都大了，这不是自降身价吗？本来能多要个十几二十万的彩礼，现在能拿到五万就算烧高香了，这不是白白送人家一大活人吗？郁家真是亏大了。

后妈的这种态度，让郁可在佟凯面前觉得很羞愧。她扬言这婚不结了，等你们给我找个有钱的老头，我再嫁！

这真是不怕贼偷，就怕贼惦记！小灿直接就骂郁可后妈是个贼，专门等郁可嫁人的时候，敲一笔竹杠，这种人就是为钱来的。

郁可抽抽涕涕："从我来北京上学到现在，他们管过我什么？现在来管我了，他们不觉得多余吗？"

小灿劝郁可："结婚是你一个人的事，听青蛙叫还不过河了呢！甭理他们，该结就得结。"

"这婚要是结了，我那个后妈非得来个狮子大开口，我是不想为难佟凯。"郁可早就料到后妈来参加婚礼的真实目的，还不是为了钱？

看来这笔钱，不出不成啊。

佟凯接到小灿的电话就马不停蹄地赶了过来，小灿早就支开了郁可，她要单独和佟凯谈谈。

佟凯显得闷闷不乐，这眼瞅着要当新郎了，丈母娘一驾到，全盘打乱，还有比丈母娘难缠的角色吗？

小灿把郁可的顾虑告诉了佟凯，他沉默了半天，突然说："我愿意为郁可倾尽所有，只要她妈要的起，我就出的起。"

小灿看到的是一张真诚的脸，她不怀疑这份真诚，可郁可后妈这个无底洞必须想办法给她堵死。你给她一次，就会有第二次，第三次……长此以往，就算是座金山迟早也会被掏空的。杜绝后患，的确必要。

小灿给佟凯出了个主意，这钱不能白白地给出去，一定要签份合约，只要拿了钱，从今往后，就跟郁可划清界限。她要是不签，这婚就不结。她的目的就是奔钱来的，这婚真要是结不成，岂不鸡飞蛋打？

看来只能这样做了，为了郁可，这钱必须给。

佟凯临走前，小灿又问另一个问题："当初简洁跟你离婚，说你有外遇了，我想知道是不是真的！"

佟凯愣了一下，没有急着撇清，倒是反问了一句："你说呢？"

小灿尴尬地笑笑："以我对你的了解，应该不会……希望你好好待郁可，你们能在一起，很不容易，珍惜吧！"

"谢谢你，小灿，郁可有你这位好姐妹，是她的福气，我替她谢谢你。"佟凯的眼里流淌着感激。

三天后，郁可给小灿打电话，告诉她，后妈拿着十万块钱，连夜坐火车回老家了。十万块是佟凯和郁可的全部积蓄，用来买他们一辈子在一起，两人觉得很值。小灿很欣慰，郁可终于可以嫁给喜欢的男人，这缘分可不是十万块所能体现出的价值，这是无价的。

婚礼定在周六，本来结过婚的女人不能做伴娘的，可碍于郁可的苦苦哀求，小灿才勉为其难地答应给郁可做伴娘。郁可说小灿的婚礼她没参加，她的婚礼小灿一定要成为一个重要的见证者。小灿激动地掉下了眼泪，郁可在通往婚姻的这条路上，经历了太多的痛苦和折磨。如今，终于可以走上红毯，小灿觉得比自己当初做新娘的时候还兴奋。

谭乐云也给佟家送了一份贺礼，简洁没福气做佟家的媳妇，不过，郁可和小灿是好姐妹，也算是自己的女儿，他们两家仍是亲家。佟家夫妇见谭乐云如此开明，也就欣然接受了贺礼，并邀请谭乐云一定要参加他们的婚礼。

郁可和佟凯的婚礼终于举行，富丽堂皇的婚礼大堂，一只交响乐队正全情投入，激昂地演奏着，为婚礼营造出一种别样的气氛。

一对新人款款而来，在掌声和祝福声中，两人的笑容充满着幸福的味道。佟凯为郁可戴上戒指，郁可也把戒指套在佟凯的手上，像套住他一生一世。两人幸福地接吻，粉红的花瓣，和五颜六色的彩带从天而降。两人久久地拥吻在一起。

小灿的眼圈红红的，眼前出现自己结婚时，那帮要账人搅和婚礼的一幕。小灿握紧拳头，流下了眼泪。简易凑上来，替小灿擦去眼泪，低语一句："我打算为你再补办一次婚礼，绝对让你终生难忘。"

就在这时，简洁突然出现，小灿和简易吓了一跳，就连佟凯和郁可都有些惶恐不安了。

简洁眼眶红肿，气喘吁吁。谭乐云赶紧迎上去拉自己的女儿，生怕在人家婚礼上闹出不愉快的事情来。简洁挣开谭乐云的手，冲佟凯微微一笑，说了一句"恭喜"。

佟凯有些尴尬，新婚典礼，前妻来祝贺，这当中有多少诚意，有多少记恨，谁也说不清楚。

简洁还不算完，走近郁可，贴在她的耳边低语了几句。郁可怔怔地看着简洁，不知道她的话有几分真伪。

简易坐不住了，简洁出现在这种场合实在太煞风景。他拉起简洁的手就往外走。简洁出奇的平静，乖乖地跟在他的后面。谭乐云和佟家父母打了声招呼后，也跟着出去了，剩下小灿魂不守舍地继续结婚仪式。

繁乱的婚礼结束了，夜晚，新房内，佟凯和郁可相视而坐，郁可含情脉脉，佟凯满眼幸福。郁可靠近佟凯，偎在他的怀里："我们是奉子成婚，你可别瞧不起我，亏待了我。"

佟凯温和地开口："别瞎说，他是我们的孩子，我一定会疼爱你和孩子一辈子。”

郁可仰脸：“这可是你说的，你可别说话不算话，肚子里的孩子可听着呢。”

佟凯亲吻郁可，郁可回应着。

正当两人吻得天昏地暗的时候，一阵电话铃声不合时宜地响了起来。佟凯挺尴尬，郁可也觉得扫兴。

佟凯取出手机，看了看。

郁可盯着他，看出他有一刻的迟疑和紧张。

佟凯拿着电话：“我到外面接。”

郁可不由自主地问：“谁啊！”

佟凯有些不自然“一哥们儿，来不了，打个电话祝贺一下，我出去接。”

看着佟凯走出去，郁可忽然觉得心里很别扭。白天简洁的出现就已经让她觉惴惴不安了，现在，又多了这通莫名其妙的电话，这往后的日子里，还会出现什么意想不到的事情，她心里一点底儿都没有。

小灿回到家才知道，简洁出现在婚礼现场，不是对佟凯旧情难忘，而是那个混蛋乔宇阳，拿了简洁所有的积蓄，人间蒸发，消失不见了。

简洁哭得那叫一个梨花带雨，肝肠寸断。被男人骗了感情，那叫情商低，可被男人把钱也骗了，除了心甘情愿，就只剩下一个字“傻”，两个字“太傻”。

谭乐云早就预料到简洁和乔宇阳会是这种结局，乔宇阳肯接受离过婚的简洁，除了是真心爱，其他的就是奔着简洁的钱去的，这是秃子头上的虱子——明摆着的，明眼人一看就知道怎么回事，就简洁当局者迷，陷在乔宇阳的甜言蜜语里不能自拔。这怨不得谁，只能怨简洁太稚嫩、太没原则。感情是两个人的事儿，可金钱，一定是自个的事儿，还没怎么找呢，就把钱交了出去，这不是缺心眼吗？不骗你这样的傻瓜，骗谁啊。

这种事儿，做母亲的最心疼。女儿是自己养的，怎么就没随她半点优点呢？出事儿了，知道哭鼻子了，知道找她这个妈了，当初跟乔宇阳在一起的时候，差点要跟这个家断绝关系，那时候怎么就没考虑到她这个妈有多好，有多重要啊。

现在说什么都晚了，钱没了，人也不见了，简洁懊悔地真想从八楼上跳下去，一了百了。谭乐云不能让简洁就这么不清不楚地一了百了，她要让女儿知道什么叫吃一堑长一智。感情的伤，时间可以治愈，没的钱可以再去挣，这活下去的信念可不能没。乔宇阳就是个败类、人渣，犯不着为这样的人寻死觅活的，不值得。

简洁骂自己怎么就这么蠢，就没看出来乔宇阳对她的别有用心？从田家的泼油漆事件，到找老乡假扮他老婆，再到那个顾雅卿，乔宇阳设计的这些阴谋诡计，归根结底就是为了钱。而她就成了乔宇阳放长线，钓大鱼的鱼饵。当得知简家的房子成了顾雅卿的财产，他心中的那条大鱼非但没咬钩，居然还把渔线挣破了，他可不想费了半天劲儿，啥也得不到，拿一点算一点么，总好过一无所获。

原来乔宇阳做了这么多卑鄙的事情。简易一下子激动起来，难道顾雅卿亲妈这个身份也是乔宇阳设计出来的？真要是乔宇阳信口开河捏造的谎话，他一定要把乔宇阳碎尸万段。

这个信息让一家人看到了一丝希望，只要找到乔宇阳，一切都会大白天下。

找到乔宇阳似乎不可能，别说他藏匿在全国任何一个地方，就是猫在北京某条胡同里，找起来也不是一件容易的事。简易拉起他的朋友圈，想尽一切办法，也要把这个混蛋揪出来。

找不到乔宇阳，可以去找顾雅卿，她是女人，女人的怜悯心会让她说出实情的。小灿很有把握，她和顾雅卿接触过两次，觉得她很善良，并不像一个是非不分的人。她也想证实一下，能说出“女人啊，有时候要学会退一步，男人才能进一步”这样话的女人，会不会是一个昧着良心，搬弄是非的人。

小灿和简易去到他们以前的家，大门紧闭，整个院子看起来一点生气都没有。按了许久的门铃，也不见有人来开门，简易不死心，继续按门铃，可屋里依旧一点动静也没有，像根本没人居住一样。

小灿忽然想到，那天把顾雅卿送进医院后，就再也没有她的消息了，难不成她现在还在医院里？小灿和简易火速刚到医院，问了医生才知道，顾雅卿当天就出院走人了。不过，医生向两人透露了顾雅卿的病情，疑似癌症，需要进一步确诊，希望病人家属积极配合。这绝对是一道晴天霹雳，“咔嚓”一下，劈的简易五脏六腑粉碎性阵痛。

顾雅卿究竟去了哪里？简易发疯一般地找遍了各大医院，可顾雅卿就像人间蒸发了一般，没有了踪迹。

简易懊悔了很长一段时间，难道真的要等到失去了才知道惋惜？不管亲生母亲抛弃他的真实用意为何，他一样没有做到一个亲生儿子应尽的义务。他用冷漠回馈母亲生他的恩情，他伤的何止是母亲的心？简直是在要母亲的命。

3. 一封未开启的信

杨文喜带了一大堆东西来看谭乐云，告诉她缺什么，少什么只管开口，简至善不在，他有义务替好兄弟照顾他们一家老小。

谭乐云已是感激不尽，在他们家这种情况下，还有朋友肯向他们伸出援手，这份情义，她一辈子都无以为报。

杨文喜不要谭乐云的回报，他只有一个要求，今天必须带她去见一个人。谭乐云有些纳闷，什么人不能领家来，还要跑出去见面？杨文喜故作神秘，见了面就知道了。

在杨文喜的带领下，他们来到市郊一个星级宾馆。此时已经夜晚，宾馆里有些安静。宾馆内部装饰的富丽堂皇，弥补了一些空寂的感觉。

谭乐云不解地问："你带我来见谁，怎么住到这么偏僻的地方？"

杨文喜引领着谭乐云进了电梯，在电梯里，杨文喜答非所问："这儿的环境还不错，清净整洁，对了，宾馆后面还有个小湖，景色不错，你应该看看。"

谭乐云盯着杨文喜疑问道："你带我来这儿，不会有别的目的吧。"

杨文喜愣了一下，随即哈哈大笑起来："你想哪儿去了，我们这么多年的关系，我是那种人吗？"

谭乐云也跟着一笑："对不起，我多心了。"

杨文喜理解："也难怪，孤男寡女进宾馆，是会让人误会的。"

电梯"叮"的一声响，他们走出电梯，置身八层客房深邃的走廊上。

杨文喜按了门铃，等了一会儿，有人打开了房门。

门开的一瞬，谭乐云清清楚楚地看到站在门里的人竟然是简至善。

谭乐云愣住了，就像看到了一个上古恐龙的化石。

简至善站在门里，面容似乎憔悴了，眼神中带着请求原谅的诚恳和对自己所犯之错的忏悔与自责。

谭乐云突然转身，转身的瞬间，眼角闪过一抹悲愤。简至善疾步上前，一把拉住谭乐云："乐云，别走。"

谭乐云站定，背对着简至善，冷漠地开口："对不起，我来错了地方。"

简至善靠近一步："我们应该谈谈。"

谭乐云慢慢转过身，眼神里充满了怨恨："没什么好谈的，当你决定离开这个家的那刻起，我和你，恩断义绝，再无瓜葛！"

简至善心碎地摇摇头："不是的，听我解释，我也有难言之隐啊。"

谭乐云冷哼一声："你的难言之隐就是该如何让自己的谎言变得更有说服力，你的难言之隐就是在你伤害家人之后，再像一只可怜的狗，摇着尾巴请求谅解，我不想听到你的任何解释，解释就是掩饰，你还是掩饰好自己丑陋的嘴脸吧。"

简至善猝然放开谭乐云的手："你真的这么看我？"

谭乐云微微一笑，带着嘲弄和鄙视："这已经算是给你面子了，别让我撕下脸，免得大家难堪。"

简至善后退两步，万念俱灰。

杨文喜送谭乐云回去，两人坐在车里一句话没有。

杨文喜总想找机会和谭乐云说点什么，可谭乐云一直看着窗外，不动不语。

杨文喜咳了一声，终于开口："你应该给他个机会，听他解释的。"

谭乐云瞥了一眼杨文喜："要知道是去见他，你觉得我会去吗？以后这种事你还是不要做，也不要管。"

"可他……"

谭乐云及时打断："他怎么样和我一点关系都没有，他是他，我是我。"

杨文喜很为难："你真的这么恨他？"

“我们现在过得这种日子都是他一手造成的，你说我还会原谅他吗？你觉得我会当什么都不存在吗？我没那么大度。”

杨文喜被堵住了口，任何一个女人都没办法接受老公外面有另一个女人的事实，谭乐云也不例外。

临下车，杨文喜交给谭乐云一封信。信是简至善写的，信封上落款的笔迹，让谭乐云只觉得眼晕。她想都没想就要撕。杨文喜及时拦下，说：“看完信，你再决定要不要原谅他，多给他一次机会吧。”

谭乐云并没有看这封信，而是随手将它夹在书柜某本书里。她不屑看这封信，更不想原谅简至善。他给她带来的伤害，怎么可能是一封信这么简单地轻描淡写？她要离婚，她要跟他恩断义绝。

谭乐云没有把见简至善这件事情告诉简易和小灿，她觉得他已经跟这个家没有任何关系了，不能让他再来影响他们的生活。只要简易还认她这个妈，只要婆婆恢复的越来越好，她就有信心让这个家重新生机勃勃，重新收获快乐和幸福。

然而，某一天，冯丽突然找上门来，大哭大闹，说谭乐云跟杨文喜背着她干了些偷鸡摸狗的事，枉费她这么多年跟她的姐妹情深。谭乐云被冯丽弄得一头雾水，这是从哪儿道听途说的啊。

冯丽指着谭乐云的鼻子破口大骂，什么人民教师，为人师表？就是个破烂货，自己的丈夫不要你了，你就去勾引别人的老公？兔子还不吃窝边草呢，你这犯贱的手倒是伸姐妹的被窝里去了，真替你臊得慌，这儿子都娶媳妇了，好歹也给小辈的留个脸面吧，怎么着？这搞破鞋、第三者插足的事儿，你们家遗传吧，真是上梁不正下梁歪。

谭乐云哪儿受得了这样的辱骂，整个脸憋得通红，浑身不停地打战。这可是跳进黄河也洗不清的事儿，都怪杨文喜把她带到那种地方去见她不想见的人，这误会要怎么解释才能解释的开啊。

简易和小灿都不相信冯阿姨说的是真的，这里面一定有什么误会，就凭两家这么多年的交情，这种事绝对不会发生。

冯丽一口咬定谭乐云和杨文喜有奸情，这孤男寡女，大半夜去宾馆开房，不是去干那种事，还能干什么？说出大天她都不相信谭乐云和杨文喜是清白的。

就在闹得天翻地覆的时候，杨文喜匆匆忙忙地赶了过来。他这一出现，冯丽就更加撒泼野蛮了。她上去就跟杨文喜厮打起来，还一边鬼哭狼嚎："要不是我娘家给你拿钱开公司，你能有今天？现在好了，有钱了，也学会玩女人了，你这个忘恩负义的混蛋，我跟你没完……"

厮打中，杨文喜的脸被冯丽狠狠抓出一道血丝。杨文喜用力推开冯丽，气急败坏地吼道："闹够了没有？你不相信我，我无话可说，可乐云和你是多年的姐妹，你不应该连她都怀疑。"

冯丽龇牙咧嘴，能干出这事儿，还在乎姐妹感情吗？别以为住进这房子，就能当这房子的女主人，她一天不死，谭乐云就得当一天小三，她跟她势不两立。

简易实在看不下去，也听不下去了。这房子不住了，就算流落街头，也好过遭这份侮辱。他相信自己的母亲行得正，走得直。

谭乐云还在犹豫要不要走，杨文喜已经等不及了。都到了这个时候了，还有什么可隐瞒的啊，实话实说吧。于是，杨文喜把带谭乐云去见简至善的事说了出来。冯丽半信半疑，好歹不再大吵大闹了。简易和小灿愣在那里，不理解母亲为什么要隐瞒去见父亲的事。

谭乐云在这一刻才痛哭流涕，她是真的不想再和简至善有任何瓜葛。她可以对简至善不见、不理，可简易毕竟是他的儿子，她没办法阻止他们的血缘关系。她怕有一天会失去简易，怕有一天，真正的一家三口团聚了，她却成为最孤独的那个人。到那个时候，她真的是生不如死啊。

冯丽见谭乐云哭得如此伤心，小声地埋怨杨文喜："你早说，不就没这事儿了吗？都怨你……"

杨文喜没搭理冯丽，本来有重要的事情告诉谭乐云，被冯丽这么一闹，差点误了要紧事。

"顾雅卿可能不行了，至善让我通知你们赶紧去医院……"

话音未落，简易已经夺门而去。谭乐云惊愣地看着杨文喜，杨文喜问了一句："至善给你的信，你没看？"

4. 百万遗产继承者

顾雅卿真的得了癌症？老天为什么不能公平地对待每一个人？她已经遭遇过那么多的苦难，为什么还要让她承受病痛的折磨？难道做错一件事，就要用生命做代价吗？这代价也未免太惨重了。

顾雅卿形容枯槁，几乎奄奄一息。医生已经下了病危通知，她的生命随时可能结束。简易几乎傻眼了，这个躺在病床上，只剩下一堆骨头的女人，就是自己的亲生母亲。可他却残忍地不与她相认，还在为自己的委屈找各种拒绝她的理由。简易恨透了自己。什么都晚了，就算现在努力认真地叫上一万声"妈妈"都不能还给她一副健康的身体。他也终将遗憾地错失和亲生母亲的团聚。

顾雅卿的眼皮轻轻撩动了一下，涣散的瞳孔散着污浊的光芒。简易立刻扑过去，张了半天的嘴，那一声"妈妈"始终没能喊出来。顾雅卿的嘴角抽动两下，大家都能看出来，她是想给简易一个微笑。可这微笑的弧线对她来说，完成的几乎力不从心。简易慢慢地跪下去，心痛得几乎立即昏厥。他轻轻地握住顾雅卿的手，伴随着纷飞而来的泪水，一声“妈妈”终于脱口而出。

在场的所有人都垂下了眼泪，谭乐云的心忽然放下了，面对一个即将死亡的生命，还有什么想不开的呢？小灿趴在婆婆的肩上已经泣不成声，为了不让婆婆伤心，简易这一声“妈妈”憋在肚子里已经很久了。如今，简易终于了却了自己的心愿，可这一声“妈妈”来得太晚了。

简至善此时的心情极为复杂，二十多年前一次错误的行为，造成今天这么伤心欲绝的场面，他真想躺在病床上的人是自己而不是顾雅卿。杨文喜拉着冯丽悄悄地退出病房，冯丽吧嗒吧嗒地掉着眼泪，唏嘘着：“乐云太可怜了，养了这么多年的儿子，居然是替别人养的，唉……”

病房里，简易依旧跪伏在床边，他相信只要他一直跪着，亲生母亲就会一直在。顾雅卿努力地朝谭乐云伸了伸手，谭乐云站在那儿一动不动。顾雅卿徒劳地垂下手臂，轻轻地叹息了一声：“我知道你恨我，我也恨我自己……事到如今，我必须要澄清一件事，简易……简易不是我生的……”

时间在这一刻瞬间凝固，所有人的神经都紧紧地绷起，哪怕是轻微的呼吸，都有可能挣断这脆弱的神经。

“那个孩子的左耳后，有一块红色的胎记，我把他交给至善的时候，心想着，总有一天会凭着这块胎记找到我的孩子……”顾雅卿的声音微弱起来“老天是公平的，我没能养育他一天，老天就惩罚我和孩子永不相见……”

简易的那根神经一下子断掉了，他颓然地跪在那里，几乎没有了意识。

谭乐云捂住嘴巴，尽量不让自己哭出声。这意外的结果，让她悲喜交加。

顾雅卿慢慢地闭上了眼睛，她终于可以去到另一个世界和自己的孩子相聚了。

顾雅卿的葬礼结束了，这几天发生的事情就像做了一场梦，每个人都迷迷瞪瞪，总觉得这不现实。简易始终一言不发，面对这种戏剧化的转变他一时无法接受，他一直纠结着自己到底是谁的儿子。

谭乐云找出简至善写给她的那封信，把信交给了简易，这种情况下，简易比她更迫切地想要知道所有的真相。

简易慢慢地展开信纸，一字一字地念起来。

乐云：

我罪孽深重，死一百次也不足惜。

二十多年前，我背叛了你，也辜负了顾雅卿。我是一个自私、懦弱、不负责任的男人。若不是我胆小、怕事，顾雅卿的老公也不会威胁我，我更不会看着顾雅卿惨遭陷害而无动于衷。

顾雅卿的公司毁于一旦，她在监狱里生下一名男婴，她没办法把孩子养育成人，她只能把孩子交给我，毕竟我是孩子的父亲。可这孩子先天不足，出生没多久就夭折了。那个时候，你刚好生下简易，我怕你会受刺激，所以没敢告诉你真相。

八年后，得知顾雅卿出狱后去了南方，我的心踏实了很多。以为她这一去就再也不会回来了，我和她之间的恩怨也就烟消云散了。可是，没想到这么多年过去了，她居然又回来了。她辗转找到我，说想要回他的儿子。我告诉他儿子已经死了，她说什么都不信，非要去找你好好谈谈。我害怕了，求她不要去找你，除了儿子，我什么都可以答应她。没多久，她又来找我，一开口就要五百万。为了你和咱们的家，我答应给她五百万。可我手里哪来的这么多现金，于是就给她打了一张欠条。你一定很好奇，她为什么突然向我要五百万吧，这一切都是乔宇阳这个混蛋给她出的主意。乔宇阳让她派人在简易的婚礼上来要账，又假惺惺地帮我出谋划策，让我离家出走，宣布破产。我竟然相信了他，后来他居然提出以他的名义重新注册一家公司，我就觉得他这个人是有野心的。

这个时候，我是不能回到你们身边了。顾雅卿再次逼我，让我交出房产证。我一想，没了房子，我以后再挣，没了你和简易，我就彻底一无所有了。本以为她要了房子就相安无事了，没想到，在她知道简易真的不是她的儿子后，她突然病倒了。医生找到我，告诉我，她得了肝癌，已经是晚期了。原来，她早就知道自己命不久矣，这次回来，就是想见儿子最后一眼。

这就是整件事情的前因后果。乐云，我知道我没有脸求你原谅我，可我真的很爱这个家，爱你，爱我们的孩子。我知道这件事情会在简易的心里留下阴影，我想弥补，想真正做一回父亲该做的事。请求你给我一次机会，求你……

简易念完信，重新把信交还给母亲，他没办法替母亲做出选择。父亲在字里行间对这个家表现出的眷恋之情，已经让他原谅了父亲，父亲也有他的无奈和不得已。

谭乐云依旧坚持着离婚的态度，她没办法把这一页撕下去，即使撕下去了，那撕扯的痕迹仍旧历历在目，她做不到视而不见。

几天后，一位姓张的律师找到简易，让他赶紧去事务所办理遗产继承手续。原来，顾雅卿把简家的那套房子和自己名下的现金及存款，全部留给了简易。一夜间，简易就成了百万遗产的继承者，他和小灿懵了。

一下子有了这么多钱，简易心里不是滋味。这钱差点改了他的身世，他拿着总觉得不安心。小灿想的远，用这笔钱投资生意，回报的可不止两百万。简洁是个爱嫉妒的人，凭啥简易就白白得了两百万？她被乔宇阳骗走的钱，应该从这里面扣除一部分，毕竟乔宇阳和顾雅卿有过交集，她拿点儿补偿也是应该的。

简洁的无理要求遭到谭乐云的反对，要不是她鬼迷心窍跟乔宇阳缠在一起，乔宇阳能见缝插针把贪婪之手伸向简家吗？乔宇阳干了这么多的坏事，她简洁也有脱不了的干系。

简洁发起飙来，她都这么惨了，怎么就得不到家人的同情，她在这个家根本就没地位。盛怒之下，简洁昏了过去。送到医院，才知道，已经怀孕两个月了。母女俩抱头痛哭，女儿这是什么命啊，她这个做母亲的但凡多照顾一下，也不会发生这种事，谭乐云现在懊悔的不得了。

简洁死活也要把孩子生下来，谭乐云苦苦哀求下，无果，只能接受这个事实。

简易最后决定把顾雅卿留下来的两百万捐给慈善机构，帮助那些被父母弃养的孩子们。小灿非常赞同，这笔钱本就不属于他们，能拿出来帮助一些需要帮助的人，比留在他们手里更有价值。

小灿问过简易，如果顾雅卿在临死前，没有说出真相，他会不会后悔没有和她相认。简易一时回答不上来，人生就是有很多遗憾吧，如果可以选择，他希望将这个错误继续下去，这样，顾雅卿就不会带着遗憾离开了。

第八章　生活总是给我们意外

小灿被简易这个离婚决定惊呆了，她从未想过有一天会和简易面对离婚这个问题，她觉得离婚于他们太遥远，太不现实，她还期待着和简易执子之手，白头到老呢，怎么就突然到了要离婚这么严重的地步呢？小灿不能接受，更不相信眼前这份离婚协议书是简易起草的。

1. 我要写本书

简家搬回了原来的房子。搬家那天，冯丽跑了过来，拉着谭乐云的手，又赔不是又道歉，一副依依惜别的样子。冯丽这副嘴脸，让简易很不舒服。那天都吵成了那样，就算白给他住，他都不住。万一哪天神经搭错了线，再来胡闹，他可消受不起。

除了房子，从杨文喜那拿货的事也要重新考虑了。宁肯生意不做，也不能和这种人合作，他可不想母亲再遭人侮辱。小灿支持简易这个决定，不靠关系，凭自己的能力，这是简易初在生意场上打拼最需要证明的。

简易给大齐打了招呼，让他帮忙联系货源。

简易的决定下得很果决，可眼下，小灿也遇到了一件难以做出决定的事情。一位自称出版编辑的人，找到小灿，希望能把她发在网上的帖子，整理成册，出版发行。

这可是一件大好事，可小灿却觉得不靠谱。自己从来都没想过出书当作家这档子事儿，现在，居然有人主动联系，这不是玩笑就是找错人了。小灿在微信上拒绝了那个人的提议，可那个人还真有持之以恒的精神，居然亲自跑来和小灿面谈，其诚意让小灿觉得，拒绝别人是一件相当残忍的事情。

小灿是在他们约好的咖啡馆，第一次见到那位男编辑。此男看上去三十多岁，干净利落，一副无框眼镜，透着一股书卷气，可眼神却是极其的犀利，是那种令人费解的眼神。男编辑有良好的举止，一伸手，自我介绍：孟谦。

孟谦，人如其名，谦谦有礼。他是千文国际的策划编辑，很想找一位“80后”已婚女性作者，写一部关于家庭、婚姻、爱情的生活类图书。恰巧，小灿发在网上的那篇《我的婚姻我的家》的文章，一下子就击中了孟谦的神经，他坚定地认为，这就是他要找的作者。

小灿还是觉得这像是在开玩笑，根本不靠谱。她可没有当作家的细胞，在网上随便敲敲还成，出书？还是算了吧。孟谦给了小灿一份策划书，告诉她，打算把这本书打造成一部有思想、有深度、有意义的不同于其他图书的非传统读物，从封面包装到宣传营销，都要赋予此书最大空间的盈利价值，同时，也要把小灿推到一线作家行列，让小灿在不同城市，不同读者面前，展现“80 后”对婚姻的感悟、体会、倡导和交流。这应该就是这本书面世的最大意义所在。

小灿听完后，淡淡一笑，她要是位作家，这些想法的确具有诱惑力，可惜，她不是。目前，她只是一个在市场里忙忙碌碌地生意人，和文学八竿子打不着。再说了，因为在网上发这些帖子，她和婆婆之间还发生了很大的误解，如果真要把这些东西写成书，出版了，真不敢想，她和婆婆的关系会成什么样，小灿最大的心理障碍仍旧来自婆婆。

孟谦谨慎地回答：“这本书正好可以让你的婆婆对你有更多的了解，这本书绝对不是一般意义上的婆媳恶斗之类的小说，这是一部有教育意义的婚姻教科书，我们的方向是正面的。”

小灿耸耸肩，给了孟谦一个无奈地微笑：“很难想象，这本书出来后，我的处境会有多尴尬。”

孟谦理解地点点头：“所以，你必须要深挖婚姻里被人忽略的一些东西，这才是这本书夺人眼球的所在。”

小灿笑了：“我说不过你，但我还是坚持自己的意愿，对不起……”

孟谦仍在坚持：“不急，你回去好好看看这份策划书，一定会有一些东西触动你，让你情不自禁地动笔。”

“但愿？”

“当然。”

让小灿下了试一试，写一写的决心来自简易。简易觉得这绝对是一次千载难逢的好机会。这可是在搞文学创作啊，听起来多么高端大气上档次，说不定就一写成名了，他也好在外人面前炫耀自己娶了一位作家太太。这书一定要写，而且还要写好。

简易真的是拿出一百二十分的热情支持小灿，老婆这是要当文艺女青年的节奏。他还真不舍得让小灿跟着自己在市场里忙忙活活，那不是小灿该有的生活方式。为了让小灿踏踏实实地写作，简易不允许小灿再到市场上帮忙了。目前的头等大事，就是这本书，他可是满怀着百分之八百的信心，等待着小灿的处女作及早上市。

孟谦的策划书的确触动了小灿，而自己的婚姻、家庭、婆媳关系，无疑是最具典型的。如果真的写出来，能在“80后”的小夫妻，小家庭中产生共鸣，这也算是一件无上荣光的事情。小灿给孟谦打了电话，孟谦在电话那头表现得很激动。他要趁热打铁，约小灿出来见面，把这件事拍板钉钉。

孟谦开车带着小灿往郊区驶去。他们的目的地是一片湖水和湖岸上那一片绿色的草地。小灿被眼前的景色震撼了，她慢慢地走下车子，慢慢地向湖边靠近。孟谦跟在小灿的身后，脸上的笑容如天边的一抹彩云一样灿烂。

小灿张开双臂，眯起双眼，深呼吸：太美了！

“就知道你会喜欢这里，不错吧？现在有没有激发出你的灵感来？”

小灿扭过头：“真的不错，这地方真的太美了，不过，灵感是内心一闪而过的意念，很难被激发出来，我不会强迫自己去找灵感，我需要灵感来拉我的手。”

孟谦眺望湖的对岸：“我不会给你任何压力，这样，你写起来就没有太多的负担和各种杂念了。在一张白纸上，不论画出什么，都是有内容的，所以，放心大胆的写吧。”

“我既然答应你把它写出来，就一定会办到，我这个人最不怕的就是挑战。”

“那就接受挑战吧，我等着你胜利的消息。”

两人的合作在一片秀色湖光中开始了。

郁可听小灿说要写书，差点乐背过气去。成吗？别七天憋出六个字，她家厕所可不用这种手纸。小灿上去就咯吱郁可，郁可怕痒，直求饶："错了，我错了！我第一个去买你的小说，找你签名，留着升值。"

这还差不多，好姐妹就是要在精神和行动上给予支持。就像小灿一样，佟凯的一个求助电话打过去，她就赶了过来。佟凯被临时派去外地执行任务，他是一万个不放心把郁可一个人留在家里，只有小灿能担起替他照顾郁可的重任，把郁可交给小灿，他是一万个放心。

小灿临时搬进郁可家，一边她的文学创作，一边照顾郁可，给她解闷。姐妹两个聚在一起，还是像各自没结婚那会儿一样，聊八卦，谈人生，最后扯到了男人身上。首当其冲的目标就是佟凯。

小灿问："佟凯还背着你偷偷打电话？"

郁可叹口气："有时还会，不过我想开了，没什么大不了的。"

"两个再相爱的人也是有自己的空间的，别逼得太紧，对你俩都不好，知道吗？"小灿抚摸着郁可的肚皮，"还有他维系你们的感情，多幸福啊！"

郁可又叹了口气："我们俩现在还在培养感情阶段中，什么时候感情培养好了，我俩也老了，当初就不应该婚前有性行为。"

小灿安慰道："太悲观了吧，他对你还不错啦，最起码，这次去外地执行任务，他第一时间就给我打电话，让我来陪你，他心里还是很紧张你的。"

郁可点点头，问小灿："你和简易真不打算短时间内要孩子？"

小灿耸耸肩："顺其自然吧，怀上了就要，怀不上我也没办法。"

郁可拉过小灿的手："会不会是你们当中的一个有什么问题？"

小灿打落郁可的手:“有什么问题,我们俩健康着呢,甭操心我们啦。”

“你俩还是抓紧去医院检查一下，早查出问题，早治疗，别耽误了下一代，我还想和你定娃娃亲呢。”

小灿笑了：“这胎赶不上，还有下一胎，你这个丈母娘或婆婆，我预定了。”

“那你可要抓紧时间哦！”

小灿和郁可笑了起来。

2. 登山遇到的意外事件

小灿写书这件事，简易一个不小心说漏嘴了。本来小灿打算等书出版后再告诉家人，以免节外生枝，引发不必要的纷争。小灿最担心的就是婆婆这关，上次一条帖子都闹的人仰马翻，可想而知，十几万字的厚厚一本书，必会激起千层巨浪。小灿是一百个不愿意再跟婆婆起争执，能瞒多久瞒多久。可现在，瞒不住了，小灿必须要面对有可能爆发的战争。

简洁是第一个跳出来反对的，靠卖家庭隐私搏出位，这是想出名想疯了吧，你一个人丢人现眼不要紧，千万别拉着全家人下水，我们可不想上头条。

简洁果真就是小灿的死对头，小灿每做一件事，简洁就打心眼里看不惯。简洁至今还把乔宇阳背叛她的事，怪罪在小灿的头上。要不是小灿偏选在那个时候结婚，顾雅卿就不会大闹婚礼，乔宇阳也就不会起异心，设计那么多诡计，她也就成不了替罪羊了，她恨小灿，就不想看她的好。

谭乐云这次没像上次那样激动发飙，自从和小灿推心置腹地沟通后，她觉得和小灿之间的问题不在如何压制，而是在于沟通交流。为什么做同事的时候，可以将心比心，成了一家人后，反而事事戒备提防？她很想努力做一位好婆婆，她也希望小灿对她以诚相待。

这件事，谭乐云的意见很中肯。她是教师，知道艺术来源于生活的道理，只要别影射的太露骨，她还是可以接受的。她年轻的时候也有过文学梦，可梦终究是梦，离现实还有很大的差距。小灿真要能在这方面取得一些成绩，她认为这是一件好事。

简洁不认为这是好事，现在的读者神通广大，万一人肉小灿，他们家的每一位成员可就赤裸裸地曝光天下了。以后他们还怎么出门见人，还怎么生活工作，非要让外人戳我们的脊梁骨吗？

简洁这么一说，小灿还真有些打退堂鼓的意思。简易劝小灿，甭听简洁瞎嘞嘞，她懂什么？她这就是吃不到葡萄说葡萄酸，这事儿要是落她身上，她还不知道怎么到处宣扬呢。

这件事并没有闹到不可开交的地步，却给小灿留下了顾虑。不管这本书成不成功，她都是在拿全家人的颜面做赌注，她觉得压力很大。

在这种压力下，小灿的进度停滞不前，卡在那儿，动不得一笔。

孟谦知道了小灿的状况，约她去爬山。

他们要爬的这座山远离城区，驱车三小时才来到山的脚下。孟谦是个铁杆驴友，曾和驴友们向着丽江的玉龙雪山挺近。只可惜，当时没有登山经验的他，在无法克制高山反应的情况下，不得不原路返回，错失了登顶玉龙雪山的机会。不过，那次同去的驴友并没有登顶成功，一名队友不幸摔伤了腿，至今都无法站立行走。孟谦在遗憾的同时，也对自己的这一爱好产生了质疑。从那以后，他的爱好便成了一种奢望。

孟谦装备齐全，小灿也不含糊，一身登山服，看上去飒爽英姿。孟谦告诉小灿，只有登上山顶，你才会觉得，沿途的所有险境都是微不足道的。小灿信心满满，她需要一次这样的体验，证明没什么困难可以难倒她。

山路崎岖蜿蜒，树林茂密葱郁，空气清新纯净。在一段平坦的山路上，小灿举起相机，狠按快门，拍下大自然最美的瞬间。

山路越来越难走，小灿明显体力不支。孟谦决定原地休息一下，因为前面就是最陡峭的一段山路，他们需要储备能量，一鼓作气。只要顺利攀岩过去，他们就到达山顶了。

在他们身后，由四五个人组成的登山队，跟了上来。他们冲两人挥手，微笑，做加油打气的手势。两人热烈的回应，像浑身充满了力量。孟谦拉起小灿的手，跟上队伍，向着胜利出发！

最陡峭的山路出现在小灿的眼前，她不禁惊叫起来，她不敢相信几乎成九十度角的山路，怎么可能爬上去啊！孟谦指着前面的队伍，告诉小灿："看到了吗？手和脚就是征服这条斜坡的工具，相信自己，只要征服这座山，以后没什么征服不了的，加油！"

在孟谦的帮助下，小灿开始手脚并用，吃力地往上爬。不一会儿，小灿的体力完全透支，自己的呼吸声几乎盖住了风声。她抓住身边的荆条，脚下踩的是随时有可能滑落的碎石。她几乎不敢回头看孟谦，她只感觉到孟谦是用自己的身体将她往上托，不然，她早就摔下去了。

前面的队伍有人返回来帮助他们，孟谦这回走在前面，每走一步，都要回身拉小灿一把。后面的人紧紧地跟着小灿，指挥小灿如何用力，如何寻找支撑点。本来走得好好的，可旁边草丛里突然振翅飞起的一只鸟吓了小灿一跳。这一吓不要紧，小灿的脚下一滑，整个身子摔了下去。孟谦手疾眼快，一把拉住小灿的袖口，由于作用力，孟谦的身子也跟着滑下去。跟在后面的人救得了小灿，救不了孟谦，只见孟谦顺着坡度向下滚去。小灿吓得脸色惨白，她以为孟谦这回没命了。还好，孟谦凭着自己求生的意志，和多年的登山经验，在命悬一线的时刻，一把抓住身边的一棵小树，停止了急速下坠的危险。

走在前面的队伍发现了他们突遇的险情，赶紧返回实施救援。大家七手八脚地将孟谦从危险的境遇中解救出来，大家都松了口气。如果再继续下滑，孟谦极有可能会被突起的石头撞得头破血流，甚至脑浆迸裂。太危险了！小灿看到孟谦的脸上身上都被荆棘和石子划开了口子，渗着丝丝血迹。

孟谦最大的伤口在膝盖，已经血肉模糊了。小灿吓得只顾流眼泪，其他人赶紧想办法送孟谦下山。

他们是怎么下的山，怎么到的医院，小灿全然不知，她的大脑几乎空白一片。当医生替孟谦处理好伤口，告诉小灿，病人需要静养，短时间内不能下地行走，小灿的意识才清醒过来。她现在满脑子都是孟谦下坠时可怕的影像，她自责、懊悔、担心、难过，万一这次的意外造成了严重的后果，她一辈子不得安心。

孟谦的状态很好，他安慰小灿，这点伤对他是小儿科，他曾摔断过三根肋骨，现在不还照样登山运动吗？死不了，他命大着呢。

孟谦越这样宽慰小灿，她就越加觉得是自己害得他伤痕累累，她的不安就越加的深重。孟谦开玩笑，如果心里真的过意不去，那就来医院照顾他吧，反正在北京他没什么亲人。小灿毫不犹豫地答应照顾他，这是她责无旁贷的。只有这样做，才能减轻自己内心的不安。

孟谦住院的这些天，小灿早出晚归，把照顾孟谦视为最重要的事情。除此之外，她不知道怎么表达对孟谦的歉意。孟谦也习惯了小灿的照顾，若没有小灿陪在身边，他不知道怎么在医院里度过枯燥乏味的时光。这次意外受伤，也让他体会到有人照顾是一件非常幸福的事情。

经过几天的接触，两人可以像多年的老朋友一样畅所欲言，可以熟络地开各种玩笑。护士们都误以为他们是一对情侣，看他们的眼神都是充满着羡慕。小灿能够很坦然地面对这些误解，主要来自她磊落的心怀。孟谦就是一位亦师亦友的兄长，她尊敬他，信任他，仅此而已。

孟谦的伤很快就复原了，今天是最后一次换药，换过药后就可以出院了。孟谦执意要小灿陪他去处理室换药，他想多活动活动，多看看医院花园里的花花草草。最重要的是，他想和小灿多待一会儿。他怕出院后，小灿陪他的机会就没有了，他发现有点离不开小灿了。

好人做到底，这最后一班岗，她必须善始善终。换了药后小灿扶着孟谦走出处理室，走廊上，两人有说有笑。孟谦给小灿讲那天发生意外时的种种心理活动，他还没结婚呢，就这么死了，屈不屈啊！好歹不能在女士面前牺牲的这么狼狈吧，为了他的一世英名，必须挺住，他一咬牙，一发狠，得嘞！那棵小树简直是他的再生父母，他真想把那棵树挖回来，好好供养。小灿被孟谦逗得呵呵笑，竟全然不觉从三楼下来的刚做完检查的简洁和谭乐云正看着她笑得春风得意呢。

小灿和孟谦嘻嘻哈哈的从简洁和谭乐眼前走过，母女俩瞠目结舌。什么情况？市场不去帮忙，是为了写书，这早出晚归还真是有名堂，居然跑来医院扶着一个大男人笑得眉目飞扬，面露春潮？小灿到底唱的哪一出啊？

简洁可不会错过这意外的发现，能这么勾肩搭背地走在一起，这关系非同一般，是傻子都能看出不正常，小灿这么做简直伤风败俗。谭乐云尽量让自己冷静。事实到底如何，光凭眼睛看到的，也是说不准的。她不相信小灿会背着他们做些见不得人的事儿。简洁非要看个究竟，拉着谭乐云悄悄地跟在两人的后面。

简洁和谭乐云躲在一棵树后，只见小灿替孟谦拉了拉衣领，又替他把额前的乱发整理了一下，然后贴在孟谦的耳边说了些什么，最后两人笑得前仰后合。

“呸，不要脸。”简洁啐了一口，咬牙切齿。

谭乐云目不转睛地盯着不远处两个人的一举一动，只觉得面红耳赤。这种事她可是最看不过眼的，如今却亲眼看见自己的儿媳妇和别的男人打情骂俏，这简直是在考验她的忍耐力。

当谭乐云和简洁出现在小灿面前，小灿愣住了。再一看婆婆的脸色和看孟谦时的眼神，小灿意识到她的行为举止又一次引起了婆婆的误解。

气氛倏地紧张起来，孟谦感觉到了某些异常的变化，赶紧站起身，等待小灿给出答案。小灿冲谭乐云叫了一声妈。谭乐云面无任何表情，回了一句：“跟我回家。”

一到家，谭乐云就迫不及待地问小灿，那个男人是谁？和那个男人什么关系？小灿知道自己解释不清了，她可没有别的想法，就是出于歉意照顾一下他而已。

谭乐云这辈子最恨两种人，一是抛家弃子的负心汉，二是行为不检点的已婚女。简至善和顾雅卿就是例子。她决不允许这种伤风败俗的事，在他们家再发生第二次，她决不允许。

小灿见婆婆认真起来，这件事不说个明白，这一关怕是很难过去。于是，小灿把登山那天发生的意外说给婆婆听。临了又补充了一句：“他是我的编辑，我们的关系撑死就是一朋友，不像你想的那么复杂。”

谭乐云可不相信男女之间有纯粹的友谊，一撇嘴，说：“说得倒轻松，一个朋友？男女之间发生那种事，有几个不是从朋友开始的？”

小灿的脸唰地一下子红了，婆婆这么不信任她，这不是往她头上泼屎盆子吗？

谭乐云苦口婆心：“女人最怕走错路，尤其在结婚后，就更应该注意和异性的关系，别到时候丢了我们大家的脸。”

小灿有种被羞辱的感觉：“不能因为我嫁给了简易，就要和所有异性朋友断绝来往吧，我连这点自由都没有，这和旧社会有什么区别？”

“那你也得收敛点吧，和男人交往，不能表现得太过暧昧，很容易叫人家误会的。”婆婆的口气就好像她已经出轨了。

“误会？好吧，我无话可说，清者自清，我觉得自己并没有做什么见不得人的事。”小灿转身朝卧室走去。

谭乐云在小灿的身后喊道：“你可要对得起简易啊。”

3. 和“毕姥爷”做生意

简易这阵子忙得连饭都顾不上吃，他一门心思想多挣钱，让小灿过的舒心点儿。大齐托朋友靠关系，终于联系到了一家杭州的服装生产商，愿意给他们提供货源。简易和大齐赶紧请这家生产商在北京办事处的负责人吃饭，争取尽快谈成这笔生意。

北京办事处的负责人姓毕，东北人，四十多岁，身材精瘦，毛发稀疏，乍一看就像脱了毛的毛笔。大齐笑称这位负责人为“毕姥爷”，这样既显得亲切又不失礼数，谈起生意应该事半功倍。

“毕姥爷”的酒量不凡，简易和大齐加一块儿也没把人家怎么着。白的喝完喝啤的，啤的喝完喝红的，一圈儿下来，大齐的眼睛直了，简易也有些晕晕乎乎。我们的“毕姥爷”打着酒嗝，去了躺卫生间，回来时手里又拎一酒瓶，说再整二两，不醉不归！

简易和大齐硬着头皮又干了两杯，“毕姥爷”一见两位年轻人确有诚意，当即一拍桌子，许诺道：“咱们的生意做定了，明天我就直飞杭州，十天后，一手交钱，一手提货。”

简易和大齐算是松了口气，这酒都喝到嗓子眼了，“毕姥爷”再不拍板钉钉，他们俩指定抢着去卫生间来个轮番狂吐。

简易趁着还算清醒，问起“毕姥爷”有关合作的一些细节。“毕姥爷”沉着冷静，告诉简易，明天一早他就把所有相关的资料送到简易的手上。至于合同，可以好好仔细地看看，研究研究，觉得没什么异议，咱们再签也不迟！

“毕姥爷”是个爽快人，第二天，简易果真收到“毕姥爷”传真过来的包括服装生产商的营业执照在内所有证件的复印件，一应俱全，不容置疑。一式三份的合同，简易也来来回回看了多次，觉得万无一失，提笔签字，将合同回寄给了“毕姥爷”。简易心里的一块石头算是落了地了，就等着五天后验货付钱了。

一提到钱，问题又来了，杨文喜的货全是赊来的，既然不打算继续合作，这笔钱就要立马给人家还清。可还了杨文喜的钱，“毕姥爷”那边的钱就没办法如数划账。头一次做生意打交道，这种不信守承诺的事，他还真不好意思做。这可真把简易给难住了。大齐的意思是先把钱付给“毕姥爷”，反正杨文喜那边还有简易的爸爸这层关系，杨文喜还不至于连这点情面都不讲吧。简易不想再和杨文喜有任何瓜葛，既然要断，就断的彻底，这欠着他的钱，和跟他继续合作有什么区别？他可不想拖泥带水。一想到冯丽对母亲的那副嘴脸，简易就必须先把杨文喜的钱还上。

“毕姥爷”的货款差不多有十六万，当初谭乐云交给简易那十五万，现在也只剩下几万块了。这还差十多万呢，到哪儿去搞这么多钱啊，简易现在有些后悔把顾雅卿留下的遗产一分没留地全部捐了出去。哪怕少留一点儿，现在也不至于这么为难啊！

小灿知道了简易现在的难处，立马拉着简易去找自己的父亲田绍民借钱。田绍民一听孩子是拿钱干正事，当即就把银行卡拿了出来。交代小灿，里面有十万块，不够他再想办法，先拿去应应急。

简易感激不尽，挣了钱一定双倍奉还。田绍民让简易不要跟他见外，他的钱都是小灿的，也就都是你的。只要把生意做好做强，再要个十万二十万，他砸锅卖铁也要想办法凑齐。

小灿和简易前脚刚走，后脚田绍民就把这件事告诉了谢兰。谢兰一听就炸了，放着两百多万的遗产不要，非要充大尾巴狼，做善人，现在这俩人知道没钱万万不能了吧。

田绍民是非常愿意帮助女儿的，他攒下那么多钱自个也花不了，小灿是他和谢梅唯一的孩子，不帮她帮谁啊。谢兰不答应，这么多年，她老的小的没少操心，还不是看在姐姐的情分上？现在小灿嫁人了，婆家该出头的事，凭什么要娘家充大头？谁的钱是大风刮来的？必须让简易打欠条，让他知道这钱得来不易，不能惯着他一有个危难遭灾就先想到娘家，他已经是个大男人了，必须得有担起家庭的责任心，这样小灿跟着他才有安全感，才会幸福。

田绍民明白谢兰的意思，可他怎么好意思追过去让女婿打这张欠条啊。谢兰愿意当这恶人，她撂了电话直接去找简易，当着小灿和谭乐云的面，摆事实讲道理，硬是将一份欠条紧紧地握于手中。

谢兰来要欠条，简易非常理解。可谭乐云却觉得这田家根本没把简易当成一家人，一家人哪还分什么你的我的？这不明摆着跟简易藏心眼了吗？谭乐云忽然想到小灿和孟谦的事，心里甭提多别扭了。看来小灿也没实打实地跟简易一条心啊。

十天后，验货、交钱的日子到了。“毕姥爷”亲自押车，将货车直接开到简易租的小仓库门前。打开货车门，看着一车的货，简易心里甭提多激动了。有了货源，就不愁赚不到钱，他和小灿的好日子马上就要来临了。

“毕姥爷”跳上货车，撕开一包货的外包装，里面露出崭新的服装。“毕姥爷”又撕开第二包，第三包，第四包……简易赶紧阻止，再接着撕下去，搬货的工人可要费劲了，他还信不过“毕姥爷”吗？

简易算是验过货了，对这些货是一百个放心。交钱的时候，“毕姥爷”不要现金，说他没权经手这些钱，把钱直接划入公司账号。简易理解，公司有公司的制度，他一定配合。简易带着“毕姥爷”直奔银行，将十六万的货款打入对方的账号。

当天晚上，简易就带着小灿来到仓库，看着堆积如山的货物，小两口兴奋不已。这些就是他们全部的希望，也是他们的未来。简易搂着小灿，说：“给我一年的时间，我一定给你一个意想不到的未来。”

小灿满足地笑着，简易成熟长大了，她放心把自己的未来交给他。

自从被婆婆怀疑和孟谦的关系后，小灿没再主动联系过他。也许，在小灿的潜意识里，孟谦这个人物的危险系数还是相当高的。他未婚，独自一人在北京工作，这些因素很容易导致他对女性的渴望。小灿很清醒，她相信自己绝对不会让他有这样渴望的冲动。她要忠于简易，因为简易正在努力给她打造一个美好的将来。

本来小灿想就此打住写书的念头，正好也彻底断了和孟谦的来往。可有一天，小灿突然发现，自己存在文档里的书稿竟然不翼而飞，文档里一片空白。是谁删了她的稿件？这可是她辛辛苦苦，一个字一个字敲出来的。就算不出书，留着自己看也是一种享受。现在，居然被删除了，这个偷偷删掉书稿的人，一定对她有极大的成见。会是谁呢？婆婆？不可能，就算她再反对，也不会做这么不道德的事情。简易？更不会，他不是还期望着自己有个当作家的太太吗？除了婆婆和简易外，最大嫌疑的就只剩下简洁了，没错，一定是她。

小灿想都没想就去找简洁。到了简洁的房门前，没敲门，直接推门而入。简洁正在换衣服，听到开门声，惊慌地转过身。一看是小灿，冷冷地说了一句："不知道敲门吗？真不懂礼貌。"

小灿提着电脑进去，将电脑摔在简洁的床上，问道："你动了我的电脑？"

"怎么样？"

"你把我写的文稿删了？"

简洁冷笑："文稿？还真当自己是作家啊，别搞笑了，我看着不爽，删了。"

小灿愤怒了："你凭什么删我的东西？"

简洁直视小灿："你写了我们简家的事，我不同意，你必须停止。"

小灿也回以冷笑："你以为删了就能阻止我吗？我告诉你，我还就要写下去呢。"

"你这是损人利己的行为，简家怎么对不起你了，要写这样的书诽谤简家？"简洁恶狠狠地瞪着小灿。

小灿不知道怎么形容此时对简洁的恨意："你懂什么，这是艺术，你根本就不懂。”

简洁啐了一口：“狗屁艺术，就是想出名，不惜牺牲家人的名声。”

小灿气炸了，同时也激起了她继续写下去的斗志：“随你怎么理解，这书我还真就写了，谢谢你给我的勇气和信心。”说完，小灿提着电脑走了出去。

小灿这次是下了决心一定要把书写出来，她就不信，一本书能给这个家带来多大的伤害和名誉损失。小灿和简易商量后，决定去郁可那儿住几天。她需要一个安静的写作环境，家里有简洁在，就像在她身上安置了一颗定时炸弹，她没办法集中精神。简易非常理解老婆的心情，简洁就爱没事找事，小灿一个人在家的时候，他还真有点担心简洁会欺负小灿。为了杜绝这种可能，简易亲自把小灿送去郁可家，并告诉小灿，想住多久就住多久，想回家了，打个电话，立马来接。

谭乐云觉得小灿可真够侨情的，这写书都比老公重要了，宁肯抛下老公不管，也要做那种不靠谱的事。谭乐云有种不妙的感觉，再这样下去，小灿和简易之间早晚得出大事儿不可。

谭乐云预感的大事儿，不是出在小灿的身上，而是出在“毕姥爷”的那批货上。

“毕姥爷”的货很畅销，短短几天就批发出几百件，简易庆幸自己找了一家靠谱的供货商。根据“毕姥爷”提供的货，简易和大齐商量，从今以后，他们只做女装生意，因为这一块的市场需求相当大，把握住商机，一定会赚大钱的。

可简易万万没有想到，大齐去仓库拉货的时候，意外发现有几包货居然是半成品，不是袖子没缝，就是领子没上，再不就是一块裁剪好的布料，根本不是什么成品服装。大齐赶紧给简易打电话告知这一情况。

简易闻讯立刻赶过来，两人迅速查看了所有货物。结果，两人都傻眼了，眼前堆积如山的不是他们想要的服装，而是一块块没有拼凑起来的布料。完了，他们被骗了，这些东西在他们手里就是垃圾啊，十六万买回来一堆垃圾，这不是要简易的命吗？

简易懵了，整个身子就像被抛出云外，轻飘飘，晃悠悠。满眼垃圾，满眼不翼而飞的钞票，让简易的额头冷汗直冒。大齐也好不到哪儿去，他差点就瘫坐在地上。他可没想过十六万这么大一笔钱，换回来的居然是一堆没用的垃圾，他比简易还心疼，还觉得天就快要塌下来了。

简易没时间自责、难过，没时间缅怀被骗走的十六万。他要找到“毕姥爷”问他，和他无冤无仇，为什么用这种手段害他？大齐想拦下简易，可简易此时已经是一头发了兽性的狮子，拦是拦不住的。这个时候不让简易为受骗的事做些什么，发泄一下心里的怒火，他一定不会甘心。

简家最近真是多事之秋，谭乐云没觉得自己上辈子做过什么缺德的事，这辈子怎么就这么多灾多难啊。她最担心的还是简易，钱没了还可以再赚，简易从小没受过什么挫折，这次的事一定对他打击不小。她真害怕简易一时想不开再出什么意外。

小灿找不到简易，急的差点报警。简洁挖苦她，还在乎简易死活啊，写你的书，做你的作家梦吧。小灿没心情跟简洁在这磨牙，她知道简洁这种事不关己高高挂起的心态，整个一小人。

半夜，佟凯把醉得不省人事的简易送了回来。原来，简易去了那家生产商在北京的办事处，才知道“毕姥爷”跟这家生产商一点关系都没有，人家根本不认识什么“毕姥爷”。简易还不肯接受被骗的事实，打了无数次“毕姥爷”的电话，可电话提示音一直重复一句话：你所拨打的用户已关机。

“毕姥爷”彻底人间蒸发，或许，压根就没有“毕姥爷”这个人存在。

大齐也不知道这是怎么一回事，他向简易坦白，其实给他介绍“毕姥爷”的那位朋友，只是一网友，从未见过面。简易一听立马火冒三丈，抓过大齐就是一顿暴打。大齐理亏，不敢吭声。简易嚷着让大齐有多远滚多远，以后再也不想看见他。

简易懊悔得想从护城河上跳下去，可一想就这么死了，不白白便宜了那个“毕姥爷”？不成，就算死，也得拉着他一块。于是，简易去找佟凯，希望得到警察的帮助……

简易醉得一塌糊涂，任凭小灿怎么叫喊，简易一点反应都没有。谭乐云和简洁听到声音跑了出来，一看简易这副模样，吓得脸色大变，还以为出了什么意外。佟凯安抚大家，简易就是喝多了，睡一觉就会没事。谭乐云见到佟凯就像见到了救星，警察无所不能，抓个骗子绝对不成问题。她让佟凯无论如何也得帮帮简易。简洁对佟凯没有好脸子，也不领情送简易回家。她认为这是警察应该做的，人民警察爱人民吗。

佟凯没理简洁，婚都离了，还跟她计较什么呢。他只安慰谭乐云，让她放心，派出所已经立案了，相信迟早会将骗子绳之以法。

4. 我们离婚吧

小灿守了简易一夜，一会儿要吐了，一会儿口渴了，折腾到凌晨四五点钟才慢慢睡下。小灿松了口气，希望简易醉醒后一切都雨过天晴。但是，一觉醒来，等待小灿的却是简易递来的一份离婚协议书。

简易要跟小灿离婚？简易是被骗子骗傻了吧，不是，简易趁小灿熟睡的时候，认真、仔细、彻彻底底想了个通透。被骗的事怨不得任何人，包括好心的大齐。怨只能怨自己，太不长脑子，太稚嫩，太急于证明自己……他已经不是三岁的孩子了，他结婚了，有老婆了，他应该有能力照顾小灿并给她优质的生活条件。可是，他没做到这些，反而让小灿为他的不成熟提心吊胆，担惊受怕。小灿不应该跟着他过这样的日子，她那么优秀，那么可爱，他根本就配不上。既然不能给小灿幸福，那就不如放手，让小灿重新寻找自己的幸福。

小灿被简易这个离婚决定惊呆了，她从未想过有一天会和简易面对离婚这个问题，她觉得离婚于他们太遥远，太不现实，她还期待着和简易执子之手，白头到老呢，怎么就突然到了要离婚这么严重的地步呢？小灿不能接受，更不相信眼前这份离婚协议书是简易起草的。

简易递给小灿一支笔，说："在上面签字吧，我们离婚。"

小灿看着简易，眼眶里蓄满了泪水，

"我不能再拖累你了，跟着我实在太委屈你自己了。"

小灿打落简易手里的笔："懦夫，你这是在逃避。"

简易弯下腰拾起笔，再次递到小灿的面前："就算我是懦夫好了，我给不了你要的幸福，签字吧。"

小灿看着简易果决的样子，唰一下扯过协议书："你别后悔。"

简易点点头，再看一眼小灿，转身离去。小灿站在原地看着简易离去的背影，流下了眼泪。

小灿失魂落魄地走在大街上，她的眼前浮现出婚礼当天，她被简易拉到天桥上，当着那么多的路人对天起誓的画面：简易靠在栏杆上，向所有停下来看着他们的人高声喊道：朋友们，今天是我和我老婆结婚的大喜日子，在这天桥上，蓝天白云下，在你们的目光中，我发誓，我要爱她，疼她，照顾她，保护她一辈子，就算我简易以后什么都不是，什么都没有，我会把仅有的一块钱给她买泡面，我只喝汤！我相信，大家也相信，我不会混得只剩下一块钱！我有手，有脚，我会用我的双手为我老婆创造无尽的财富，快乐，健康和幸福。朋友们！为了我们永远地相爱下去，请你们祝福我们吧，假如有一天，我辜负了我的老婆，我就从这儿跳下去，不用你们接，我愿意为我的老婆奉献我的生命。

小灿停下脚步，对着马路上疾驰而过的车辆大声地喊道："简易，你是个大骗子，你对我的那些承诺全是屁话，你就是个超级大骗子。"小灿喊完后停顿数秒，忽然感觉到身边的行人都驻足观望着她。小灿扭头看向用好奇的目光观望她的行人，猛地大嚷起来："看什么看？再看，连你们一起骂！滚！都滚开！"行人们以为小灿疯了，纷纷散去。

简易坐在马路牙子上，正在大口大口地喝着啤酒，在他的脚下，已经横七竖八躺着喝光的啤酒罐。简易一边喝一边回想着婚礼当天他抱着小灿进入酒店的画面：简易抱着小灿慢慢前进，小灿幸福地将头靠在简易的胸前。简易轻声低语："老婆，现在什么感觉，特幸福，特开心，特感动吧！"

小灿闭上眼睛："特吵！"

"结婚嘛！就一个闹字，这才有气氛，咱可是头婚，越热闹越好。"

小灿皱眉："我有点紧张，看别人婚礼特浪漫，怎么到了自己头上这么麻烦啊。"

简易嘻嘻一笑笑："初学乍练都这样，习惯就好。"

小灿掐了简易一下："你还想多来几次练练？"

简易一疼，手一松，小灿的身体往下滑，两人同时大叫起来……

画面戛然而止。简易有些激动，随手将啤酒罐往身后扔去，结果，啤酒罐正好落在两个年轻小伙子脚下。

两个年轻小伙子停下来，其中一个冲着简易喊：“哎！哥们儿，没喝多吧，长眼睛没？”

简易晃荡着站起来，指着年轻人：“怎么着？找茬是吧。”

另一个年轻人来拉同伴：“一醉汉，甭跟他一般见识，走啦。”

简易吼起来：“我没醉，你才醉了……”

“甭理他，走啦……”

简易瞧着两个年轻人走了，自己不解气，一脚把地上的啤酒罐踢飞。

怡阁花园就在小灿的面前，这是郁可居住的小区，小灿犹豫了一下，还是走了进去。

怡阁花园很漂亮，有凉亭，有假山，有小桥，有喷泉还有一众休闲设施。小区里有商业街，咖啡馆、超市、发廊、网吧、酒吧一应俱全。此时正是小区里的人吃完晚饭，出来散步、遛弯的时候，小区里一片热闹非凡。

小灿上了小木桥，前面的一个独立单元就是郁可的家了。

小灿漫步向前走，突然，她一眼就看见走在她前面的一对男女正是郁可和佟凯。

郁可和佟凯手挽手，肩并肩，一副亲密无间的样子。小灿和两人的距离只有十米。看着两人的背影，小灿慢慢地停下脚步。小灿听到郁可这样问佟凯：“你喜欢男孩还是女孩？”

佟凯侧过头：“都喜欢。”

“要不要托人查查看？”

“不管男孩女孩都是咱俩的孩子，一样喜欢。”

郁可将头靠在佟凯的肩上：“男孩像你，女孩像我……”

小灿满脸都是羡慕，同时又为自己和简易之间感到失落。她怅然地转过身，往回走。郁可真幸福，她和简易到底怎么办呢？

谭乐云把简易和小灿闹离婚的事儿，怪罪在了孟谦的头上，觉得孟谦这个人的出现，简直就是来威胁儿子婚姻的魔鬼。没有这个人的纠缠，就算架把刀在小灿的脖子上，小灿都不会同意离婚的。可现在，小灿的心似有动摇，再让小灿跟这个魔鬼接触的话，这婚不离都不成了。谭乐云亲自去了千文国际，找到孟谦，狠狠地指责了孟谦这种乘虚而入，不道德的行为。

孟谦郑重的表示，他对小灿绝没有非分之想，这种莫名其妙的罪名扣在他的头上，这不但是对他的污蔑，更是对小灿的侮辱。如果对小灿连最起码的信任都没有了，这婚姻真的没必要再维持下去了。

被孟谦这么反戈一击，谭乐云就更觉得孟谦是个危险人物。不怕贼偷就怕贼惦记，好女架不住恶男缠。她怕小灿一时把持不住，真的跳进孟谦设下的迷魂阵，到时候后悔都来不及了。

谭乐云拿孟谦没辙，却一定能管得了小灿。她给小灿下了最后通牒：立刻，马上打消写书的念头，从今以后，不准和那个姓孟的有来往。

从婆婆的表情和语气上，小灿已经猜到婆婆一定是去找过孟谦，不然她不会反对的这么坚决。小灿觉得自己被冤枉了，她和孟谦明明什么都没有，为什么一定要怀疑出点什么关系来呢？这不是往她头上浇屎盆子吗？小灿的脾气也不是吃素的，你不让我们来往，就不来往了？那我小灿岂不连最起码的人权都被剥夺了吗？小灿明确表示，书，是一定要写的，她和孟谦的来往只会越来越频繁。

谭乐云心里是彻底没底儿了，这个时候小灿真要是同意离婚，简易就彻底完蛋了，生意加婚姻的重创，这不是要人命吗？她马上找到简易，让他赶紧打消离婚的念想，再不看紧小灿，小灿迟早会飞走的。

简易表现的出奇平静，自己已经一败涂地，还有什么资格拴住小灿，她能飞多高就飞多高吧，他祝福她。谭乐云见儿子这般沉稳，急的就差没跪地求儿子了。她舍不得小灿，除了小灿，她不知道谁还能适合做自己的儿媳妇。

就在这时，简洁突然打电话给简易，让他赶紧去东富路的绿岛咖啡馆，小灿正在和一男人约会。

小灿不是和男人约会，她是替婆婆来向孟谦道歉的。孟谦这个人坦荡磊落，婆婆毫无理由去找孟谦的麻烦，作为和孟谦有着合作关系的小灿，觉得婆婆这么做简直是冲动加不理智。孟谦不怪小灿的婆婆，他能理解一个当母亲的心，任何有损儿子利益的人都是坏人。她把他当成坏人，孟谦一点都不足为奇，倒是替小灿觉得不值。小灿是他见过最有原则和立场的女生，如果连小灿都要怀疑的话，这个世界上就没有人是可以信任了。

小灿觉得没什么值不值得，婆婆怀疑她也是情理之中的事，她不怪婆婆。只要自己行得正，走得直，她相信总有一天婆婆会明白的。孟谦知道小灿的压力来自婆婆，他告诉小灿，他不会催她写稿，如果真的到了必须放弃的地步，他一定会尊重她的选择。比起小灿的幸福，一本书的价值是远远不够的。

孟谦的善解人意让小灿感激不尽，不过既然答应要把书写完，写好，她一定会履行自己的承诺。不管前面的阻碍有多大，这本书她写定了。

简易赶到绿岛咖啡馆的时候，小灿和孟谦正从里面走出来。见到孟谦，简易的眼里冒着一股怒火。小灿怕简易一时冲动和孟谦起冲突，赶紧拉着简易先走一步。

简易和小灿并肩走在马路上，简易突然问：“你们在一起多久了？”

小灿猛地一愣，看着简易。简易停下脚步：“他比我好，和他在一起，你会更快乐。”

“卑鄙。”小灿紧咬牙齿，低吼道。

简易仰起头，看了一眼天空，长吁一口气：“离婚吧，之前我还在犹豫，现在我已经想好了。”

小灿气疯了，冲简易嚷道：“混蛋……在你眼里，我就是这样的女人？你根本不了解我。”

“也许我们压根就不够了解，正好，老天在这个时候把他派给了你，这就是天意……我们离婚吧。”简易直视小灿，态度坚决。

小灿摇摇头：“我很失望，没想到你这么经不起打击，宁肯放弃我，也不愿重新来过，你不是男人。”

简易的心像被一股电流击穿一般，已经不是疼痛，而是麻木到绝望。他还有资格拥有她吗？没有了，彻底没有了：“我不想和你吵，把婚离了，我们大家都解脱了。”

小灿在眼泪落下的同时，狠下心做出决定：“好，明天就去离婚。”

去民政局之前，小灿来和奶奶辞行。奶奶恢复的已经很好了，这一切都要归功于婆婆。小灿拥抱了一下奶奶，这个家，给她最多温暖的应该就是奶奶了。如今，要离开这里了，还真有些不舍。小灿的眼眶红红的，奶奶似乎察觉到了小灿的异常，一个劲儿地问怎么了？小灿强忍着眼泪，向奶奶一鞠躬，说：“谢谢这么长时间，您对我的照顾，谢谢。”

简老太太一头雾水，忙问：“这是干什么，小灿，你这是……”

奶奶还没问完，小灿已经含着眼泪跑了出去。

简老太太知道了小灿和简易去民政局办理离婚手续后，不依不饶，非让谭乐云去把两个人孩子追回来，这婚不能离啊，除非她死了，否则谁也休想在她活着的时候做出这种大逆不道的事情来。谭乐云也不想是这样的结果，小灿是她选的儿媳妇，她怎么舍得放走小灿呢？她真不知道简易这样做，是对还是错。

简老太太还在埋怨着："都是被你们逼的，离了也好，跟着咱这样的家庭，只能受委屈，婆婆厉害，大姑子不讲理，老公又不懂事，真是为难小灿啊。"

谭乐云默不作声了，也许自己真的做得过分了。

谭乐云待婆婆安稳下来后，走进小灿的房间。房间内，小灿的行李已经收拾完毕，两只皮箱就是小灿在这个家全部的家当。谭乐云打开衣柜，少数几件小灿的衣服还挂在那，谭乐云知道这是自己给小灿买的，小灿是不想拿走属于婆家的任何东西。谭乐云的心里有一丝酸楚。

小灿和简易的婚没离成。刚到民政局门口，二姨的电话就打了过来，说小灿的爸爸摔了一跤，现在正在医院呢，让小灿赶紧来医院。小灿一下子慌了神，也顾不上离什么婚了，撒腿就往街边冲，去拦计程车。简易见小灿急得眼泪都快流了出来，心想一定出大事了，毫不犹豫，拉着小灿就上了自己的车。在车上，小灿哆哆嗦嗦地告诉简易，去医院。简易没多问，一脚油门，车子开走了。

田绍民这一跤摔得不轻，直接从楼梯的第五阶台阶摔了下去。

田绍民为什么会从楼梯上摔下去呢？原来，谭乐云舍不得这桩婚姻就这么结束，才一时冲动给亲家打了电话，告知详情。本来她是想让亲家出面劝劝小灿，谁料想，田绍民一听这消息，立马坐不住了。离婚可是件大事，尤其是女孩子，走了这一步，这人生就不完整了。他不能对不起死去的妻子，他答应过她一定要照顾好他们的女儿。可现在女儿就要离婚了，他这个做父亲的不称职啊。田绍民急急忙忙走出家门，一门心思想要阻止女儿离婚。在下楼梯的时候一脚踩空，摔了下去。幸好谢兰此时正进楼栋，见姐夫摔得不轻，赶紧叫了救护车，将田绍民送去医院。

田绍民这一摔，摔出个骨裂，需要静养。小灿心疼地直抹眼泪，让爸爸安心在医院养着，她来照顾他。田绍民先前一肚子话想跟女儿说，可此时，看到小灿心急如焚的样子，硬是把话全咽了下去。谢兰让简易开车送他们回家，小灿不同意，坚持住院。谢兰说小灿啥也不懂，一个骨裂没那么严重，住院不是白花钱吗？在家养着，她照顾得比这些护士强百倍，不出一个月，这骨头一定长得跟先前一个样。

小灿还要坚持，简易碰了小灿一下，点点头。小灿回过神来，看了看爸爸和二姨，此时两人紧紧地相扶在一起，谢兰开玩笑："吃啥补啥，明天起给你煲各种骨头汤，一个月后，保准你壮得跟头牛似的。"

小灿想笑，可心里却是苦的。爸爸没问她跟简易离婚的事，可从爸爸的眼里，小灿能感觉得出那种带有责怪的心疼感。小灿赶紧上前扶住爸爸的手臂，田绍民侧过头看着女儿，说了一句："跟简易回家，有二姨照顾我，你们放心吧。"

简易顺势揽住小灿的腰，说："不如我跟小灿搬过去陪您住几天，二姨干不了的活，我来干。"

小灿不领简易的情，想从简易的怀里挣脱出去，无奈，简易楼得更紧了。

简易开车送岳父回家，在门口，趁二姨扶爸爸进屋时，小灿转身将简易拦住："你的任务完成了，这儿不需要你，请回吧。"

简易想留下，可小灿不给他这个机会，用力关上房门，把简易挡在门外。简易看着眼前紧闭的防盗门，内心百感交集。他忽然觉得离婚是件冲动的事，时至今日，他依然深爱小灿。也许岳父的这一跤就是天意，他和小灿仍有做夫妻的缘分。

借着岳父这一摔，简易来见小灿就顺理成章了，尽管小灿对他的态度依旧不冷不热，可他有信心一定会让小灿重新接受他。

小灿对简易不冷不热的态度，让谢兰觉得不对劲儿。平常两人总是腻在一起，你逗我，我逗你，秀不完的恩爱。可如今，两人别别愣愣，你瞪我一眼，我瞪你一眼，这分明就是小两口闹别扭的样子啊。在谢兰的追问下，田绍民才把简易和小灿要离婚的事告诉了她。谢兰一听，火爆脾气立马发作，这简家也太过分了，闹出这么多事，没跟你们计较也就算了，居然还提出了离婚，真是当田家人少好欺负。田绍民赶紧劝服住谢兰，小两口闹个别扭没什么大不了的，大人们还是别跟着瞎掺和了，这离婚也不是件简单的事儿，没准两人别扭几天就又恩爱甜蜜了，咱们还是睁一只眼闭一只眼得了。

谢兰也不希望外甥女的婚姻是以离婚收场，就算去简家大闹一场，泄了私愤，也解决不了什么问题。这件事还得找简易，是他先提出来的离婚，谢兰倒想听听简易是怎么想的。

简易见二姨提了这事儿，立马求二姨劝劝小灿，他不想离婚，不想失去小灿这个老婆。谢兰有些懵了，这离婚是你提出来的，现在反倒像我们小灿非逼着你离婚似的，你可别恶人先告状，反咬一口。简易哭丧着脸，都怪自己鬼迷心窍，以为离婚了就能给小灿幸福。其实他错了，错在没有一个做丈夫的担当，如果小灿肯原谅他，他一定重拾信心，重新来过。

谢兰心里画魂了，这小子是后悔了，放着小灿这么好的媳妇不要，看你还能娶家个仙女？谢兰脑子一转，告诉简易，小灿还在气头上，现在强行让你带她回家，这事肯定就崩的厉害。既然你有了重新来过的信心，那就用行动说话，小灿看到了你的成绩，自然就会跟你回家了。

简易觉得二姨的话在理儿，他是个顶天立地的大男人，没一番作为怎么能给小灿幸福。就算现在带小灿回家，他就能保证让小灿衣食无忧，幸福快乐吗？想到这儿，简易起身就走，让二姨转告小灿，他一定会接她回家的。

第九章　听说婚姻不简单

小灿把这件事放在了心上，郁可现在的状况不能再有任何闪失了，但佟凯到底有没有外遇，必须要弄个明白。与其直接问他，不如去找简洁，他们离婚或许跟这件事有直接的关系。

1. 郁可的纠结

郁可一直纠结着一件事，婚礼那天简洁对她说的那些话到底啥意思，什么叫步她的后尘？什么叫当别人的替身？难道佟凯真的在外面做了什么对不起她的事？还是简洁故意满口胡言，挑拨她和佟凯的关系？

郁可有些魂不守舍，有些闷闷不乐。她对简洁的话，不得不有所警醒。那个常常在半夜打进来的电话，她总觉得有些不对劲儿，可每次佟凯都会用不同理由说服她这只是一通普通的电话而已。如今，郁可不得不担惊受怕起来，简洁的话绝对不是什么空穴来风。

很快，郁可的这种担心就被证实了，原因来自佟凯的一条短信。

这天，佟凯回来很晚，郁可已经躺在床上睡着了。佟凯蹑手蹑脚地进了浴室洗澡。放在床边的手机突然震动起来，郁可警觉地睁开眼睛，看了看手机，又看了看浴室的玻璃门，佟凯魁伟的身影印在玻璃上，像一幅苍劲有力的图画。终于，郁可没能克制住自己的手，还是拿起手机。轻轻一按，短信内容曝光在郁可的眼前：什么时候来，孩子想你了。郁可的手微微抖动了一下，紧接着，心跳的厉害。

郁可心里嘀咕：孩子？谁的孩子？难道……

郁可不敢想了，赶紧将手机放回原处。待冷静后，重新拿起手机，将短信删除。然后用被子蒙住自己的头，蜷缩起来……

夜里，郁可睡得很不安稳，她依稀走进一片树林，黄昏的幽暗使得树林透着诡异和恐怖，不时有飞鸟扑翅而飞，打破了树林里的宁静。郁可赤着脚，踩在荆棘满布的草丛中，越往前走越觉得有一种危险在向自己袭来。突然，她听到前方传来一男一女的嬉笑声，那个男人的声音竟是如此的熟悉。她打了个冷战，加快了步子。

郁可的脚被荆棘刮伤，血丝满布，走过之处，留下斑斑血迹。

郁可看到了一男一女，当男人转过脸冲她微笑时，她惊讶地喊出来：佟凯！

佟凯朝郁可挥手，郁可慢慢地向佟凯走去。突然，那个披着长发的女人挡在佟凯的前面，笑容狰狞地瞪着郁可。郁可倒吸一口凉气，因为她看到女人的手里拿着一把刀，而站在女人身后的佟凯正用手捂着心脏。郁可看到佟凯的胸口有一个血窟窿，鲜红的血液不断地从窟窿里流出。郁可拼命地呼喊着佟凯，向女人扑过去，可女人手里的那把刀却深深地刺入了郁可的体力。

郁可“啊”的一声大叫，睁开眼。噩梦，郁可吓出一身冷汗。

第二天，郁可洋装赖在床上，等佟凯出了家门，郁可尾随在后跟了出去。佟凯在楼下拦了一辆计程车，看样子不是去派出所。郁可心里慌张起来,鬼使神差也叫了一辆计程车。两辆计程车一前一后在马路上行驶，郁可看见佟凯坐在车里打电话。

大约行驶了二十分钟，前面的计程车停了下来。佟凯下了车，靠在车旁，好似在等人。不一会儿，一个长发披肩的女人走向佟凯，两人交谈了几句后，女人和佟凯一同上了计程车，随后，车子开走了。

郁可突然想到了那个梦，梦里的女人和那个披肩长发的女人竟是如此相似，郁可突然感到一阵窒息，并吩咐司机跟上去。

司机从后视镜里看了一眼郁可，脸上写满同情。

车子驶向郊区的方向，马路上的车辆少了很多。司机问郁可：“这是去田下区的方向，你还要跟过去吗？”

郁可心里很紧张：“跟上去。”

司机应了一声：“好嘞，您坐稳了。”

车子的速度越来越快，突然，郁可感觉到肚子有丝丝的疼痛，她用手捂着肚子，大喊司机：“掉头，马上掉头！”

司机转过头看，吓了一身冷汗：“你没事吧。”

“我肚子疼，快送我去医院，孩子一定要保住。”

司机有些慌，但还是沉住气，在前面的路口调转车头。

小灿接到医院的电话，一刻也不敢耽误，火速赶到了医院。索性郁可和孩子有惊无险。

郁可终于见到了小灿，就像见到了拯救她的天神，立刻扑进小灿的怀里，“哇”地一声哭了起来。小灿见郁可哭得如此伤心，就知道一定是出了什么大事。

果不其然，当郁可哭诉着把事情的来龙去脉说给小灿后，小灿气的直接从椅子上跳了起来，并大骂佟凯不是人。小灿这么一骂，郁可哭得就更加伤心了。如今看，佟凯有外遇的事是千真万确的，那她和肚子里孩子的将来该咋办啊？

小灿这才意识到，自己的情绪已经严重影响到了郁可。事情还没弄清楚，不应该给郁可造成更重的心理负担。如果这只是一场误会，而郁可又因此受到身心的伤害，那才是无辜呢。当即，小灿就宽慰郁可，在事情还没弄清楚之前，所有看到和听到的都不是事实。一切都要朝着好的方向看，一切都要以肚子里的孩子为重。

小灿的宽慰根本无济于事，郁可现在满脑子都是那个女人和孩子，她宁愿相信自己的眼睛，女人和短信可是假不了的。小灿非常理解郁可此时的心情，如果换作是她，她也会失去理智，又哭又闹。可是，如果就这样去逼问佟凯，弄不好会适得其反，反倒会让郁可受伤更深。小灿提醒郁可：“你必须装作什么事都没有，我们才能偷偷地调查，杀他个措手不及。”

郁可吸了吸鼻子，此时此刻，她没有别的办法：“就算离婚，我也得弄明白究竟怎么回事。”

小灿搂紧郁可：“记住，要沉住气，这种事是要打持久战的……”

小灿把这件事放在了心上，郁可现在的状况不能再有任何闪失了，但佟凯到底有没有外遇，必须要弄个明白。与其直接问他，不如去找简洁，他们离婚或许跟这件事有直接的关系。

果然，简洁当着一家人的面，告诉小灿，佟凯外面的确有女人，而且这个女人很漂亮，她和郁可根本没法比。小灿还是被这个消息惊呆了，当初简洁离婚，说佟凯有外遇，全家人包括她自己都不相信。现在看，简洁离婚多半原因是出在佟凯身上。

简洁幸灾乐祸，亏她及早抽了身，现在只可怜郁可肚子都大了，还要担心老公会不会不要她。

谭乐云最了解女儿，这种心态简直是不道德的。她告诉小灿，只管替郁可做主，必要的时候，她也会为郁可伸张正义，她最讨厌那种破坏别人家庭的女人。

小灿按着简洁给的地址，找到了那家名叫“风雅”的女子养生会馆，见到了那个叫文雅的女人。女人的脸极其精致，皮肤白皙有光泽，眼睛大而有神，唇红而娇小，鼻翼挺直，眉不画而浓，两排睫毛将眼睛的轮廓衬托的更为妩媚。小灿暗自惊叹，如此美貌实为人间极品。

当郁可看着手机里文雅的照片，默默地，一言不发。

小灿看着郁可，极为担心地开口：“郁可，你说点什么吧，或者骂几句，哭几声，你这样憋着，对肚子里的孩子不好。”

半天，郁可慢慢转过脸看小灿：“我有什么资格骂？有什么资格哭闹？她的确比我漂亮，比我有气质，佟凯能看上她，也是情理之中的事啊。”

“可你是佟凯的合法妻子，他们这样做是不道德的。”

郁可抬起头朝窗外看看：“我不会哭，也不会闹，我相信，只要我把孩子生下来，他就不会那么绝情地弃我和孩子于不顾。”

小灿执着地说：“可他背叛了你啊。”

郁可冲小灿微微一笑：“我可以原谅他，男人都有这个毛病，就算我找他问个究竟，又有什么意义呢，很有可能鱼死网破，到时候，我就真的什么都没有了。”

小灿心疼地看着郁可：“你变了，变得不再争强好胜了。”

郁可低头抚摸着肚子：“是他改变了我，自从怀了他，我才知道，以前的我有多幼稚，我一定要为孩子负责，给他一个完整的家。”

“你真坚强，换作我，我没办法这么做。”

郁可拉着小灿的手：“等你怀了简易的孩子，你就知道一个男人的存在是一个女人多么大的鼓励和依靠，都说女人要自主，可没了男人，女人实在太辛苦，太悲剧了。”

“你信宿命了？”

“算吧！我要争取把佟凯夺回来，这就是我的宿命。”

“你有把握？”

郁可摇摇头：“我也不知道，但我有信心，我相信佟凯对我还是有感情的。”

小灿拍了拍郁可的手：“你真变了，为了男人，为了孩子改变自己，你比我有勇气。”

郁可送走小灿后，把自己关在卧室里。

她靠在床上，瞪着眼睛，忍了又忍，还是没能阻止眼泪掉下来。一旦眼泪掉下来，就如决堤的洪流，一发而不可止，直至变得凶猛咆哮。

2. 我相信，他会慢慢好起来的

小灿一直想找佟凯聊聊，可又怕面对时，不知道该怎么挑明此事，她必须要对郁可负责。倘若郁可没打算原谅佟凯，她小灿大可以撕破脸，让佟凯给个说法。可郁可为了孩子，打算挽救他们的家庭，她小灿所说的，所做的，就不只代表她一个人了。小灿很头痛，劝说别人和劝说自己完全是一样的艰难。

郁可的改变让小灿很心痛，郁可那么一个乐观、无忧无虑的人，却在爱情面前成了相信宿命的人，这爱情未免太伤人。就像她和简易的婚姻，真的走到了尽头？这几天简易突然失去了踪迹，让她的心着实有些不踏实了，要不要离婚，她还真就拿不稳主意了。就在这个节骨眼上，孟谦又打来电话，约她一起去听一个文学大师的演讲。小灿拗不过孟谦，勉为其难地答应了下来。

会展中心二楼的小型会议室里，被临时改成了文学大师讲座的会场。一位六旬老者，声情并茂，口若悬河地讲述着。台下，一群男男女女或全神贯注，或表情严肃，或仰视崇拜，或全情投入地欣赏着这位文学大师对文学的精辟解读，不时引来现场阵阵掌声。小灿坐在其中，在她的身边，孟谦同样以欣赏的目光，注视着台上那位老者。小灿却觉得枯燥乏味，文学大师讲的根本与文学毫不相干，从他的创作说起，居然一下子跳到了国际战争的话题。让小灿觉得这人不是搞文学创作的，根本就是个军事家。小灿实在听不下去了，起身就走。孟谦弓着腰从听众席退出来，脸上写满了歉意。

孟谦追上小灿，拉着她进了一家咖啡馆。小灿不情愿地坐在他的对面。孟谦呷了一口咖啡，突然问道："你幸福吗？"

小灿手一哆嗦，目光停在咖啡杯上。

"你不幸福，或多或少还有一点不快乐，因为你的家庭会给你无形的压力，你被压在其中，很难找到解脱的办法。"孟谦的眼神刺入小灿的体内。

小灿慢慢地收回目光，脊背靠向椅子，坐直身体，抬眼看着孟谦。

孟谦继续追问："我说的对不对？"

小灿突然发出一阵笑声："你最近是学心理学了吗？怎么开始关心起这些事情来了？"

孟谦竟然说了一句："我关心的是你幸不幸福。"

小灿心里紧了一下。

孟谦盯着小灿，目光很紧。

小灿有些不自在，想躲避这样危险的目光。

孟谦开口："我越来越发现，你身上的某些东西，正是我这些年一直在寻找的，你明白吗？"

小灿摇摇头。

孟谦紧追不舍："你明白，只是，你不敢正视。"

小灿抬眼："你错了，你的感觉都错了。"

孟谦很激动："没错，我相信自己的心，它在告诉我，不要放弃。"

小灿很尴尬："你必须放弃，你的心在欺骗你。"

孟谦突然伸出手，抓住小灿的手臂："我可以证明给你看，我说的都是真心话。"

小灿甩开孟谦的手："对不起，我想你误解了我们的关系，我说过，除了朋友、老师的关系，我们之间不可能存在别的关系。"

孟谦再次伸手去抓小灿，却抓了个空："为什么不给自己多个选择的机会，你不应该生活在那种环境里。"

小灿嘴角向上扬起："我很幸福，你的心理学没有学好。"

孟谦靠近椅背，看着小灿。

小灿起身："对不起，如果你想改变我们的关系，我只能放弃写这本书了，我们的关系必须单纯，明白吗？"

就在小灿转身之际，电话突然响了起来。小灿赶忙接听，却听到电话里谭乐云虚弱、颤抖的声音。小灿一下子慌了，一把拽住孟谦，急迫地说："简易出事了，简易出事了……"

医院里，抢救正在进行。护士进进出出，匆匆忙忙，一副危及紧迫的样子。婆媳俩此刻抱团在一起，相互安慰，相互支持。如果简易真有什么不测，她们俩也不会好过了。

佟凯和同事赶来了，据目击者提供的线索，简易是被至少五个人群殴致伤，那伙人出手快、准、狠，打完人后扬长而去，根本没时间记住那伙人的相貌。如此看来，破案的难度肯定很大，现在就希望简易快点醒来，为警方提供更有利的线索。

谭乐云恨得咬牙切齿，谁这么跟简易过意不去啊，简易已经够倒霉了，难道还要搭进去一条命不成？小灿见婆婆痛不欲生，心里甭提有多懊悔了，如果她肯给简易一次机会，如果她能陪在简易身边，今天这事儿绝对不会发生。可世上没有后悔药，小灿只能祈求老天，让简易逢凶化吉。然而，抢救结束，医生给出的结果却是：醒来的概率只有百分之三十。

大家都明白，百分之三十的可能几乎微乎其微。小灿的心就像掉进了万丈深渊，从今以后，简易就要躺在病床上了吗？从今以后，自己就要面对一个无知觉，无感觉的活死人吗？怎么会这样？好好的一个人，怎么就成了这样？小灿的心，疼的就像有刀子在一刀刀割一样，她恨不得用自己的生命来换回简易的苏醒。谭乐云也是如此，巨大的悲痛让这个爱子如命的女人，一连昏厥过去几次，她觉得自己的生命支柱轰然倒塌。没有了儿子，她活着还有什么意思？

小灿担心婆婆伤心过度，叫佟凯先送婆婆回家，她要守着简易，她怕简易突然醒来看不到她。婆婆走后，小灿一个人站在重症监护室的门外，透过玻璃，看到浑身插满管子的简易。他一定很痛苦，不然他的眉头不会紧紧地深锁在一起；他一定想挣扎着醒来，不然他的拳头不会紧紧地拳握着。小灿深信，简易一定会醒来，她的耳边隐隐传来简易的呼喊，那声音充满着对生命的不舍不弃。

“娶了你是我最大的荣幸，你放心，不管咱家出了什么天大的事，我会一直陪着你，直到我倒下去的那一天。”

小灿的脸上挂满了泪水，她擦了擦，抬起头，竟发现孟谦就站在她的身边。

小灿幽幽地问了一句：“你没走？”

孟谦向小灿靠了靠：“我不放心你一个人留下。”

小灿有些激动，泪水再次夺眶而出。

孟谦伸出手搭在小灿的肩上：“想哭就哭出来吧，你需要释放。”

小灿的头慢慢靠向孟谦，最后扑倒在孟谦的怀里，放声痛哭。

孟谦一直陪着小灿守在病房外，病房内的简易看上去生命的体征微弱纤细。

孟谦看着小灿：“你很爱他，他应该为了你的这份感情活下来。”

小灿看着病房里的简易：“我以为我可以放弃这段感情，可看到他躺在病床上的样子，我没勇气割舍我们之前所有的一切，我不能骗自己。”

孟谦点点头：“我明白，你们的感情已经超越了生死，这是很难得的。”

小灿的目光转向孟谦：“当你真的深爱一个人的时候，你什么都可以不计较，什么都可以不要，我现在只希望他能快点醒来，就算他只是躺着，至少他的眼里有我。”

孟谦有些动容，低下头，半天，才慢慢抬起来，看着小灿：“你考虑好了？今后，有可能你要面对一个只有心跳没有意识的躯体，这会是一个漫长而又残忍的过程，可能一辈子，可能几年……”

小灿点头：“我想好了，这辈子不会离开他，我有信心陪他走完一生。”

“值吗？”孟谦直直地看着小灿，眼里有些不忍，“对不起，这个时候我不该这么说，可为了你的幸福和快乐，我想拉你走出现在的困境和阴霾。”

小灿微微一笑：“谢谢你，可惜我的心里除了他不会再有任何男人的位置，包括……包括你。”

孟谦的眼神黯淡了下来，有丝失落。

小灿的心里突然豁亮起来，她知道她该如何选择了：“我们是好朋友，我相信，在我遇到困难的时候，你一定会愿意伸出手帮我一把，但这和爱情无关，我不能把我的心给了简易又给你，这对你不公平。”

孟谦还是不肯放弃，急促地说：“我不介意，我愿意和你一起照顾他，一辈子……”

小灿的眼泪蓄满眼眶，这应该就是感动。

“给自己一次机会吧，你这么年轻，这种苦不该降临到你的身上。”

小灿擦了擦眼角的泪水，脸上浮现出一丝希望的光芒：“我觉得老天爷不会对我这么残忍，我坚信，这种苦只是短暂的，我和简易还有六十多年的时间，这中间，我相信，他会慢慢好起来的。”

3. 文雅和她的孩子

郁可听说了简易的事，非常惦记小灿。电话打过去，两个好姐妹抱着电话痛哭一场，都在为各自的不幸感到难过。如果说，郁可的不幸是丈夫的出轨，那么小灿的不幸才是锥心刺骨的。毕竟郁可还可以天天看到佟凯，而小灿却要天天面对一个不说不笑，不言不语的病人，这种痛岂是郁可能体会到的？

和小灿的不幸相比，郁可觉得自己的不幸简直不值一提。她去见过文雅，文雅的大方得体，知性美丽竟让她恨不起来。她居然还成了“风雅”会馆的会员，文雅亲自给她制定了一套产前保健按摩，她那么温婉，那么亲和，那么小心翼翼，就像郁可肚子里的孩子是她的一样。郁可不但没有了恨意，还觉得文雅和佟凯能够在一起竟是情有可原的。郁可也不知道自己怎么会有这么变态的想法，难道还真想把丈夫拱手让人？怪就怪，文雅全方位的优秀，简直优秀郁可千倍万倍。

郁可成了“风雅”的常客，郁可和文雅的关系也在潜移默化地发生着改变，这一切的改变源于郁可肚子里的孩子。郁可爱极了自己的孩子，这个孩子是她和佟凯唯一有希望在一起的保障。她要保护好自己的孩子，要让孩子健健康康地出生，给他最幸福的生活和最完整的家庭。郁可的宿命是要挽救回老公的心，她不能像一般妇女那样，去和佟凯大哭大闹，更不能和文雅撒泼厮打在一块。如果这样，孩子会保不住，老公的心也会保不住，到时候，她可就真的孤独一生了。郁可明白，只有孩子才能和文雅一决高下。她良苦用心接近文雅，是在走一步险棋，知己知彼才会百战百胜。她要让文雅知难而退，主动退出这场游戏。

郁可接近文雅，最主要的是想知道那个孩子是不是佟凯的。可是和文雅接触下来，并没有那个孩子的半点蛛丝马迹，就好像那条短信是错发的一样，压根儿就没那么一回事。郁可有些动摇了，她在怀疑这件事的真实度，没有亲眼所见的不一定就是事实。

郁可带着这种疑问来到医院，她想听听小灿的意见。小灿觉得郁可的怀疑不是没有道理，光凭简洁的片面之词，可信度的确很小。可郁可亲眼看见佟凯和文雅上了同一辆车又该作何解释？郁可突然觉得脑袋又肿又涨，她告诉小灿，她宁肯相信一切都是假的，也不想再继续追查下去了。就这么生活下去，可能对谁都是好事。

郁可选择妥协，是不想有更多的人为难。这种牺牲、隐忍，不是认输，而是一种胸怀。郁可的世界里，从来都是自我的。而今，为了孩子她可以选择这样做，小灿在心疼之余，还由衷地敬佩她。这不是一般人都能有的胸怀。

郁可拉着小灿的手，“如今，简易还在沉睡中，你这样的守候不也是一种胸怀吗？为了心爱的人，我们可以改变自己，因为，我们不会再遇到另外一个人了。”

小灿被郁可弄哭了，郁可见小灿哭，自己也跟着哭了起来。这时，一脚门里，一脚门外的谭乐云见到此景，还以为简易出了意外，赶紧放下手里的保温瓶，冲到病床边，却见简易依旧昏睡着。

这边，小灿和郁可赶紧擦去眼泪，平息情绪。那边，谭乐云望着沉睡的儿子唉声叹气。这些日子，婆婆苍老了很多，家里接连出了这么多事情，婆婆一个女人家，再要强，再硬挺，也不得不向命运屈服了。

谭乐云干巴巴地望着儿子半天，一扭头，这才发现郁可的肚子又大了很多。作为一个生过孩子的过来人，谭乐云暂时抛开了儿子，极其关切地询问起郁可现在的状况。

郁可对小灿的婆婆很是敬畏，多半是因为佟凯的关系，不管怎么说，佟凯也叫过谭乐云妈，这关系有些尴尬，有些别扭。倒是谭乐云早把这茬儿给翻篇了，女儿折腾是她自己的事，佟凯对她这个丈母娘还是尊敬的。总不能让女儿吃着碗里的还看着锅里的吧。

谭乐云现在什么事都能看开了，儿子成了这样，女儿也大着肚子养在娘家，怨天怨地还不是自讨没趣？还不如放宽了心，健健康康，不给任何人添麻烦。

看见郁可，谭乐云又想起佟凯出轨这档子事，身为女人的她，很了解一个孕妇此时最需要的是关怀和安慰。但有些事不说不行，藏在肚子里总觉得对不住那个人。就像现在谭乐云的肚子里就藏着一个秘密，有关文雅的秘密。

无巧不成书，世上的很多事都是因为一个“巧”字，才会上演一出人间大戏。这谭乐云和文雅又有怎样的渊源呢？这还得从顾雅卿去世后说起。

顾雅卿的去世让谭乐云顿悟了很多人生道理，她慢慢地放下对顾雅卿的恨意。在简易向慈善机构捐出了顾雅卿留下的全部财产后，谭乐云突然觉得人活在这个世上，不一定什么都要握在手里，很多东西失去后才会有所价值。谭乐云觉得该为这个社会做点什么了，于是经同事的介绍，去到了郊区一家孤儿院，在那里做起了义工。

这家孤儿院收容了近百名孤儿，有的是被父母遗弃的，有的是父母双亡，无亲属领养的。在这些孤儿里，有一部分是有先天疾病的，或聋或哑，或痴或呆，陪伴在这些孤儿身边的，多数都是像谭乐云这样的义工，不计报酬，不计辛苦，用自己温暖的怀抱，抚平这些残障儿童的心灵。

这天，谭乐云穿着义工的衣服，在孤儿院长长的走廊上打扫着卫生。和她一起的是一位和她看上去年龄相仿的女人，两人一边聊天，一边打扫。

女人：“你新来的？”

谭乐云点点头：“这次是第二次来，你呢？”

女人直起腰：“我在这儿都做了五年了，每周两次，雷打不动的。”

谭乐云笑笑："你算是老人了，见证了不少孤儿从这里进进出出，真了不起。"

"没啥了不起，我自己也是个孤儿，能被安排在一个幸福的家庭里继续生活，我觉得老天对我不薄。"女人说到自己也是个孤儿时，表情平淡的一如平静的湖面。

谭乐云看着女人："这里的孤儿都能被认领吗？"

"那得看缘分了，瞧……"女人指了指秋千旁边坐在轮椅上的一个男孩，"像他这样的，估计一辈子都不会有人领养了，谁会养一个脑瘫儿呢？顶多每月资助一下，略表善心罢了。"

谭乐云看了看独自坐在那儿的脑瘫儿，他的动作和表情看着让人揪心。谭乐云不忍多看，赶紧收回目光："他是被父母遗弃的？"

女人摇摇头："不是，是母亲把他寄养在这儿的。"

谭乐云不解："寄养？"

女人四下看看，压低声音："估计是个来路不正的孩子，又不忍心抛弃，所以送到这儿，以资助的方式弥补孩子缺失的母爱，这也是两全其美的办法，这孩子的妈妈年轻漂亮，拖着这么个累赘，谁敢娶她啊。"

谭乐云好奇地探过身子："你认识他妈妈？"

"见过，的确是个大美人，对她的事儿，我们这里的人都当做不知道，有些事没必要弄得这么明白，人家也不容易。"

谭乐云心里感到沉沉地，再看一眼那个男孩，此时，男孩正弯着腰，用手拔着刚刚生长出来的小草。这时，有人在叫男孩，谭乐云寻着方向看去，只见一个身材高挑，面容姣好的女子正朝着男孩走去。女子蹲在男孩的身边，捧起男孩的身子，替他擦去嘴角流下的口水。

"这个女人就是他的妈妈，漂亮着呢，老天真是作弄人啊。"

谭乐云的心隐隐作痛，世上不幸的人何止她一个？比起眼前这对母子，她所经历和遭遇的又算得了什么？好歹她还有儿有女，还有一个可以安稳生活的家。

从那以后，谭乐云对那个叫念念的男孩格外照顾，她会在念念没有母亲的陪伴下，陪他玩耍，陪他聊天。虽然念念什么都不懂，可谭乐云的慈祥和关爱，让念念感受到了温暖。他习惯了谭乐云的声音和眼神，只要谭乐云陪在身边，念念就会显得非常安静。

很自然，谭乐云也接触到文雅，文雅的美丽让人有种宁静的感觉。文雅话不多，温婉，纤细。谭乐云总想找机会问问文雅有关孩子的事情，可文雅的沉默硬是让谭乐云没有了打探的勇气。别人不愿意讲的，一定是有难言之隐的，谭乐云不能做这种追根问题的讨厌人，她唯有尽心尽力照顾念念，才算是真正的助人为乐。

本来可以相安无事的，可那天，小灿突然找简洁问起有关佟凯的事，谭乐云这才知道，佟凯和文雅有着不一般的关系。谭乐云不愿意相信文雅是促成女儿和佟凯离婚的罪魁祸首，她宁愿相信只是同名同姓而已。但是，心里揣着事，总叫人惴惴不安。直到有一天，文雅急匆匆地进了孤儿院院长的办公室，谭乐云鬼使神差地跟了过去。在门外偷听到了以下对话。

文雅急切地开口：“院长，这孩子必须留在这儿，我真的没别的办法了。”

院长是一位六十多的女人，慈眉善目，微微一笑：“你别急，这个孩子的情况很特殊，昨天他发作的时候，差点咬断自己的舌头，再这样下去，能发生什么不测，很难预料。”

“院长，你想想办法吧，我现在还不能把这孩子接走，求求你。”

院长点点头："这样吧，把他送去医院，由专业的医护人员护理，减少意外发生。"

文雅面有难色："医院人多，我出入不太方便。"

"我了解你的情况，可孩子的生命你有没有考虑过？虽然他是残疾儿童，可他一样享有正常人的权利，你既然把他生下来，想给他母爱，你就应该大胆地面对一切，哪怕被外人议论而悱恻，做母亲的责任你还是要担负起来的。"

文雅的表情很痛苦："我很想把他带在身边，可……"

"恕我多嘴问一句，孩子的爸爸是不是可以担起做父亲的责任呢？你一个人压力太大，我想和佟凯谈谈，你看……"

文雅急切地打断院长："不用了，派出所的事情够多了，我不想麻烦他，还是，还是按您的意思办吧。"

院长轻轻拍了拍文雅的肩膀："好吧，我会尽量安排妥当的。"

文雅站起身，对院长鞠了一个躬："谢谢您，谢谢。"

此时，站在外面的谭乐云听得明明白白，她第一个想法就是：孩子的爸爸是佟凯！

事情已经很明朗了，佟凯和文雅的确有个孩子。可这个孩子的不幸却让小灿和郁可惊呆了。尤其郁可，激动得浑身发抖。她这个准妈妈所关心的竟然不是佟凯和文雅的关系，而是那个念念今后的命运如何。天下所有母亲都有同一个心愿，就是希望自己的孩子健康成长。郁可把恨意转化成了同情，连她自己都觉得奇怪，或许是为了肚子里的孩子吧，她觉得人生最大的美德就是饶恕。

小灿由衷的感慨母性的力量大于一切，甚至可以改变一个人的秉性。

换做以前的郁可，这件事恐怕早就闹得不可收拾了。郁可有自己的想法，文雅够可怜了，孩子是无辜的，她不能再往文雅的心头插上一刀。只要佟凯不抛下她们母子二人，她愿意和佟凯一起照顾文雅和那个可怜的孩子。

郁可的心情小灿可以理解，但感情的事又怎能稀里糊涂，有所谦让呢？究竟佟凯和文雅是因为这个孩子离了婚，还是他们未婚先孕有了这个不幸的孩子才分手呢？这关系到佟凯的人品问题。一个男人连最起码的责任都没有，这样的男人值得终身守候吗？

郁可被这个问题难住了，念念可是他的亲生儿子啊，他怎么忍心把念念送进孤儿院？难道就因为念念天生残疾吗？如果她和佟凯的孩子也是个不健康的孩子，他会不会一样不负责任地送孩子去孤儿院呢？

郁可决定试探佟凯。当天晚上，郁可挺着大肚子亲自下厨做了几道菜，佟凯回来的时候，看着一桌子好吃的，感动地一把将郁可搂在怀里。郁可闭了闭眼睛，感觉这一刻的幸福。

吃饭的时候，郁可提到小灿打算领养一个孩子。简易能不能醒来，只能听天由命，小灿为了证明可以守简易一辈子，才下定决心领养别人的孩子。

佟凯听后，脸上并没有什么表情，只说了一句：“领养孩子可没那么简单。”

当然不简单，各种手续要办，还要弄清楚孩子父母的家世背景，更重要的是检查孩子有没有家族遗传病史，有些遗传病也有潜伏期的，万一领养一个不健康的孩子，小灿的未来可就要在水深火热中度过了。

郁可小心翼翼地观察着佟凯的表情变化，可佟凯脸上半点可疑的迹象也察觉不出。郁可很困惑，按理说，听到家族遗传病史，佟凯应该有所反应，他和文雅的孩子天生残疾，一定遗传了某一方的基因。郁可担心佟凯携带家族病史。

佟凯无动于衷还是让郁可不死心，她继续说："小灿打算去孤儿院领养一个孩子，谭阿姨正在物色。"

佟凯停了一下，就那么一下，郁可看出佟凯眼里的那抹不安。

"我想和她们一起去看看，听说那里有很多特别的孩子，比如智障，失明，脑瘫……"

佟凯猛地咳起来，他被汤呛到了。

郁可马上递上纸巾："慢点喝。"

佟凯接过纸巾快速擦了擦："那个地方你最好别去，我怕对你影响不好。"

郁可笑笑："怕什么，不管是不是残疾，都是一条生命，都有权利好好活着。"

佟凯的眼神有些躲闪："你随便吧。"

郁可明显感觉到佟凯的不快，可为了弄清事情的真相，郁可只能装糊涂继续给佟凯夹菜。

晚上，郁可和佟凯背对着背躺在床上。

佟凯的鼾声渐渐响起，郁可怎么也睡不着，她的眼前总是出现一些残疾儿童的画面。

迷迷糊糊中，郁可听到佟凯在讲电话。

佟凯压低声音："你在那儿等着，我马上过去，别担心，没事的。"

郁可屏住呼吸，听着佟凯悄悄下床，悄悄溜出卧室，悄悄打开房门，悄悄离开。

郁可立刻起床，穿好衣服，跟下楼去。

计程车在一家儿童医院停下，佟凯下了车，急匆匆地奔进医院。郁可跟着佟凯上了三楼，在三楼的楼梯拐角处，郁可猛地停了下来，因为她看见佟凯正搂着哭泣的文雅。

郁可小心翼翼地掩藏着自己，她听到文雅的声音："怎么办，这次发作很厉害，我怕他会有危险。"

"还在抢救，不会有事。"

"下午我应该去看他的，可店里实在太忙……"

佟凯拍着文雅的肩："不能怪你，没事的，别怕。"

亲眼看见自己的丈夫搂着别的女人，郁可的心很痛，她的拳头握得很紧，她想给佟凯一拳头。

抢救室的门开了，护士推着病人走出来。佟凯和文雅跟着医生去了办公室，护士推着病人从郁可身边经过。

郁可看到了那个叫念念的孩子，此时他已经处于昏迷中。郁可捂着嘴巴，眼泪唰地流下来。

4. 念念的爸爸

这天，谭乐云和小灿陪着郁可坐车去了孤儿院。车上，郁可显得有些紧张，这样贸然地出现在文雅面前，文雅能接受得了吗？谭乐云管不了那么多，文雅和念念的不幸不能建立在郁可的痛苦上，更何况女儿简洁也是受害人啊，不管结果怎样，都有知道真相的权利，不能稀里糊涂地跟着他们过一辈子。

郁可不忍心，自从看到念念那孩子，她的心就软了，念念太可怜了，他需要更多人的祝福和关爱，包括他爸爸……

小灿也同情文雅和念念，可是，可怜念念和弄清楚真相不矛盾。估计文雅也知道佟凯娶了老婆，她不能因为和佟凯生了个残疾孩子，就要剥夺佟凯再爱别人的权利。郁可是佟凯的合法妻子，有必要知道一切。

郁可实在很为难，她恨过文雅，恨过佟凯，可念念的存在，让她的恨彻底消失了。她觉得更应该考虑念念，考虑让他获得更多的快乐和幸福，毕竟他和正常孩子不一样，他失去的已经很多了，唯一的父爱，郁可不能让没出生的宝宝独享！

谭乐云叹了口气："都像你这么想就好了。"

郁可看了看谭乐云，又看了看小灿："阿姨，你和叔叔之间，小灿，你和简易之间可能缺少的就是宽容，男人是容易犯错，可我们一定是做了什么，才让男人犯了错，这是相互的。彼此包容些，理解一些，我相信，我们都可以得到想要的幸福。"

谭乐云拍了拍郁可的手："太理想化了，人之所以高于其他动物，区别就在于人的思想太复杂，总把简单的想成复杂的，其实就是一句话的事儿，却非要弄得大动肝火，想想何必呢？"

郁可点点头："这就需要沟通啊，两口子更要沟通，不沟通两个人的路会越走越窄，到最后不得不一个人先停在原地，另一个人先行，可先行的那个人往往忘记等在原地的那个人，两个人的距离越来越远了。"

谭乐云苦笑："年纪轻轻懂得比我这半百的人还深刻呢，看来'80后'的你们真的很有想法，我们OUT了。"

"我相信这个世界还是有爱的，只要我先爱别人。"郁可抓起小灿的手。此时，小灿想得更多的是简易。

孤儿院里，孩子们有的在玩耍，有的很安静地围着一位志愿者，听她讲故事。孩子们在这里享受到的快乐一样令她们感到幸福。

谭乐云穿着义工服，带着郁可和小灿去念念的房间。此时房门半开着，三个人在半开的门里看到文雅正在陪念念玩。念念笑着，他用他的方式表达自己的开心，他不太灵活的手，努力地想要做鼓掌的动作，可两只手掌却很难相击；他的脑袋一直侧向一边，眼神坚定而执着地望着自己的妈妈，看妈妈在他面前展现出的每一副五彩斑斓的图画。

这对惺惺相惜的母子感动了站在门外的三个人，她们慢慢地走上台阶，慢慢地推开房门。房门推开的瞬间，只见文雅扭过头来，马上，文雅如坐针毡一样，立刻跳了起来。半天，那种刚开始的惊讶慢慢隐去，取而代之的是一种淡然，一种平静。

文雅把三人请进屋里，不解地问："你们怎么在这儿？"

谭乐云看了看自己的衣服，文雅才明白："你在这儿做义工？"

谭乐云笑笑。

郁可看着念念问："他是你的儿子？"

文雅的身子微微一动，不知道如何回答。

"我们没有揭你隐私的意思，只是觉得这孩子太可怜了。"小灿伸手替念念拾起掉在地上的图画，交给念念。

"他天生就这样吗？"郁可试图去和念念交流，却引来念念的警惕。

文雅安抚了一会儿念念，终于开口："是我的孩子，天生脑瘫，刚生下来的时候，医生都说没希望活下来，可我不忍心，这是一条生命，我没有权利决定他的生死。"

"你很伟大。"谭乐云凑近念念，念念看到熟悉的面孔，脸上的笑容多了起来。

小灿不解地问："你既然不想放弃他的生命，为什么要把他寄养在这儿，你应该给他一个完整的家啊！”

文雅的脸上露出一丝懊悔：“我没办法，家里人为了这个孩子已经闹得人仰马翻了，做不了伟大的母亲，我可以做一个孝顺的女儿，两者我必须放弃一个！”

小灿问：“你父母反对你留下这个孩子？”

文雅点点头。

谭乐云有些激动：“这是他们的外孙，是有血缘关系的啊。”

文雅面有难言之色，沉静了半天，再度开口：“我没有结婚，父母不承认。”

三人同时一怔，异口同声：“未婚先孕，孩子的爸爸是谁？”

文雅又陷入沉默，眼神里有一丝哀伤。

郁可小心翼翼地问：“孩子的爸爸也不承认他吗？”

文雅很激动地回答：“不，他非常喜欢他，非常喜欢，可是……可是……”

谭乐云和郁可同时问道：“可是什么？”

一颗泪珠突然滚落，文雅立刻用手擦去，可眼泪一旦溢出，便会像断了线的珠子噼里啪啦地掉下来。

谭乐云和郁可觉得有些过分了，这不是在揭别人的痛处吗？

文雅让眼泪自然而然地流泻下来，大概过了十分钟的样子，文雅重新开口：“孩子出生那天，他的爸爸……不幸身亡。”

不幸身亡！！！！这四个字如同惊雷，震响在谭乐云、郁可和小灿的耳边。

房间里一片寂静。原来念念的爸爸死了，原来佟凯不是念念的爸爸，原来，原来的事情究竟是怎样的呢？

文雅出奇的冷静，开始娓娓道来：“我和赵峰能走在一起，真的是一件不可思议的事情，我的专业是广告设计，有稳定可观的收入，他做的却是最普通的大厦保安……没错，我们不顾后果地走在一起，不顾家人的阻挠，不顾亲朋好友的反对，我彻彻底底做了赵峰的女人……”

郁可有些激动，这种不计后果的爱情，何尝没有发生在她和佟凯的身上，爱情到了这种纯粹的境界，世间任何阻挠都是可以忽略不计。

文雅继续说下去：“他是军人，有军人的气质和良好的个人修养，他话不多，却很实在，他什么都会，就像一本百科书，他很乐观，就算做保安，就算身上只有十块钱，他都能保持一颗快乐的心，和他在一起，我没有烦恼，我很满足，我喜欢他的就是这种真实感。”

文雅停顿了一下，小灿和郁可迫切地想要知道他们的故事。

“我怀孕了，他开心得不得了，他告诉我，他喜欢女孩，希望能生一个和我一样漂亮的女儿。他更加积极努力的工作，终于，他被提升保安队长，那晚他第一次在我面前喝醉，他告诉我，以后会赚很多钱，让我和女儿过得幸福舒服。”

郁可问：“怀孕了为什么不结婚？”

文雅苦笑：“他是四川人，家在农村，我是地道的北京人，父母反对异地恋，更何况，以他的状况，根本不可能在北京买得起一套房子。我爸妈极力反对我们在一块儿，我妈甚至拉我到医院做手术，拿掉这个孩子。我以死相逼，后来，爸妈害怕了，心碎了，任由我折腾。总之，我们冲破千难万险，终于在一起了，而我的肚子一天一天大起来，只要能平平安安地把孩子生下来，我们今后的日子一定会越过越好。”

郁可急不可耐地问道：“那后来呢，到底发生了什么事？”

“后来……”文雅自言自语，“2008年5月，离我的预产期只有半个月的样子，赵峰老家突然来电话，说他的奶奶去世了，让他回去一趟。”文雅黑色的瞳孔慢慢收缩，镜头一直深入文雅的眼睛里。在眼睛的尽头，出现了一片连绵不断的群山。天空是蓝的，轻软的白云像水彩轻轻带过一笔，不浓不淡，点缀在碧蓝的天空中。远处的群山蜿蜒着一种流动的曲线，由远及近，在最靠近镜头的一座大山的脚下，一条蜿蜒曲折的山路上，一辆大巴车正在匀速前进。

大巴车上，坐着十多个人，靠近车门的位置上，一个怀抱婴儿的妇女正在给孩子喂奶，孩子的小脚不停地踢踏着旁边一位小伙子。小伙子往里挪了挪，冲着已经吃完奶的婴儿笑笑：“男娃儿，妹仔？”

妇女客气地回了一句：“妹仔。”

小伙子很喜欢的样子，伸手在婴儿的脸上摸了摸：“圆嘟嘟的，好精灵哦。”

“喜欢娃儿，赶紧娶个婆娘，给你养个娃儿。”

小伙子笑了，露出两排洁白的牙齿：“这个月十几号就生咯！”

“哟，就要做老汉了嘛，看你长得这么俊，生的娃儿一定错不了。”妇女倒很热心肠，将怀里的婴儿往小伙子怀里一放：“学着抱抱看。”

小伙子拖着婴儿竟然手足无措了，摸哪哪是软软的，生怕用力就把婴儿的皮肤弄破了。

妇女指点着小伙子抱孩子的姿势，还真不错，没多久，小伙子居然熟练地掌握了抱婴儿的技能。

小伙子笑呵呵：“谢谢你，你不怕我摔了你家娃儿？”

“么子事，农村娃儿，没得那么娇贵。”

就在小伙子和妇女你一言我一句地闲聊时，大巴车突然剧烈地颠簸了一下，司机猛地踩下刹车，大巴车戛然而止。正当车上的人都朝前面看时，有人喊了一声："落石，山塌了！"

随着这句喊声，只见大巴车前面的山坡上纷纷滚下落石。大巴车又抖动了起来，司机大喊："地震了，快下车，快下车……"

大巴车的车门"唰"地打开，小伙子一手抱着婴儿，一手拉着妇女，第一个跳下车，随后，大地开始剧烈摇动。小伙子和妇女逃下大巴车，可大巴车上还有几个人因为剧烈的摇动已经摔倒在地上，无法站稳。大巴车车头前的土地开始撕裂，一条一米宽的沟壑骤然形成。

大巴车的车头陷在断裂的裂缝处，而此时山体坍塌，无数的巨石滚落下来，扬起漫天尘沙。

小伙子指挥逃出来的乘客到空旷的地方，他一个人冒着从天而降的飞石，返回大巴车。大巴车的车身已经变形，他从门里挤进去，迅速寻找被困的乘客。乘客已经惊慌失措，情绪难以控制。小伙子不顾一切，奋力救出车上所有被困的乘客。就在小伙子跳下大巴车的一刻，一块巨大的石头不偏不倚重重地砸在车身上，掀起一股浓浓的尘土。

大地停止咆哮，尘土漫天飞扬。有人咳嗽，有人哭泣，有人呻吟，有人惊叫……

漫天尘土中，小伙子从地上爬起来，他四下看了一下，召集还活着的乘客。司机大哥的腿被砸伤，另外一位少女的额头破了一个洞，有人正用衣服帮少女止血。其余的所有乘客均安然无恙，可突如其来的震动还是把大家惊吓的七魂少了六魂。

小伙子提议："大家不要怕，我是名退役军人，我会帮大家离开这里，我们先到镇上，那里应该很快就有救援部队赶到，我们一定会平安无事的。"

一行人赶到镇上时，天色已经完全黑了下来。

镇上的情况更糟糕，所有的房屋已经完全成了废墟，到处一片狼藉，到处烟雾缭绕，那场景就像回到了战争年代，一股紧张，凄惨的气氛笼罩着这个小镇。

死里逃生的群众哭喊着趴在自家已经倒塌的房子前，大声呼喊着亲人的名字。有的人已经哭死过去，有的人用已经血肉模糊的双手扒着废墟，有的人组织受伤的群众转移安全地带。

大巴车上的十几个人，走在满目疮痍的废墟上，大家都掉下了眼泪。

天渐渐亮起来，丝丝小雨飘落而下，小伙子站在废墟上，被眼前的景象完全震撼了。

同行的十几个人打算各自找出路，大家就在这个镇上分手。

临走前，大家对着站在废墟上的小伙子喊："小伙子，谢谢你。后会有期。"

小伙子从废墟上跳下来，来到大家的面前："你们真的要走？"

有人说："这儿的情况更糟，不能在这耗下去啊。"

有人说："是啊，与其在这儿等死，不如自己找出路。"

有人问："你不走吗？"

小伙子摇摇头："我要留下解救被困在废墟下的群众。"

有人说："还是军人的觉悟高啊。"

这时怀抱婴儿的妇女走过来，她已经热泪盈眶了："小伙子，要不是你，我们早就死在大巴车上了，你是我们的大恩人，谢谢你。"

大家一起向小伙子道谢。

赵峰很快找到镇上的领导，组织群众自救。

救援部队还没有赶到这个小镇上，当地的群众在悲痛之余开始在每一片废墟里搜寻可能幸存下来的亲朋好友。

赵峰以军人的身份带领着大家，用简陋的救援工具敲开厚厚的石板，用手挖、用肩扛，只要是从废墟下传来一丝一毫的动静，他们就会拼了命地挖开废墟，救出被困的群众。

落日的余晖斜斜地射下来，在赵峰的带领下，他们成功地在废墟下救出一名四十岁的吴阿姨。

当吴阿姨被救出来后，废墟上响起了雷鸣般的掌声。这是奋战了一上午，人们第一次看到了生的希望。这也大大鼓舞了群众，只要不放弃，就会有生还者一个接一个地被救出。

就在大家看到希望时，有人喊了一声：部队来了，我们有救了！

随着喊声，赵峰看到了五星红旗，看到了中国人民解放军那雄赳赳气昂昂的身影。

傍晚的时候，一位老大爷急匆匆地找到了部队，拉着领导哭诉道：“快去救救孩子们吧！十几个学生都埋在废墟下，已经一天了啊！求求你们，快去救救那些可怜的孩子吧！”

有人认出这个老大爷是离镇上不远的一个村里的老教师，地震发生的时候，他正给学生们上课，他冒着生命危险抢救出八名学生，当他再想冲进教室救学生时，整间教室轰然倒塌，把剩下的十几个学生活活掩埋在废墟里。

老教师满眼泪水：“再不救他们，他们就没呼吸了，那可都是孩子啊！”

赵峰一听急了，对着其他战士高喊：“同志们跟我走，先救孩子。”

教室已然成为废墟，几名学生家长正用手扒着废墟，边喊边哭。

赵峰一声令下，几个战士冲上废墟开始实施救援。

一个小时过去，赵峰隐隐听到废墟里有敲击石板的声音，他立刻紧张起来，仔细聆听声音的来源。当他确认声音就是从脚下传出来时，他立刻叫来战士，赶紧掀开脚下的断瓦残垣。

一个只容一人进入的洞被清理出来，赵峰二话不说爬了进去。大概过了二十分钟，一只小手伸了出来，战士们立刻围上去，合力将一个女孩拖出废墟。立刻有家长扑上来。

紧接着，第二只小手，第三只小手……短短的半个小时内，赵峰已经救出六名被困学生。当他爬出来后，浑身上下全是泥土。他对战友说："有一块石板挡在中央，没办法进入，估计被困的其他几名学生都在石板的后面，必须用工具切开石板。"

有人提议："用切割机试试。"

有人提出质疑："石板一旦松动，很可能引起塌陷，对埋在下面的学生可就有致命的危险啊！"

有人急不可耐："那怎么办？"

赵峰想了想："我进去再看看有没有别的办法，必须抓紧时间，孩子的体力已经撑不了多久了。"

大家目送着赵峰第二次爬进去。

半个小时后，一只小手再次伸出来，所有的人都看到了希望，被救出的是一个男孩，他微弱着告诉大家："里面还有五个……"

很快又有四名学生被救出，大家数着，还剩一个。

就在这时，大地又一阵晃动，在晃动的那一刻，大家又看到一只小手伸了出来，最后一名学生被成功救出。只可惜，这名学生已经停止了心跳。

正当大家看到赵峰已经从洞口伸出脑袋的时候，余震再次袭来，就那么一眨眼的工夫，洞口被掩埋了……

大雨倾盆而下，几名战士和村民发疯一般地扒着废墟，大叫着："赵峰！赵峰！赵峰！"

大雨慢慢停止了它的刚劲凶猛，一阵山风吹来，所有的人都感觉到了一丝寒冷。

几名战士突然停止搜寻的动作，静静地看着那片鲜血。

赵峰的尸体被挖出来，人们看到一根钢筋刺穿了他的心脏。赵峰停止了呼吸……

与此同时，北京一家医院的产房里，文雅撕心裂肺般地喊叫着，她大汗淋漓，痛不欲生。

突然，文雅惨叫一声，昏死过去。随即，一声婴儿清脆的啼哭声响了起来，医生松了一口气："生了！"

婴儿的哭声穿过病房，划破夜空，飘向远在汶川那一片埋葬赵峰的废墟上。

第十章　我在婚姻里等你

小灿瞒着婆婆去找佟凯。佟凯虽为警察，知道这个时候任何人是不能见乔宇阳的，可佟凯是个性情中人，他能理解简洁此刻的心情。法律也是讲人性的，他向所长汇报了此事，所长同意了简洁见乔宇阳的请求。

1. 如果，可惜没有如果

文雅和赵峰的故事出人意料却又令人唏嘘不已。郁可和小灿感动地稀里哗啦，谭乐云活了半辈子，直到今天才明白生命的价值不仅仅是活得如何精彩，像赵峰这样的奉献和牺牲才是最伟大的。

离开孤儿院，三个人的心情十分沉重。她们都是女人，失去老公就像太阳失去了光芒，哪儿都是黑暗，哪儿都是冰冷。郁可宁愿相信念念的爸爸是佟凯，也不愿相信赵峰的故事是真的。她可怜念念没见过爸爸一面，可怜文雅年纪轻轻便失去了挚爱。如果爱情真的可以分享，她愿意分一半给文雅。

可爱情是唯一的，怎能说分给谁就给谁？一直信奉爱要从一而终的小灿，此刻最大的心愿就是简易赶快醒过来。他们还有很长的路要走，只有活着，爱情才会天长地久。

也许老天眷顾了小灿的一片真心，当小灿赶回医院，医生告诉她，简易的情况有了好转，脑部的血块正在慢慢消失，如果及时进行手术，苏醒的可能性非常大。

小灿一下子热泪盈眶，太好了，只要简易能够醒来，她会亲口告诉简易，她不要离婚，她要和他好好的。就算生意失败，就算被骗去了全部家当，只要他活生生地站在她跟前，她愿意跟着他重新打拼，重新来过。

简易能够醒来，无疑是简家这些日子以来最大的喜讯。谭乐云阿弥陀佛地感谢老天爷把宝贝儿子还给了她。她抱着小灿喜极而泣，她拉着医生的手千谢万谢，恨不得给医生磕几个响头。

很快，医院就为简易安排了手术。手术那天，简老太太说什么也要来给简易加油打气，她要看着大孙子平平安安地下手术台。除了行动不便的简老太太，谢兰扶着一瘸一拐地田绍民也来到了医院。大家的心愿是一样的，都希望手术成功，简易能够早日出院。

简易被推进手术室，一家人的心情也随着被悬了起来。尤其小灿，紧握的拳头里，冷汗直冒。她一直盯着手术室门上的那盏灯，她觉得时间过得真慢，好像比一年的时间还要长。谢兰可怜外甥女，万一这手术失败了，小灿不就成了寡妇？她可怎么向死去的姐姐交代，田绍民不愿意听这种不吉利的话，吉人自有天相，简易一定会逃过这一劫的。谢兰不作声了，可怜巴巴地看着小灿。

时间不知道过去了多久，手术室门上的那盏灯依旧亮得令人胆战。小灿不停地看表，希望下一秒简易就会走出手术室。就在一家人翘首期盼的时候，佟凯带着同事匆忙赶来。他告诉大家一个好消息，打伤简易的凶手已经锁定，现在正在追捕。又是一个令人振奋的消息，小灿激动得说不出话，谭乐云一直憋着的一口怨气总算可以释放了。

谢兰迫不及待地问佟凯，到底是哪个王八蛋打伤了简易，抓住后，一定要扒他一层皮，替简易出口恶气。谢兰这么一问，小灿和谭乐云也都向佟凯投去询问的目光。佟凯略有为难之色，但还是说出了一个人的名字：乔宇阳。

是他？这个人到底想干什么？唆使了简至善，又骗了简洁，现在居然还对简易下了毒手？这个人究竟和简家有何深仇大恨啊。谭乐云拜托佟凯，无论如何都要抓住乔宇阳这个畜生，枉费简至善那么信任他，枉费简洁还怀着他的孩子，他怎么能恩将仇报啊。

乔宇阳为什么对简易下此毒手，佟凯和同事也不得而知。只有等将乔宇阳绳之以法，真相才会大白天下。

不管怎么说，案情有了眉目，抓乔宇阳只是时间的问题。小灿现在一心等待着手术结束，只要简易醒过来，一切自会水落石出。

谭乐云沉不住气了，姓乔那小子这么祸害简家，怎么可能让简洁把乔宇阳的孩子生下来，一定要制止悲剧发生。谭乐云顾不上等手术结束，就急匆匆地离开了医院。

谭乐云刚到家门口，就碰上了正要出门的简洁。简洁有些慌张，不多看谭乐云，也不问弟弟的手术情况，径直从谭乐云身边走过。谭乐云一把拉住简洁，问她去哪儿？简洁吱唔半天，最后说去医院胎检。谭乐云说简洁撒谎，前天才刚刚陪她检查过，怎么这么快又要检查？简洁有些不耐烦，甩开谭乐云，说自己有些不舒服，去医院比较放心。谭乐云不傻，看得出简洁一脸的紧张和不安，她要不是有事瞒着她，不会是这样一副表情。事到如今，还是摊牌吧，她告诉简洁是乔宇阳打伤了简易，警察现在正通缉他，他这回插翅也难逃了，为了将来的幸福，必须把肚子里的孩子打掉，简家不能白养一个仇人的孩子。

简洁激动起来，脸色涨得通红。她说一定是警察弄错了，乔宇阳再坏，也不至于要简易的命，一定是你们恨他才故意这么说的，你们压根就容不下这个孩子。

谭乐云听简洁这么说，心里是真恨啊！都这个时候了，还这样执迷不悟，他都不顾你和孩子了，你还处处为他着想，你这不是傻，是什么？

简洁擦掉眼泪，告诉谭乐云，当初留下这个孩子就没打算让乔宇阳负责，谁要是想打孩子的主意，别怪她翻脸不认人。简洁落下此话，扭头就走。谭乐云在身后追问，挺着大肚子，你这是要去哪儿啊？

简洁头也不回了的上了一辆计程车，谭乐云越想越觉得不对劲，简洁这是要去哪儿？难道是去见乔宇阳？想到这儿，谭乐云赶紧去拦计程车，只要跟着简洁，就能知道乔宇阳的藏在什么地方。坐上车后，谭乐云给佟凯打了电话。

简洁的确是去见乔宇阳。就在刚才，简洁接到了乔宇阳的电话，电话里，乔宇阳向她忏悔了之前对她做的那些不是人的事儿。他求她原谅他，求她帮帮他，他现在很狼狈，他已经走投无路了。

简洁在电话里听到乔宇阳抽泣的声音，一下子就心软了。毕竟他还是肚子里孩子的父亲，毕竟他们曾经爱得那么纯粹。他拿走她的那些钱，她可以不计较，他一走了之的狠心，她也可以不计较。但是，他们的孩子就要出生了，她不希望孩子一出生就看不到爸爸。为了孩子，她可以原谅他。

简洁打车到了和乔宇阳约会见面的地方，这是一个废弃的工厂，一部分房舍已成废墟。简洁站在废墟前等了半天，才看到乔宇阳鬼鬼祟祟、小心翼翼地朝她走来。

一见简洁，乔宇阳立刻抱住她："还是你对我最好，简洁，对不起，我……"

简洁推开乔宇阳："你信不信，我一个电话过去，就可以送你进监狱。"

乔宇阳很痛苦："信，我信，可我更信你不会这样做，我们的感情你还是珍惜的，我们的孩子……"

"别提孩子，他没有你这样的父亲，我之所以帮你，是不想看到你落得如此下场。"简洁将头扭向一边，她不想被乔宇阳看到她已经落泪了。

乔宇阳低下头："我活该落得如此下场，可我也不想啊……"

"不想？在你对简易痛下毒手的时候，就应该知道会是什么下场，简易没得罪你，你干吗要这样对他？"简洁看到此时的乔宇阳，深信妈妈说的都是真的。

"现在说什么都晚了，警察到处找我，我真的不想坐牢啊。"乔宇阳扑到简洁面前，哀求她，"只有你能帮我离开这里，我知道你一定会帮我的，为了我们的孩子，你一定会的。"

简洁再次推开乔宇阳，眼泪纷飞而下。一边是自己的亲弟弟，一边是自己孩子的父亲，这选择太难了。

就在这时，谭乐云从计程车上下来，一看果真是姓乔那小子，二话不说，飞奔至乔宇阳面前，扬起手就是一巴掌。这一巴掌打得力度之大，乔宇阳的半边脸已经通红一片。

谭乐云还不解气，扑上去就要跟乔宇阳拼命。简洁一边拉着母亲，一边冲乔宇阳大喊："快走啊，还愣着干吗？"

一语惊醒梦中人，乔宇阳一看谭乐云大有要吃了他的架势，拔腿就跑。可他不知道，就在他逃跑的前方，佟凯带着民警已经把去路堵死了，正等着瓮中捉鳖呢。

当乔宇阳被民警们按倒在地上，带上冰凉的手铐，大腹便便地简洁不顾孩子的安危，连冲带撞地扑了过去。谭乐云吓出了一身冷汗，大喊："傻孩子，他不值得你这样啊！"

简洁扑到乔宇阳的面前，泪流满面："你不该见我，你为什么不一走了之，你是要我们的孩子知道他有一个坐牢的爸爸吗？"

乔宇阳此时流下了悔恨的眼泪，如果这一切都不曾发生，如果他心里的仇恨不那么强烈，如果……可惜没有如果。

五年前，刚刚大学毕业的乔宇阳为了和女友宋薇在一起，拒绝了上海一家公司的聘请，毅然留在了北京。宋薇是个温柔恬静的女孩，为了这份感情，她可以和父母闹翻，可以离家出走和乔宇阳住在一起。

那个时候，两人的工作还不算稳定，拮据的日子却让两人更加惺惺相惜。乔宇阳心疼宋薇起早贪黑地赶地铁，于是向父母要了一笔钱，在东三环租了一间一室一厅的房子。宋薇曾问过乔宇阳，住这么好的房子会不会太奢侈了，乔宇阳温柔地对宋薇说，等他的工作稳定后，赚到更多的钱，他们会住得比现在还要舒服。可宋薇不知道，乔宇阳的工作一直没有着落，他每天早出晚归，其实多半是在外面闲逛。乔宇阳是个心气很高的人，一般的公司他不想进，想进的公司他却没有那个能力，久而久之，乔宇阳有些心灰意冷，有些愤世嫉俗了。不得已，他只能跟别人去工地推沙子。一天下来，累的筋疲力尽，只能拿到八十或一百块钱。

即使这样辛苦，乔宇阳对宋薇的爱一点不减。他用辛苦赚来的钱，给宋薇买各种礼物。宋薇收到礼物时的欣喜，让乔宇阳仅有的尊严感到莫大的满足。

这样的日子维持了一年之久，有一天宋薇突然告诉乔宇阳，她要换工作了，而且工资比现在要多出一倍。这对宋薇来说可是天大的好事，可对乔宇阳来说，却隐隐地感到了一种不安，这种不安来自他和宋薇越来越大的差距。

自打宋薇换了工作后，加班的时间越来越多，在外面应酬的次数也越来越多，有几次都是喝得醉醺醺地回来。乔宇阳心里很是不痛快，以前那个缠着他，小鸟依人的宋薇不见了。为此，乔宇阳曾问过宋薇，是不是对他的感情变淡了？宋薇明白乔宇阳的心思，她花掉一个月的工资给乔宇阳买了一部电脑，以为乔宇阳会体谅她的苦心。可在乔宇阳看来，这是对他的侮辱，他不是吃软饭的，他现在还不至于靠女人的养活过日子。乔宇阳和宋薇大吵一架，让宋薇在他和现在的工作二选一。宋薇放不下乔宇阳，更不愿丢掉一份不错的工作。宋薇好说歹说，答应以后不去应酬，多抽出时间陪他。乔宇阳心软了，宋薇拼命工作还不是为了他们的日子过得舒心点？自那以后，乔宇阳开始找工作，他发誓，以后赚到钱，一定不会让宋薇再出去打工了。

乔宇阳终于找到一份工作，老板对他也很赏识。就在他憧憬着和宋薇美好未来的时候，宋薇突然跳楼自杀了！

宋薇的死给了乔宇阳很大的刺激，那段日子，他窝在他们的出租房里，哪儿都不去。在整理宋薇的遗物时，他发现一本日记本，里面记着宋薇在新公司的点点滴滴。原来，公司老板对她很好，视她为女儿。为了感激老板对她的知遇之恩，她唯有拼命工作。可后来，她和老板的关系被公司职员以讹传讹，直至老板的老婆对她大打出手，她有口难辩，有冤无处诉，只有以死明志……

乔宇阳发誓要替宋薇讨个公道。于是，他利用宋薇手里尚未完成的计划书，轻而易举地得到老板简至善的认可，并破格提升他为私人助理。刚进公司，乔宇阳极力抑制自己报仇的心情，努力工作，争取得到简至善更大的信任。这期间，他也侧面地向同事打听了有关宋薇和老板的事，很多同事觉得这种事都是一个愿打一个愿挨，没必要搞得那么清楚。乔宇阳深信宋薇是清白的，他越来越对简至善这个伪君子，甚至他们家的每一位成员恨之入骨。

第一个闯进圈套的是简洁，乔宇阳用他的男性魅力很快就征服了她。他要让简家的女人也一尝被骗、被羞辱的滋味。

第二个被利用的人是他无意中发现的，就是顾雅卿。他假装帮助顾雅卿，又从中唆使简至善转移财产。直到顾雅卿识破了他的阴谋诡计，他才恼羞成怒地偷走简洁全部资金。

这些还不算报复的彻底，他又安排人骗走了简易十六万块，他要让简家家败人亡。

小灿一直守在简易的身边不敢离开半步，她希望简易醒来第一个看到的人是她。

小灿静静地看着简易，迷迷糊糊中，她好像走进了一片森林，森林里到处开满着鲜花，五彩斑斓。有各种漂亮的飞禽在小灿的头顶盘绕飞旋，还有各种小动物偎在小灿的脚下，聆听她美妙的歌声。突然一条巨蟒向小灿张开血盆大口，小灿惊叫着逃跑。在奔跑的途中，小灿跌倒了，这时一只长颈鹿伏下头，噙住小灿将她送入一个在树上搭建的木屋，屋子里有无数的宝石，闪着夺人的光芒，小灿一颗一颗地拿起来看着，欣赏着，突然，一阵狂风袭来，整个木屋被飓风掀起，小灿被甩出空中，眼看着自己就要坠入深渊。突然，一只手握住了小灿，用力一拉，小灿猛地从梦中惊醒！

小灿惊恐地睁着大眼睛，她的眼前有一双熟悉的不能再熟悉的眼睛，紧接着，小灿看到了拥有这双眼睛的主人。

小灿惊呼："简易！"

简易温和地微笑像一缕清风吹拂在小灿的脸上，小灿抑制不住自己激动的心情，一下子扑进简易的怀里："你醒了，你真的醒了，我不是在做梦吧！"

"不是做梦，是真实的，你摸摸看，是有温度的。"简易抓住小灿的手放在自己的脸上。小灿轻轻地抚摸着，慢慢地脸上的笑容绚烂起来，像一朵绽放的芙蓉。

两人拥抱在一起很久很久，彼此感受着真实的温度和气息。

小灿偎在简易的怀里："你想丢下我一个人没门，我这辈子就赖在你身边了，你想甩也甩不掉。"

简易抚摸着小灿的头发："我一直感觉得到你就在我身边，我每天都能听到你的声音，有几次，我想要抱你，可我没有力气，我很担心会真的失去你，我大喊，我努力地伸出手想要抓住你，结果，我摔下了山崖，我想，我一定是死了，一定再也见不到你了。"

小灿噙着眼泪："你不会失去我，我们还没有蜜月旅行，还没有生儿育女，我们还有很多要做的事情，我怎么能不管你呢。"

简易搂紧小灿："我们也算经历过生死了，等我出院，我想给我们补办一场婚礼，祝贺我们重新来过。"

小灿点头：“我期待着！”

简易这边刚醒，简洁那边又出了状况，由于伤心过度，简洁出现了早产的迹象。谭乐云一边大骂乔宇阳不是人，一边又求老天爷保佑简洁和肚子里的孩子母子平安。经过一阵的忙乱，简洁终于剖腹产下一男婴。一切都平静了下来。

平静之后，简易回忆起那天的事仍心有余悸。

本来，简易是想重新振作起来，凭自己的能力为小灿打造一片幸福的新天地。但是看着堆积如山的垃圾，简易一时不知从何做起。就在这时，简至善找到了简易，带着他来到一片厂房，告诉他，这是他用转走的资金买下来的。只要简易肯干，肯努力，失去的一定会一样一样的拿回来。

简至善突然给了简易这么一件大礼物，弄的简易就像似在做梦一样。原来，简至善挪走资金后，才知道乔宇阳跟顾雅卿有过接触，那个时候，简至善是不能回家了，在杨文喜的帮助下，简至善把资金都投在了这间厂房里，希望日后能重振简家生意。

简易被骗后，简至善曾找过谭乐云，可谭乐云非但不肯原谅他，还让他不要打儿子女儿的主意，他们的婚迟早要离的。简至善觉得只要能弥补自己的过错，让他做什么都成。

简至善同简易商量，他们可以将那些半成品的服装进行加工改造，然后自己开专卖店，打造自己的品牌。这的确是个好主意，简易当即就招来大齐，一同研究厂子的运作。好在简至善有杨文喜这个做服装生意的朋友，在他的帮助下，一切相关事宜打点的妥妥当当。就在挂牌开张那天，简易和大齐无意间在大街上撞见了“毕姥爷”两人连追带堵截，终于将“毕姥爷”抓住，逼问下，才知道这一切的幕后指使者竟然是乔宇阳。

盛怒之下简易暴打了一顿“毕姥爷”，只要肯说出乔宇阳的下落，一切可以既往不咎，不然，就送他进警察局。“毕姥爷”害怕自己蹲监狱，于是把乔宇阳藏匿的地点告诉了简易。简易一刻不肯耽误，领着大齐直接去找乔宇阳。

乔宇阳并没有抵赖自己的所作所为，他问简易想怎么解决此事，是私了还是公了。简易看在简洁怀着乔宇阳孩子分上，让他把十六万退给他，他可以当做什么事都没发生。乔宇阳一口答应一定把钱如数奉还。还约了第二天还钱的地点。

第二天，本来大齐是要和简易一块去的，但厂里的事简至善一个人忙不过来，简易就让大齐留下，他一个人去赴约。

简易到了约会的地方，等了一个小时也不见乔宇阳。就在简易打算离开的时候，一帮手持长棍的人扑上来就打。简易势单力薄，没几下，简易就被打得头破血流，奄奄一息了。就在简易昏死过去的那一刻，他看到乔宇阳冲他的脸上吐了口口水说，说了一句：“去阎王爷那儿要钱去吧！”

简易讲完后，一家人恨得咬牙切齿，唯独简洁躺在病床上一点反应都没有。谭乐云看了简洁一眼，明白她心里在想什么。现在，孩子都生出来了，不想和乔宇阳有什么瓜葛，那也不现实。可现在，乔宇阳既是他们简家的仇人，又是他们家的亲人，该怎么向乔宇阳讨公道啊？

简洁有她的意见，她对谭乐云说：“您不能怪任何人，当初，如果不是你那么不信任爸爸，宋薇也不会倔强地自杀，如果宋薇不自杀，后来发生的这些根本就不可能发生。妈，有因才有果，要怪就怪你疑心太重，是你把爸爸推出这个家门，是你让乔宇阳有机可乘，你怨不得任何人。”

谭乐云非常激动，她冲简洁喊“住嘴，乔宇阳做了这么多缺德的事儿，让他死一万次我都不解气，我没有错。”

简洁眨了眨眼睛：“妈，您真的太可怜了，事到如今，你还不反思一下自己的所做所为？不要等到失去更多的时候才知道后悔，那时，什么都晚了。”

谭乐云一时语塞，是啊，是该检讨一下自己了，如果不是她对简至善疑神疑鬼，那么现在的简家该是何等的幸福啊！

简洁执意要去派出所看乔宇阳，她求小灿，希望她能找佟凯帮忙。小灿现在非常同情简洁的遭遇，孩子一出生，亲爸爸就进了派出所，作为老公和爸爸的乔宇阳没能在简洁最需要他的时候陪在她的身边，这将是简洁一生最为遗憾的事情。

小灿瞒着婆婆去找佟凯。佟凯虽为警察，知道这个时候任何人是不能见乔宇阳的，可佟凯是个性情中人，他能理解简洁此刻的心情。法律也是讲人性的，他向所长汇报了此事，所长同意了简洁见乔宇阳的请求。

见乔宇阳那天，简洁把刚出生的孩子也抱了去。一见到简洁和孩子，乔宇阳一下子就崩溃了，他泪流满面，伸出手想摸摸孩子的小脸。这是他的孩子？他怎么也想不到，这是简洁给他最珍贵的礼物，可他却辜负了简洁甚至简家人。此刻，他后悔了，那些过往的一切，那些藏在内心深处的怨恨，和眼前这个孩子比起来，是多么的微不足道。

简洁把孩子抱到乔宇阳的面前，让他看仔细，看清楚，这是他的孩子，不管将来如何，这个孩子身体里流着的是乔家的血，他要做一个有责任，有担当的父亲。

乔宇阳小心翼翼地抚摸着孩子的小脸，告诉简洁，等他出去后，一定会照顾好她们母子，一家三口好好过日子。只要简洁肯给他做孩子父亲的机会。

简洁点头答应。

小灿做了一个大胆的决定，只要婆婆和简易不告乔宇阳，肯给他一次机会的话，派出所就会放了他。当小灿把这个想法说给婆婆和简易听后，谭乐云几乎跳了起来，说什么也要让乔宇阳在监狱里蹲个十年八年。

简易的意思，只要乔宇阳能真心对待简洁和孩子，他被打也算值得，就怕乔宇阳不思悔改，到时候，简洁和孩子可就倒霉了。

小灿相信乔宇阳能够迷途知返，乔宇阳心中的仇恨，若不能被亲情融化，他还算是个男人吗？

简洁这时抱着孩子在谭乐云的面前跪了下来，求母亲看在刚出生的孩子分上，给乔宇阳一次机会。谭乐云捂着嘴巴哽咽着，真是冤家啊，他做了那么多缺德事，到头来竟成了自己外孙的爸爸，老天爷这么会开玩笑啊！

小灿安慰婆婆，以往的事，不管谁对谁错，现在孩子出生了，就应该给孩子一个完整的家。乔宇阳做的那些事，完全可以为了孩子一笔勾销。

事到如今，不原谅又能咋办？谭乐云恨得直咬牙，可一看简洁和抱在怀里的孩子，她也不得不妥协了。

2. 你很幸运，好好珍惜吧！

自从知道文雅和赵峰的故事后，郁可一直想助养念念。佟凯对文雅母子的照顾，让郁可觉得帮助他人比得到别人的帮助更幸福。郁可曾试探地问过佟凯，可当时佟凯正一心扑在简易的案子上，并没有明确的答复。

但郁可相信，佟凯一定会支持自己这么做的。于是，郁可约上小灿一同去了文雅家，她要亲自对文雅提出助养念念的想法。

文雅的家还是她和赵峰以前租住的房子，文雅告诉她们，自从赵峰走后，房间里的摆设一直没有动过，都是赵峰亲手装饰布置的。

郁可环视了这间房子，空间不大，用竹子把整间房间装饰成了一个乡土气息浓郁的民房。木凳，木椅，木床，就连唯一的一扇窗子也改造成了那种朴质无华的小格子窗户，看上去，整间房间给人一种回归自然的质朴气质。

文雅指了指一面墙，那里挂满了她和赵峰的照片。文雅告诉郁可和小灿，这是她最喜欢的一面墙，上面记录了她和赵峰各自不同时期的回忆，非常珍惜。

郁可和小灿慢慢靠近那扇照片墙，她们看到了不同时期的文雅和赵峰，有儿童时期、大学时期，甚至还有文雅满月时的一张黑白照。这些太珍贵了，只有懂得生活的人，才会如此珍惜他们的过去。

郁可和小灿是第一次见到赵峰，照片上的赵峰英俊高大，阳光活力，难怪文雅会那么喜欢赵峰了。

郁可问："他就是赵峰？"

文雅点点头，指着一张电脑合成的婚纱照："这是我怀孕三个月的时候，他自己做的……"

郁可看见穿着婚纱的文雅笑得很甜蜜，赵峰站在文雅身边幸福的笑容堆满了脸庞。

"我没有穿过婚纱，本打算把孩子生下后回他们老家补办婚礼的，没想到……"

郁可看了看文雅，后者的眼里蓄满了泪水。

郁可马上调转目光继续看那些照片，突然，在一张两人合影的照片上，郁可看到了佟凯。

佟凯和赵峰搭着肩，站在一块巨石上，石下是潺潺而流的河水，看两人的着装，应该是一起当兵时的留影。

郁可盯着照片看了良久，直到文雅靠过来，告诉她："这是赵峰生前最好的朋友，也是赵峰唯一保持联系的战友。"

小灿靠过来，也看到了佟凯和赵峰的合影，小灿故意表现得很惊讶："他是那个经常去看念念的佟先生？"

文雅点点头："是他，赵峰走后，佟凯对我们母子非常照顾，不管什么事，只要给他打电话，他再忙也会赶过来的。"

小灿和郁可对视一眼，继续听文雅的讲述。

"佟凯和赵峰有很多相似之处，佟凯比赵峰命好，复员后进了派出所，干得相当不错。念念每次住院，他都会负责全部医药费，对佟凯，我实在不知道用什么方式表达我的谢意，总之，他就是念念的希望，也是我的依靠吧。"

郁可的身体微微动了一下，小灿悄悄拉了一下郁可的衣角，问道："佟先生这样照顾你们，你们怎么没走到一起，念念不是挺喜欢这位佟先生的吗？"

文雅听闻此言，面有一丝红晕："佟凯的确很优秀，这些年，我一直在佟凯的身上寻找赵峰的影子，有时我会鄙视自己这种近似变态的心理，可没办法，我和念念的确需要一个坚强的保护网，佟凯就是这道保护网。"

郁可手里的水杯倾斜了一下，有水溢出，小灿赶紧为其擦拭。

文雅接着说："佟凯结婚了，他没有通知我，那段时间，我的世界完全乱了，念念频繁发病。佟凯刻意躲着我，我都不知道自己是怎么坚持下来的。我知道，他在躲避我，躲避我对他的情难自禁……”

郁可手里的水杯彻底跌落在地上，玻璃质的杯子瞬间碎裂。

小灿赶忙问郁可：“是不是累了？”

郁可紧张地回答：“没，没有。”

文雅看了看郁可：“不提这些了，看你气色不太好。”

郁可急切地说：“你接着说，我是被你的故事感动了。”

文雅只好坐回去，接着说：“赵峰刚去世头一年，我带着念念真的不知道怎么活下去了，幸好佟凯一直照顾我们，我和念念才能活到现在。那天，我喝了酒，心烦意乱，看着身体蜷在一起的念念，我一下子把酒瓶推在地上，酒瓶的碎裂声吓坏了念念，念念大哭起来。我冲着念念喊：哭，哭，哭！你就是来讨命的，你就不应该来到我们身边，是你毁了我的幸福啊。”

“念念趴在床上，只知道哭。这时，佟凯推门而入，责备我不该冲孩子发火，孩子什么都不懂，他是无辜的。”文雅显得很激动，她望着郁可和小灿，“我不要这个孩子，我要赵峰活着，我只要他还活着啊！”

郁可和小灿的心都揪了起来，怎样的绝望让她宁愿不要这个孩子？

“佟凯见我喝得大醉，便把我扶到床上。这时外面开始下雨，电闪雷鸣，我害怕，一下子扑进佟凯的怀里。可能我喝得太多，身上的温度让佟凯感到异样，我紧紧地抱着佟凯，呼吸开始急促起来。又一道闪电划过，我更加拼命地搂紧佟凯。”文雅停了下来，她的脸颊泛起了红晕。

“你们可以想象，两个人的身体紧紧地靠在一起，这一刻所有的激情被刺激起来，借着酒劲，我慢慢地将脸贴向佟凯，佟凯的嘴也慢慢地向我靠来……但是，佟凯还是在最关键的时刻把我推开，他的理智没让我们的冲动铸成大错，他是一个正人君子。”

郁可和小灿静静地听着。那些画面在郁可的眼前如此真实地闪过，她的心紧紧地揪痛在一起。

文雅的声音再次响起：“事后，我什么都没说，佟凯也什么都没说，就像什么都没发生过，他还是经常来照顾我们。可我知道，我们之间是不可能的。这么多年，佟凯一直小心翼翼地照顾着我们，他一定觉得对不起赵峰。所以，他结婚了，我不怪他，我祝福他。”

郁可终于抑制不住自己的情绪，捂着嘴巴跑了出去。

文雅惊讶地看着跑出去的郁可。小灿只好解释：“她是被感动了，我都快掉眼泪了。”

郁可的情绪慢慢平复下来，文雅送她们出门。

小灿告诉文雅：“我和郁可愿意帮你，我们一起把念念养大成人。”

文雅很是感激：“谢谢，你们都是好人，念念有你们的疼爱，他比健康的孩子还要幸福。”

郁可拉着文雅的手：“我已经向院长申请领养念念了，如果你愿意，我也想做念念的妈妈！”

文雅流下感激的眼泪：“谢谢你的好意，只要你们能经常来看看他，就是对他最大的疼爱了！”

小灿和郁可对视一眼，谁也没再说话。

文雅将两人送出大门，就在三个人招手道别的时候，一辆车停了下来。佟凯从车上走下来。

文雅第一个看到佟凯，接着小灿，最后才是郁可。

三个女人都屏住呼吸，看着佟凯一步一步靠近。

郁可的眼泪已经决堤而出，情绪一下子失控起来。

文雅看着佟凯，可佟凯的眼睛一直看着郁可，文雅忽然意识到什么，顿时倒退几步。

佟凯慢慢靠近郁可，慢慢抬起手，按在郁可的肩上，郁可一下子扑进佟凯的怀里放声痛哭。

文雅的眼泪也流了下来："你娶的就是郁可？我早应该想到的。"

佟凯看着文雅："她是我的老婆，我马上就要做爸爸了。"

文雅苦笑，看了看小灿："你们瞒了我这么久，今天什么都清楚了。"

郁可离开佟凯的怀抱，走向文雅："我一直怀疑你们有什么，今天事情终于大白了，我不恨你，也不怨他，你和赵峰的感情让我感动，你对念念的感情让我知道做一个母亲的伟大。文雅，谢谢你，让我懂得了什么叫奉献，赵峰奉献的是生命，你奉献了你的青春，佟凯奉献了他的爱心，这让我想起那句歌词，'只要人人都献出一份爱，世界将变成美好的人间'。"

文雅热泪盈眶，她紧紧地握住郁可的手："你真的不恨我吗？我差点抢走了你的丈夫。"

郁可摇摇头："我没办法恨你，更何况，你们的关系就像亲人，而非爱情。"

"你才是最伟大的女人，最伟大的妻子，"文雅冲佟凯微微一笑："好好爱郁可，她值得你用生命去爱。"

五天后，文雅决定离开北京。她把行李搬上车，折回来，向院长行了个礼："院长，谢谢你这些年对我们的帮助和照顾，我们走了。"

院长有些不舍，她颇为动容地说："何必要离开这里，念念在这儿已经很习惯了，而且医院我也联系好了，你这一走，万一念念再发病，你一个人怎么能应付得了啊！”

文雅感激地笑笑：“我们必须学会自己照顾自己了，这些年，我和念念一直生活在大家的关爱中，我想让念念变得坚强些，不管病痛多么恐怖，我有信心给他一个新的生活，新的开始。”

院长见文雅去意已决，叹息着说：“佟凯知道这事儿吗？你应该听听他的意见，念念最亲近他的啊。”

文雅摇摇头：“我不想再麻烦他了，对了，麻烦你把这个交给他，告诉他，我会带着念念好好生活下去的，不用担心我们。”

院长接过文雅递过来的信封，一副惋惜的样子：“佟凯是个好人，可惜你们没能走到一起，真的挺遗憾的。”

“他有妻子又有了孩子，他已经做了一个朋友该做的事，我非常感激他。”

院长送文雅上车：“安顿好了来个信儿，有什么需要尽管来找我，这儿永远会为念念留着一间房，别太为难自己了。”

文雅探出脑袋向院长挥手：“我会回来看你的院长，保重啊！”

院长挥着手臂，看车子慢慢远去。

佟凯猛地推开院长办公室的门，急切地问道：“文雅呢？院长，文雅去了哪里？”

院长站起身，走到佟凯的身边：“她走了，带着念念走了，我一直以为你和文雅是最般配的，哎……”

佟凯无心回答这些问题，他迫不及待地问：“她说她要去哪儿了吗？她有没有留话给我？”

院长无奈地摇摇头：“早知今日，当初你就应该娶了文雅，她是看你已经有了家庭，不想麻烦你才走的。你们男人啊，心就是粗。”

佟凯不知道该怎么解释院长对他们的误会。

院长把文雅留下的信交给佟凯：“这是文雅留给你的，你自己看吧。”

佟凯犹豫着接过信，突然觉得这信如千斤重。

佟凯慢慢拆开信笺，他的眼前不断闪过文雅和念念的样子。

佟凯：

我要带念念去赵峰牺牲的地方，有他爸爸的陪伴，念念应该会活得很快乐。

不用惦记我们，四年多，我一直活在赵峰死亡的阴影里，是时候重新开始了，我相信赵峰也希望我活得快乐吧！所以，我要重新选择另一种生活方式。赵峰的家乡有一所小学，我到那里去当一名老师，念念也有可以玩耍的伙伴，这是最好的一条路，我已经感受到那份朴实的生活带给我和念念新的希望和快乐。祝福我们吧！同时，我也祝福你和郁可还有你们刚出世的孩子，一切平安。

郁可是个好女孩，我没有想到她会用这种方式了解整件事情，我感谢她，也请你好好爱她，保护她。她的宽容，理解，信任不是每个女人都能做到的。你很幸运，好好珍惜吧……

佟凯一刻不敢耽误，火速赶到火车站，在每个候车室里寻找文雅的身影。

站台上，开往重庆的列车缓缓开走，他和文雅没能见上最后一面。

佟凯坐在床边看着熟睡中的郁可，他伸出手，触碰到了郁可的脸，只是轻轻的，郁可便睁开了眼睛。

佟凯笑笑："这么快就醒了，再多睡一会儿。"

郁可动了动身体，佟凯赶快将郁可扶了起来。郁可顺势靠近佟凯的怀里。

半天，佟凯说："你早就知道我和文雅的事，对吗？"

郁可在佟凯的怀里点点头。

"怎么不责怪我呢？我宁愿你跟我大闹一场，这样我心里会舒服点儿。"

郁可推开佟凯，仰着头："我信任你，知道你不会不管我和我们的孩子，再说，你和文雅也没什么啊？"

佟凯满足地笑了："可我对你一直很愧疚，觉得对不起文雅，她实在太可怜了，还有念念，我不能看着不管。"

郁可深情地看着佟凯："我没有怪你，反而还觉得你很了不起，坚持照顾她们多年，你已经做了一个朋友该做的事情。"

佟凯搂住郁可："文雅走了，带着念念去了赵峰的家乡，可能那里是她和念念不错的归宿吧。"

郁可立刻推开佟凯："他们走了？念念怎么办？他需要医治的啊！"

"我知道你要领养念念，想给他一个完整的家，可你有没有想过，念念和文雅是不会分开的，他们谁也离不开谁，他们就像是一体的，是不能分割的。"

"文雅不必离开啊，我们一起照顾念念，总比她一个人面对的好，她是不是想躲避我啊。"郁可觉得很惋惜。文雅就这样走了，这不是郁可愿意看到的。

佟凯搂住郁可："你想多了，文雅也需要新的生活，她还年轻，不可能总生活在赵峰死亡的阴影里，赵峰也希望她快乐地活下去。”

“赵峰的家乡环境恶劣，文雅带着念念该怎么生活啊！我不放心。”

“不用担心，文雅一定会在那里寻找到属于自己的快乐，我们只要祝福她就可以了！”

郁可还是有些担心：“你答应我，每年都要带我去看看她们，只有看着她幸福的生活，我才不觉得内疚。”

佟凯再次搂紧郁可：“你不用内疚，我们三个，你是最宽容大气的，我很荣幸能娶你做我的老婆，我发誓，今生今世，我只对你一个人好。”

3. 幸福万岁

谭乐云答应简易去见见简至善，可就在这时，简至善突然中风昏倒，被送进了医院。经过抢救，保住了一条命，但四肢的恢复恐怕需要很长一段时间。

谭乐云呆呆地坐在沙发上，回想着和简至善这半辈子的点点滴滴，一阵酸楚袭上心头，眼泪就簌簌落下。简老太太坐着轮椅从自己的房间出来，一看儿媳发呆的样子，便说：“至善现在卧病在床，你真的不打算管他了？”

谭乐云慢慢地将散乱的思绪收集在一起，看着婆婆：“他这算什么？以为病了就能得到我的谅解吗？不可能，他这是不负责任的表现。”

简老太太眼圈红红的：“你没看到他现在可怜的样子吗？他已经这样了，你就当是老天在惩罚他，把他接回来吧。”

谭乐云：“他弄成这样我就会原谅他？他让这个家遭受的痛苦就这么算了？我做不到。”

简老太太泪水涟涟："乐云，老太太求你，把他接回来吧，好歹也给他个机会，弄成这样，他也不想啊，乐云，妈求你了。"老太太说着就跪了下去。

谭乐云一见老太太给自己跪下，惊得她脸色大变，她也跪在老太太面前："妈，你别逼我，自从他离开家的那天起，我就告诉自己，这辈子不会再与他相见，除非……除非我死了。"

简老太太泪眼模糊："他已经这样了，和死还有什么区别呢，你就当接家来个陌生人。"

谭乐云将婆婆扶到沙发上："我可以听他的解释，但不用非得在家里，他要是想回来，三个月前就回来了，何必弄成这个样子？"

简老太太看儿媳态度坚决，也就不再坚持了，她话锋一转："我今年 76 岁，20 岁生了至善，24 岁守寡至今，生生死死我已经见多了，我没别的奢望，就盼着一家人在我临死之前能够团聚。简易现在平安无事，等个一年半载，就能抱上重孙了，我知足了。可至善和你，在我闭上眼之前，还能看到你们和好如初吗？这个家多久没有聚齐过了，我天天盼着一家人能围在一张桌上吃个团圆饭，我现在是活一天少一天，什么时候一觉醒不来了这都是有可能的，别让我带着遗憾离开你们啊！"

谭乐云听着婆婆的话，眼泪止不住地流淌了下来。

"你嫁进咱们简家快 30 年了，咱娘俩一直处得不错，你是刀子嘴豆腐心，至善是个大咧咧，这些年，你们的生意越做越大，可你们之间的矛盾也越来越多。至善不争气，没能帮上你太多，你一个人家里家外，辛苦自是不必多说，妈看在眼里，心里有数的很。这夫妻间感情的事，是不能忽略的，女人啊！该温柔的时候得温柔，在处理夫妻感情上，不是妈说你，你的确做得有些过了，至善这个人是吃软不吃硬，你又是个说一不二的人，这是两股子劲儿啊！拧不到一块就会崩开，你和至善能走到今天这个地步，都是你们的性格太极端造成的。”

谭乐云听着，情绪也不那么激动了。

“现在，至善病了，这种病也是迟早一天的事儿，别做让自己后悔的事，妈知道你心里一直有他，你是下不了这个台阶，妈今天给你跪下，希望你屏弃前嫌，给至善一个悔改的机会成吗？”

谭乐云看着婆婆，脸上已经不那么纠结了。

简老太太拍着乐云的手，一脸的期待。

谭乐云终于推开那扇门，她看到躺在病床上的简至善。

简至善闭着眼睛，他的脸颊瘦了一大圈。谭乐云仔仔细细地看着自己的丈夫，突然，一串泪珠滑落下来，其中一颗，跌在简至善的手背上。

简至善蹙了一下眉，微微地睁开眼。

谭乐云坐在他的面前，看着他。

简至善终于看清了谭乐云的脸，接着，慢慢地吃力地企图向谭乐云伸出手，渴望地、焦急地、真诚地希望谭乐云能握住他的手。

谭乐云握住了简至善的手：“这么多年，我对你的态度和方式造成我们走到今天这个地步，如果我请求你谅解我，你会答应吗？”

简至善激动地点头，但马上又摇头：“不，应该是我请求你原谅我，你答应原谅我了吗？”

谭乐云点点头，两行热泪翻滚而下。

“我做梦都在想你会来看我，会原谅我，乐云，我等到了，真的等到了。”

“真相我都知道了，若不是我当初疑心太重，宋薇就不会自杀，她不死，今天……”

简至善拼命摇头：“不是你的错，不怪你，就算没有宋薇，我一样对不起你，我和顾雅卿的事，我一辈子感到愧疚。这一切都是我的错。”

谭乐云低下头：“你这么说我会更难受，没想到你会病倒，其实，我早就不怪你了，只是，我咽不下这口气。”

简至善看着谭乐云：“我犯的错我只能用命来弥补，希望你好好地活着，替我照顾这一大家子人吧。”

谭乐云一下子扑进简至善的怀里：“你的家人你自己照顾，甩给我，你就是个不负责任的男人，无论如何，你得活下去，妈妈需要你，我需要你，我们未来的孙子也需要你，你一定要活下去。”

简至善不说话，任眼泪浸湿了枕头。

门外，简老太太、简易、小灿看得各个泪流满面。

简老太太感叹道：“这感情啊，就是相互包容，这人和人啊也是相互包容，只有包容一切，心里才会有爱，才会有幸福和谐的生活。”

小灿看了看简易，简易明白了：“爱情需要理解、尊重、包容和奉献。”

小灿会心地一笑，简易立刻搂紧小灿。

孟谦将一张支票和一份合同交给小灿：“这是合同，里面是这本书稿的预付款，虽然不多，但足表明我们的诚意。”

小灿接过支票和合同：“这就说明，我必须要在你们规定的时间内写完它？”

“理论上是这样的，不过，我会考虑你的情况，多给你一些时间，但有这份合同在，你应该会对它有一份责任。”

小灿点点头：“明白。”

孟谦看看小灿："他，他还好吧。"

小灿抬起眼皮："很好，和之前一样健康。"

孟谦低下头，像似自言自语："你终于熬过这一关了。"

小灿笑笑："老天爷会同情可怜人的。"

孟谦看见小灿一脸幸福的笑容，不知道该不该替她赶到高兴："是啊，和心爱的人朝夕相处，应该是最幸福的事了，祝福你们。"

"我也祝福你，工作不是你的全部，希望你能尽快找到你的另一半……祝你幸福。"小灿说得很诚恳。

孟谦深情地目视着小灿，尽管他的眼里满是不舍，可在小灿和简易至死不渝的爱情面前，依旧显得那么的苍白。

小灿挥挥手："回去吧，我会尽快完成任务。"

孟谦情不自禁地将手递到小灿的面前，小灿看了看，微微一笑，伸手和孟谦握了握。

"保重！"

小灿一愣，但马上回了一句："保重！"

孟谦转身迈步离去。

小灿停在那儿，看了看自己的手，觉得这一握，像永远的道别。

三个月后。

图书大厦门前被布置成一个新书发布会，硕大的宣传布景上，写着"新晋女作家田小灿新作发布会"，布景上有田小灿的生活照，也有她和简易的一张婚纱照。

孟谦从大厦走出来，他看了看腕表，又立了立自己的衣领，然后朝布景走去。

发布会马上就开始了，孟谦不停地看表，旁边还有工作人员催促，排队等待买书的人已经排起了长队，清一色全是妈妈级妇女。

此时，简易开着车，田小灿坐在车里催促道：“快点啊！发布会就要开始了，我要迟到多不合适，还没成名就学会耍大牌啊！”

简易笑笑：“在我眼里你就是大牌！”

“德行，再快点儿。”小灿笑得很满足。

简易把车子停在影楼的门前，拉着小灿就往里跑。

小灿喊：“错了，我们要去王府井，你来这干吗啊！”

“别管了，今天要给你喜上加喜！”

小灿懵懵懂懂地被拉进影楼。

布景前的舞台上一众美女开始舞动起来，一下子把现场的气氛调动了起来，很多人都停下脚步驻足观看。

孟谦给小灿打电话，可电话关机。

图书公司老总有些着急了，问：“这作家的牌太大了吧！你看看排队的人这么多，一会都走了还签个屁啊！”

孟谦赶紧解释：“堵车，堵车！”

简易和小灿再次出现时，两人已经身穿结婚礼服了。小灿的婚纱在阳光下白的炫目。小灿在惊讶中抱怨简易：“你安排这些，我的发布会怎么办？”

简易不理小灿站在影楼门前，向一边看去。

只见一列车队驶过来，最起码不少于 20 辆，一色的宝马。

小灿惊呆了。

“怎么样，婚礼加发布会，你今天肯定混动全北京城！”

小灿目瞪口呆，一句话也说不出来了！

这时，郁可和佟凯喊他们："新郎新娘吉时已到，上车吧！"

简易二话不说，抱起小灿："老婆，现在什么感觉，特幸福，特开心，特感动吧。"

小灿闭上眼睛："特懵……"

"今天我要给你一个特别的婚礼，别懵。"

小灿皱眉："我有点紧张。"

简易笑："我们都结过一次了，甭紧张。"

小灿掐了简易一下："二婚吗，这是？"

就在孟谦望眼欲穿时，一列整整齐齐的车队占了王府井的半条街，而从车上走下来的简易和小灿，顿时让孟谦大吃一惊。只见小灿穿着雪白的婚纱，宛如仙子下凡，简易喜笑颜开频频向围观的群众招手。

图书公司老总莫名其妙问孟谦："这是唱的哪出啊，是你策划的？"

孟谦摇摇头："不是。"

老总一看围观的人越来越多，脸上的笑容也就灿烂明媚了："谁这么有创意？孟谦，你该学学，有时候你的套路太老，太陈旧了！"

孟谦闻之脸色大变。

小灿和简易站在人群之中，在场的每个人都鼓起掌来。

简易对着围观的群众喊："今天是我老婆田小灿的新书发布会，也是我俩新婚大喜的日子，可谓双喜临门，喜上加喜，大家祝福我们吧！也祝我老婆的书大卖啊……"

掌声响起，彩带和花瓣飞扬而落，整个发布会的气氛空前的热烈，买书的人想沾点喜气，掏钱时真的是不犹豫。

图书老总眉开眼笑，孟谦被这种形式的发布会彻底折服了。

签名卖书到一半，简易又喊住大家，只见他手拿两张机票交到小灿的手里，对小灿说："老婆，蜜月旅行我们一拖再拖，这一次绝不会再出差错了，明天，我们就向伦敦进发，来一场浪漫的蜜月之旅。"

小灿感动得热泪盈眶，围观的人大喊："亲一个！亲一个！亲一个！"

简易慢慢捧起小灿的脸，把嘴慢慢贴上去，就在两张嘴巴凑到一起的瞬间，小灿突然一阵反胃，捂着嘴巴做呕吐状。

大家一同发出惊叹的声音。

简易害怕了，忙问小灿："老婆，吃错什么了，要不要看医生？"

小灿稳定之后，笑着戳了简易的脑门一下："傻子，你要做爸爸了！"

简易张着嘴巴，半天没缓过神来。

郁可和佟凯大喊着："简易，你要当爸爸了！"

简易甩了甩头，清醒过来。他猛地亲了小灿一口，一把抱住小灿，原地旋转起来："老婆，我要当爸爸了，要真的要当爸爸了。"

小灿惊叫着："是啊，谁骗你。"

简易大喊："老婆万岁，孩子万岁，幸福万岁……"

小灿捶打着简易："蜜月又去不了了，你是个大骗子……"

无数的花瓣纷纷飘落，天与地随着两人一起旋转，旋转，旋转……

2015年11月8日于广州

后 记

2009年开始在网络上发表小说，2010年实现了出书梦想。《我们约会吧》是我人生第一部长篇小说。

漫长而短暂的6年里，除了自身的工作外，我便沉浸在创作的河流里，随着笔下的人物，时而悲喜，时而欢愉，时而激愤，时而落寞，完成了一个又一个人生之外的悲欢离合。

我热爱写作，如热爱我的生命，与名利无关，仅此而已。

这部小说写在《感觉不会再爱了》之前，却因种种因素迟迟未能出版，这期间，《感觉不会再爱了》《君心不负相思意》相继出版，重新拿来书稿，整理、修改，竟发现，这本书的写作手法和之前的截然不同。我用讲故事，唠家常的口吻，娓娓道来，讲述了一个家庭，三代人，四个女人在爱情、婚姻、家庭中，所面临的各种遭遇，从幸福走向绝望，又从绝望回归幸福，兜兜转转，终让他们悟得了什么叫做理解，什么叫做宽容，什么叫做奉献，什么叫做收获，从而明白自己的幸福需要自己去争取、经营和把握。

家庭，婚姻浓缩了人世百态。无数组家庭的汇总，凝聚了一个国家的繁荣富强。小家每天都上演着喜怒哀乐，这是人生舞台最浓墨重彩的画卷。我写这样一个故事的初衷，是希望我们每一个家庭成员，都能够彼此坦诚，彼此信任，彼此包容，彼此关爱，让家变得很纯粹，让家变得很温暖，只有家庭和睦了，我们的国家才会真正的和谐起来。

我仍孜孜不倦地书写爱情，在《君心不负相思意》的后记里，我曾写道：我一直写爱情，我们都因为它活着，快乐着，幸福着，可以创造奇迹和伟大，这便是我一直坚持爱情的唯一信仰。

正如这本书里的简易和小灿、郁可和佟凯，都因为爱情创造了属于自己的人生奇迹，即便这过程中有辛酸，有眼泪，可他们最终还是收获了他们的幸福，这就是人生最大的胜利。

有时，生活总是跟我们开各种玩笑，坚持和放弃，一念之间，你的未来却迥然不同。相对于家庭来说，坚持，需要勇气，放弃，则是你提前退出这场大剧的演出，做了人生的逃兵。

这部小说终于可以出版，囤积在心里对这本小说的各种心情，终于可以用两个字表达出来，那就是“释然”。

也许读者未必能领略这两个字背后的意义，可我真的觉得这两个字所表达的正是我当下最真实的心情。

六年间，前前后后出版了六部小说，从最初的兴奋到如今的淡然，像我们人生之长河，急急缓缓，曲曲折折，终要汇向大海，这就是我们的结局。